光文社文庫

文庫書下ろし

難事件カフェ2
焙煎推理

似鳥　鶏

光　文　社

この作品は光文社文庫のために書下ろされました。

Contents

【目次】

目次・章扉デザイン——大岡喜直
(next door design)

本文中イラスト————イナコ
(p.101、p.190、p.295)

　そのお店は、昼下がりのビル街に突然現れた。
　毎日通っている駅前大通りから一本入っただけの道だから何度も歩いたことがあって、この区画のことは以前から知っていた。どちらを見ても鉄とコンクリートとくすんだガラス板で覆われたビル街。埃《ほこり》っぽい風と絶え間ない車の音にもまれながら、目に見えない、しかし確実にゆっくりと体を蝕《むしば》む微細な何かを吸い込み続けることを強いられる、営利と効率性の街並み。その一角にいきなり異物があるのだ。直線と直角で構成されたビルの狭間《はざま》に一ヶ所だけ突然、自然のままに自由奔放でカオスな曲線が絡《から》みあう、緑に溢れた区画がある。木の種類は分からないがそれなりに大きなものばかりで、枝が広がって生《お》い茂《しげ》っているため、その一角は左右の三階建てビルよりも、むしろこの木々のせいで薄暗い。
　こうして立ち止まってみると、中から漂ってくる空気が違うのがはっきりと分かった。冷たくて清涼で少し濡れている。生い茂る木々の吐息だろう。

それでもこれまでは素通りしていたのだ。都市部にはよくこういう一角がある。周囲がどんどん開発されてビルになっていく中、単に「昔からあるから」というだけの理由で取り残された狭間の土地。それは大抵が神社やお寺、あるいは墓地や記念碑といった「動かせないもの」で、ビルに挟まれ、周囲の喧噪《けんそう》に身を縮めるようにして仕方なくそこに居続けている。最初はここもそういうものだろうと思っていた。中に向かって石畳が敷かれているし、神社か何かだろう、と。

だが、冬の初めのある日、なにげなくその場所を通ったわたしは唐突に気付いた。

吹く風に身を縮めることが増える季節だった。あるいは道端に積もった落ち葉のせいかもしれない。木の根方《ねかた》に焦茶色《こげちゃいろ》の小さな立て看板が出ていて、手書きの文字があった。「喫茶　PRIERE」――どう読むのかは分からないが、お店の看板だった。わたしは一歩、石畳に踏み出し、どこか魔的なその区画の奥を見た。夏場などには鬱蒼と茂っていた木々は半分程が葉を落としており、煉瓦《れんが》の壁と三角屋根の建物が、枝の連《つら》なりのむこうに建っていた。テラスらしきデッキとテーブルも見える。

――あれ。お店がある。

もちろん、ある日のある午後にいきなりお店がぽよんと存在を始めるなんてありえない。わたしがこれまで気付いていなかったのだ。金曜の夜は気付いていなかった。土曜の午後に気付いた。それだけのことなのだろう。木々に隠れているが、見えないほどではない。これまでだって視界に入っていたはずなのだ。

理屈ではそう納得しても、不思議だという感覚は消えなかった。このお店はもしかしたら、普通ではないのかもしれない。たとえば、心が疲れている人間にだけ見えて、迷い込んできたお客さんに神秘的な安らぎと癒やしを与えてくれるお店。あるいは逆に、時折通りがかる運の悪い人にだけ見えてしまい、入ったら最後、二度とこの世に戻れないお店。

あるいは、と続きを考え始めたところで、自分の空想癖《へき》が出ていることに気付いてやめた。バッグからここのところいつも持ち歩いているお気に入りのハンカチを出して口許を覆う。最近、自分を落ち着かせたい時にこうするのが癖になってしまった。なんだか赤ちゃんのおしゃぶりみたいだと自分でも思うのだが、やめられない。

もちろん分かっている。ここは物語の世界ではなく現実だ。現実はいつだって平凡で、思ったよりたいしたことがないものなのだ。魔法のような店などありえないし、もし仮に、この世界にはときどきそういう不思議なことが起こるとしても、何十億人もいる人間の中から、他でもないこのわたしがそれを体験する役に選ばれるわけがない。何の取り柄《とりえ》もなく特に夢もない。行き先も目的も知らず、ただ左右の人が歩いているからとりあえず同じ方向に歩いているだけ、というような生き方をしている平凡なわたしが。

わたしは小さく溜め息をついて顔を上げる。木々の生い茂る先でわたしを待っている（いや、そんなことはありえない）、神秘的な三角屋根のお店。だが実際はただ古いだけだろう。年老いた夫婦などが、単に「今さらよそに行く気もない」というだけでなんとなく続けている喫茶店。マガジンラックによれよれになった雑誌が差し込まれ、何なのか分からない染《し》みのついた壁紙はところどころ剝《は》がれかけ、店内の空気にはべったりと煙草《たばこ》のにおいが混じっているだろう。それはそれで味があるとも言えるが、どこの街にもよくある光景で珍しくもないし、わたしの好みではない。駅ビルまで行けばもっと清潔で便利で、安定したおいしさのコーヒーを安く飲めるお店がいくらでもある。

だが歩き出そうとした私の前から、一人の女性がやってきた。

週末なのにきっちりスーツにトレンチコートで、背筋がぴんと伸びてきびきび歩いているので、小柄で若い人なのに頼れそうな印象がある。体育会系だな、と思った。きっとバリバリ働いて、ハキハキ大きな声で喋《しゃべ》り、毎日が充実しているのだろう。わたしのようにぐずぐずせず、自分はいったい何のために毎日働いているんだろう、なんて考えたりしないタイプ。どうせ——自分の想像が嫌味な方向に向かい始めたことに気付き、ついでにハンカチを出したままなことにも気付き、急いでバッグにしまった。見られたかな、と不安になったが、彼女はわたしを見てちょっと眉根《まゆね》を寄せただけで、さっさと横にそれ、敷地の中に入っていった。

仕事中に見えるのに、喫茶店に入っていくのが意外だった。外回りの途中でひと休み、ということなのだろうか。ちょっと目についたから入ってみた、という足取りではない。このお店をよく知っているのだろう。それとも関係者だろうか。

わたしは彼女が店のドアを開けて入っていくまで悩み、それからくるりと体の向きを変えて、枯葉の鳴る庭に足を踏み入れた。

別に何か特別な理由があったわけではない。ああいう人の行きつけなら悪い店ではないだろうと思ったし、ただ単に、いつもと違うことをしてみたかっただけだ。このまま駅まで行っても、いつも通りに駅ビルでウィンドウショッピングをして、気に入ったものがあれば値札と睨《にら》めっこをして買うかどうか悩み、本屋で何か買って、数パターンあるどれかのお店でコーヒーを飲むだけのことだ。昨夜、友人と会って飲んだので、誰かに連絡を取って会う気もしない。何もないまま休日の片方が終わる。明日ものんびり昼まで寝て、部屋の掃除《そうじ》をして、じきに日曜が終わるのだろう。よく休んだなと思い、翌日はまた月曜日で、週末を目指してまた頑張る。

それはそれで平穏な日々と言えなくもないのだけれど、時折ひどく恐ろしくなるのだった。恐怖の正体はおぼろげに理解している。同じことの繰り返しの日々からくるループの感覚だ。平日はただ週末だけを目指して頑張っていたのに、いざ土日に着いてみればめくるめく何かがあるわけでもなく、ただいくらかの休息が与えられ、また月曜日に進まなければならない。それでは自分は何のために週末を目指して頑張っていたのだろう、しばらく休憩してまた月曜日を始めるためだろうかという、堂々巡りの虚無感《きょむかん》。それをしているうちに自分はいつしか歳をとり、やがて死んでいくのだろうという見通し。ではわたしの人生には何の意味があるのだろうかという問い。時々襲ってくるそれはまるで床板一枚を隔《へだ》てて足元に広がる底なしの穴のようで、おかしくなりそうになる。その状態からなんとか逃れようとしてあれこれとやってみたことはあるけど、どこまで走っても底なし穴の上にいることに変わりはないのだった。わたしは知っている。これはわたしだけではないのだ。気付いていない人もいるかもしれないが、人間は皆、目の前にあれがいるのだ。月のようにどこまでもついてきて、近付くことも離れることもままならないあれ。胡散臭《うさんくさ》い新興宗教にはまったり、ネット上や現実の陰口で他人を叩くことに執着《しゅうちゃく》したり、お酒やドラッグに溺《おぼ》れたりしてみても、せいぜい一時的に目をそらす程度の効果しかないと、皆が分かっているあれ。

　頭上の枝葉を見上げ、石畳の上を歩きながら一つ、深めの呼吸をする。

いや、本当はそんな大それた話ではないのだ。代わりばえのしない毎日に嫌気がさしたから、こうして知らない店を覗《のぞ》こうとしている。それで済む。そういえば、今日は休日なのだ。休日なら何をしてもいいはずだし、何をしてもいいなら時間とお金を無駄にしてもいいはずだ。冷たい風が吹く。白い花をちらちらとつけた濃緑の柊《ひいらぎ》が、私の横でさわさわと鳴っている。

ドアの外から店内がよく見えず、少し塗りの剝げかけたモスグリーンのドアを開けるのには勇気が要《い》ったが、今日のわたしは思い切ってそれをした。土曜日の午後にはちょうどいいサイズの冒険だ。玄関に入ると白黒二匹のウサギが力を合わせてウエルカムボードを持っており、本日のパスタとケーキがイラスト入りで紹介されている。小松菜《こまつな》とたらこのクリームパスタはいいとして、カーディナルシュニッテンとはどういうケーキだろうか。意外と凝《こ》っているのかもしれない。もう一つのドアを開けると、ドアベルが抑《おさ》えた音でカラン、と一度だけ鳴った。薄暗い店内に踏み込み、第一印象を味わう。うるさすぎないドアベルは好きだ。焦茶色の年季の入った床板も、どっしりと重そうな木のテーブルも悪くない。

——いらっしゃいませ。お一人様ですか。

はいと答えてから、声をかけてきた店員さんが予想外に若いことに気付いた。すらりと背が高く、背筋を伸ばして穏やかに立つ姿は、普通の白いシャツとエプロンの姿なのにと思った。なんだか貴族的に端整《たんせい》な顔立ちの男性だ。店内が禁煙であることと、暖房と貸し出しのブランケットがあるためテラス席も選べることを説明され、思わずはいと言いそうになったが、あ、いえ、ここで、と店内の空いたテーブルを見た。落ち着いて考えてみれば、今日の天気なら冬のテラス席というのも味があったはずだし、そもそも私が見たテーブル席は前のお客さんが帰った直後らしくてまだカップとお皿が残っていた。だが貴族めいた店員さんは「ただいま片付けますので」と穏やかに言い、てきぱきと食器を重ねてカウンターに持っていった。さっきのスーツの女性はカウンター席にいて、私を振り返ってちょっと会釈《えしやく》らしき動きをすると、すぐに前を向いた。追いかけるように入ってきてしまったことを不審に思われただろうか、と一瞬考えたが、彼女は特に私に興味はないようだった。

カウンターの中では、男性が一人で包丁を使っている。今の店員さんと面差《おもざ》しがどこか似ているが、兄弟なのだろうか。では兄弟二人でやっている店なのだろうか。それとも親か祖父母が店長で、彼ら兄弟が手伝っているのだろうか。店内を見るためにはテラスでなくて正解だった、と思いながら、他のお客さんたちを観察する。奥の一人掛け席で本を広げている学者風の男性はもう風景の一部のようになってしまっていて、完全に常連だ。カウンター席の女性も中で働く兄らしき方と目を合わせないままぽつぽつと言葉を交わしているから、こちらも常連か知りあいなのかもしれない。確かに、わたしみたいな一見《いちげん》さんがふらりと入ることはなかなかなさそうなお店だ。

弟らしき方の男性に椅子を引かれ、手早く片付けられたテーブルにつく。ホテルのレストランみたいに椅子を引かれるのは久しぶりで、少々タイミングが合わなかった。不思議な青緑色に透き通るグラスに注がれた水と、同じ色に透き通る水差しが置かれる。本日のケーキと、ランチメニューは二時で終わってしまったが、希望すればBかCならできる、という説明を聞く。おかしなことにこの店員さん、動きは手慣れているのに、話す声はどこかはにかみのようなものがあって、接客業特有の「いつものマニュアル」という感じがなかった。美形だし逆に好感がもてるが、働き始めたばかりなのだろうか。

メニューを開きながら店内を見回す。お客さんはわりと入っているが、奥の一人掛け席の男性といい、隣のテーブルの女性三人といい、皆かなりくつろいでいる様子がある。確かに、ほどよく静かで暗く、何より店内の空気がゆったり流れていて、ここだけ外界と隔《かく》絶《ぜつ》された、時間がゆっくり流れる空間のような雰囲気がある。ガラス越しに外を見ると、さっきまで路上で眺めていた木々が風でそれぞれに小さく揺れていた。木々の向こうにはいつもの喧噪があるはずなのだが、店内の空気と違いすぎて、自分がさっきまでそこにいたというのが不思議に思えてくる。なんだか、自分が店の中にいる、というのが夢のようだった。空気が、というより空間が違う。あのガラスドアの外からボールを投げ入れたら、ガラスドアを通った途端に動きがゆっくりとなって、ふわりと床に落ちる。そんな想像もできた。

他のお客さんたちはこの秘められた店をどうやって知ったのだろうかと思った。テラス席の二人は誰かから聞いてこのお店を知ったのだろうか。奥の一人掛け席にいる学者風の男性はいつもここで本を広げているのだろうか。カウンター席のスーツの女性は、店員さんと何の話をしているのだろうか。友人の陰口とか仕事の愚痴《ぐち》とか、そういう話はしていてほしくない、と勝手に願う。もっと穏やかで知的な話題、と思うが、それが何なのか、よく考えてみたらわたしにも分からないのだった。

第1話

最高の仲間　奇跡の友情

1

「まー、ひどいもんっすよ。凶器はそこらにある普通のボールペン。逡巡創《しゅんじゅんそう》[*1]も駄目押しもなしに気道のまん中を一撃でグサッ。ソーセージでも刺すくらいの感覚だったんすかね」直《なお》ちゃんはフォークを握り、ミートソースの中のソーセージをグサッと刺した。「まあ、だから捜査本部の方でも困惑してるわけでして。怨恨《えんこん》ならもっと顔とか傷つけるでしょうし、変態ならもっと楽しんで何度も刺すっすよね」

「物《もの》盗《と》り？」

「いや、財布一つなくなってないすから。そもそも被害者、かなり飲んでたみたいでアルコールすごい出ましたんで。あれなら殺すまでもなく財布盗れただろってのが鑑識《かんしき》の見解で。つまり、被害者が酔っぱらってるところにたまたま変質者が通りがかったんじゃないかと」

「物騒だなあ」

「事件時は近くで中年男性も一人、泥酔《でいすい》して寝転がってたそうですが、そっちは無事でしたから、女性が狙われたんでしょうね。ただどうも流しの変質者らしくて捜査本部内でも『こんなの見つかるのか』って」直ちゃんは立ち上がって口に人差し指を当て、声をひそめる。「あとここだけの話、付近の防犯カメラに犯人らしいのが映ってまして、顔の詳細は分からないけど体格とかはもう分かってます。これ捜査情報なんで人に言わないでくださいね」

「できればそういうの、俺にも言わないでもらえるかな」

昼下がりの喫茶店で殺人事件の話を聞くという不釣り合いな状況に、すっかり慣れてしまった感がある。

まあ、原因ははっきりしている。忙しいらしき時期はまったく来なくなるものの暇《ひま》らしき時期には毎日のように来店する常連客の彼女——なぜか他の常連客からも気軽に直ちゃんと呼ばれている県警《けんけい》本部総務課秘書室所属の直井《なおい》楓《かえで》巡査《じゅんさ》は、朝昼夜を問わずふらりと

＊1　俗に言う「ためらい傷」。自殺のみならず他殺においても、一撃で致命傷を与えることはなかなかできない。

プリエールに現れては仕事の話をしていく。店員と話すタイプの常連さんは他にもいるし、特に他のお客さんの迷惑になるような大声でもないのだが、職場近くの公園に棲《す》みついた野良猫やテレビで紹介していた変わり種パスタの店などといった話と、現在捜査本部が立っている強盗殺人事件の話（もちろん機密《きみつ》）をまぜこぜにするので、突然「まわりに聞かれていないか」と神経を使う状況になり困惑させられる。

だがそれより気を使うのが、彼女がうちで働く弟の智《さとる》に対し「仕事の依頼」を始めた時である。直ちゃんは三番テーブルを片付けてカウンターに戻ってきた智をぐるりと振り返る。「惣司警部《そうじけいぶ》。ちょっとご相談が」

智は彼女から目をそらし、伸ばされた手から逃げるようにカウンターに入ってくる。

「その件、僕にはどうしようもないから」

「いえ、新富士見《しんふじみ》駅の件は県警本部《うちら》でやります。もちろん警部のお力があれば大変ありがたいんですけど」直ちゃんはどっかりと椅子に座り直し、重役めいた仕草でカウンターに置いた両手の指を組む。「ときに惣司警部。そこのテーブルそろそろガタ来てませんか？県警に戻っていただければ給料の前借りくらい余裕で手配するんで、[*2]好きなのに買い換えられますけど」

智は俺の後ろを通って洗い場に逃げる。俺はもう慣れているので、直ちゃんの視線を遮るように水差しを出して彼女のコップに水を注ぐ。

直ちゃんは未だに智を「惣司警部」と呼ぶ。実際にうちの弟は大学在学中、国家公務員試験I種に合格して警察庁に入り、いわゆるキャリアとして県警にいた元警察官である。しばらく前に辞めてうちに戻ってきてからは、ちょうど腰を悪くしてあまり働けなくなっていた叔母のかわりにそのまま店で働いてもらっているのだが、一体どうやったのかそのことを嗅ぎつけた直ちゃんは、うちにやってきては智に対し「そろそろ県警に戻りませんか」「それがいやならちょっと捜査に参加しませんか」と勧誘する。バイト募集の口調でやっていいことなのだろうか。

弟がどうして突然警察を辞めたのかは知らないし、訊いてもいない。ただ、もともと大人《おとな》しく、他人を拒絶したり威圧《いあつ》して黙らせたりすることなど苦手な性格である。規則と上下関係でがんじがらめ、相手をするのは悪辣《あくらつ》で下劣な犯罪者、周囲の同僚は出世レースに夢中で出し抜き蹴落としの策謀《さくぼう》が渦巻く閉鎖的な組織。そんな警察キャリアの仕事が弟の心を削らないはずがなく、まだ警部階級といういわば研修段階で突然退職届を書いた理

＊2　公務員は労働基準法の適用がないこともあり、原則的に無理。

由はまあ想像がつく。だがどうも相当な変わり者で通っているらしき県警本部長は、捜査二課内でもすでに実績をあげて将来を期待されていた智を手放したがらず、秘書室の直ちゃんに「連れ戻せ」と厳命しているらしい。つまり彼女は県警本部長の刺客《しかく》なのであった。もちろん俺からすれば考えるまでもなく弟優先であるし、それ以上に従業員として弟が必要なので、直ちゃんの「業務」が始まると弟を隠し、勧誘を阻止《そし》している。弟目当てに店に来てくれる常連さんも多いし、菓子作りが趣味である弟のスイーツ類が店の新たな売りになっているので、今辞められると経営が傾くのである。「智、三番テーブルそろそろオーダー。それとテラス席、片付けてきて。すごい葉っぱも載ってるし」

弟はうんと頷《うなず》いて、心なしか急ぎ気味にカウンターを出る。それを見送る直ちゃんはカウンターに頬杖をつき、ふうん、と吐息《といき》混じりに漏らす。「季《みのる》さん、すっかり私をブロックすんのに慣れたっすよね。警備部とかどうすか」

「俺まで勧誘しないでくれるかな。……こちら、お下げしてもよろしいですか？」

「ういす。ブレンドおかわりとミルフィーユ……はラス一だからやめときます。カヌレでいいです」

直ちゃんはパスタ皿を持ち上げて協力してくれる。いつもデザートまできっちりと注文してくれるので、背後に本部長の影さえなければいい客である。「平日は県警勤務で、休日にこの店やるってどうすか？」

「ブレンドとカヌレお一つでよろしいですね。それじゃ俺いつ休むんだよ」当然のように副業禁止規定違反を勧めるのもどうかと思う。

「大変なら臨時のパートタイム捜査員でもいいっすよ。ちょっと捜査資料見てちょっと参考意見言ってくれれば。ブレンドの豆変えました？　酸味強めになってるっすよね」

「そんないいかげんな捜査員、駄目でしょ。今週からトラジャ入ってる。なんかずっと気温高めだし、爽《さわ》やかな方がいいかと思って」

「あー。なんか今年、『残暑のさらに残り』みたいなの、ずっとあるっすよね」直ちゃんは空気を嗅ぐ。「……ふうん。いい豆っぽいし、こういうふうにケチケチしない感じ、県警にも見習ってほしいっすね。ちょっと指導に来てもらえないっすか」

県警が喫茶店の何を見習うんだと思うが、直ちゃんはそれほどこの話題に執着するつもりはない様子で背もたれに体重を預ける。「飛びやがった（※本部長の台詞《せりふ》ママ）」智を発見した当初は毎日のように入《い》り浸《びた》り、「本部にこの店のことを報告する」「捜一からスイーツ好きな捜査員を動員して、目つきの鋭《するど》いおっさんたちで店の客席を埋める」と脅《おど》してきていた彼女も、今はそれほどしつこく智を連れ戻そうとはしない。理由の一つは、智がそう簡単にはこの店を辞めるつもりがないと理解したためだろう。

「……まあ、今は新富士見駅の殺人《コロシ》以外にそれほど厄介な事件もないし、あれにしたってマスコミ報道落ち着いてるんで、こっちはそこまで切羽《せっぱ》詰まってないんすけどね」

カウンターの上にぐにゃあ、と伸びる直ちゃんに「それは何より」と声をかけたが、ミルの音でかき消されたかもしれない。

「……そういやみのるさん。心理テストとかって信じるほうっすか」

「心理テスト？」中挽《ちゅうび》きの豆をネルに入れ、ひと揺らしして均《なら》す。「いや、正直、ゲームとして楽しむものだと思ってるけど」

「大人の対応っすね。じゃ、こないだネットで面白いの見つけたんすけど」直ちゃんは体を起こし、自分で空《あ》いたカップをカウンターに載せてくれる。「『あなたは今、殺人を犯そうとしています。舞台は人里離れた海辺の別荘です』」

「あ、もう始まってるの」お湯が沸《わ》いたのでケトルからポットへ移し替える。この過程で、沸騰していたお湯が90℃台までほどよく冷める。

「『あなたは別荘に忍び込んで、やってくる四人のターゲットを待ち構えていました。ですがターゲットが、別荘に不審者がいることに気付いて別荘中を探し始めました。あなたはどこに隠れますか？　①裏の物置小屋　②少し離れたところにある井戸《いど》の中　③崖下にぶら下がる　④穴を掘って地中に隠れる』」

「え。どれだろ。普通に床下とかじゃ駄目なの？」ポットのお湯を優しくネルに注いで「蒸らし」をする。注ぐというより、挽いた豆に水分を含ませる、というつもりでやる。ネルの中で細かい泡がたった。「じゃあ①。一番隠れやすそうだし」

「ふむふむ。では、『あなたはうまく捜索《そうさく》を逃れ、夜になりました。別荘は戸締まりをしている家族が寝静まっています。あなたは別荘に侵入しようとしていますが、ターゲットたちは寝ているはずです。あなたはどうやって侵入できたのでしょう？　①合鍵を用意していた　②たまたま鍵が開いていただけで、施錠《せじょう》されている可能性なんて失念していた　③実は内通者がいて、内側から玄関の鍵を開けてくれていた』」

「それも①」蒸らしは三十秒。これは特に頭の中でカウントダウンをしなくても分かる。すでにはっきり香りが立っているネルをセットし、ポットのお湯を中心から周辺へ、ネルの布地にかけないように注意しながら注ぐ。「……いや、ちょっと待った。何それ」

「ふむふむ。『あなたは首尾《しゅび》よく現場に侵入し、一階のキッチンから包丁を抜きました。現場のキッチンには普通の三徳《さんとく》包丁の他、長い柳刃《やなぎば》包丁、硬い出刃《でば》包丁、刃の大きな菜《な》切《き》り包丁などが揃っていましたが、犯人は出刃包丁を選んでいます。それはなぜでしょう？　①』」

「ちょっと待った。それ本当に心理テスト？」

「そっすよ」

「いやどう見ても『事件の概要』でしょ」

「さすが名探偵」直ちゃんはバレても困った様子を見せず、むしろこれで話がしやすくなったとばかりに身を乗り出す。「先々週の土曜、勝山《かつやま》郡小浦《こうら》町の海岸に建つ個人所有の別荘で若い男性の死体が発見されました。死んでいたのは会社員の洞大斗《ほらひろと》二十四歳。第一発見者は一緒に宿泊していた同い年の三人の友人のうちの一人で、参議院議員の息子で私設秘書の本堂広一郎《ほんどうこういちろう》。発見されたのは朝九時頃ですが」

「いやいやいや待った待った」ポットを置く。「だから部外者に捜査情報を漏らさないでくれないかな」

「またまたあ。いつものことじゃないすか」直ちゃんはにやりと笑って肩をつついてくる。「もちろん本部長の黙認《もくにん》ありますって。それに部外者じゃないでしょう。惣司智警部は病気療養のため現在休職中に過ぎません。退職願も受理されてませんし」

「まだ机にしまいこんでるの?」

弟が外から戻ってきた。「兄さん、表の看板なんだけど、やっぱりあの位置じゃお客さんから見えないみたいだよ」

「おっ、そうか。じゃあもうとりあえずシイの木の根方でいいからさ、裏から針金か何か持ってって縛りつけといてくれるか？」こちらの話題に気付かれる前に早口で指示する。

「夕方でお客さん増える前に早く。今頼む。すぐ」

何かを察して怪訝《けげん》な表情になる弟の背中を押すようにまくしたてて外に行かせ、ドアが閉じたのを確認して力を抜く。

フォークを添えてカヌレを出し、カップとソーサーを隣に置く。力が入ったせいで少し水面が揺れてしまったが、こぼれた様子はない。

「……智はもう警察を辞めたんだ。事件を持ってこない」

直ちゃんが以前ほど熱心に弟の復職を誘わない理由はおそらくこれだった。彼女はこれまでにも何度かこうしてうちの店に未解決事件を持ってきてはうまいこと智に協力させ、解決に導いてしまっているのだ。県警からすれば派遣する人員は直ちゃん一人、わずかな費用と時間だけで捜査本部が迷走する難事件を解決してくれるのだから効率的なことこの上ないし、俺たちの関与は当然非公式であるため、解決した暁には手柄は本部長の手の中で好きなように配分できる。したがって本部長としては智を無理に復職させずとも、こうして都合よく使えて事件を解決してくれるならそれでいいと考え始めたようで、最近はそれも目的で直ちゃんを派遣しているようだ。なにしろ彼女は「人を乗せて働かせるのがうまい」という理由で秘書室勤務になったらしいから、いちいち油断がならない。

だがそんなことで味をしめられてもたまらない。第一に当店の業務に差《さ》し障《さわ》るし、第二に捜査規定違反、第三に弟の負担になる。弟はあれやこれや気に病《や》む性格なので、「自分のせいで店の業務に支障が出た」と気に病み、「そんなに必要とされているのに警察を辞めて申し訳ない」と気に病み、「自分が戻らないせいで直井さんが捜査規定違反を命じられている」と気に病むに決まっている。

だが直ちゃんは一瞬黙っただけですぐにまた口を開いた。「死亡推定時刻は午前二時頃から三時半頃まで。就寝中にやられたようです」

脱力する。あくまで事件の話をするつもりらしい。

直ちゃんは「あ、カヌレなら紅茶の方がよかったっすね」などと呟《つぶや》きながら平然と喋る。「で、当然、犯人は一緒に泊まっていた本堂ら三人の誰かなのか、外部から侵入した何者かなのか、というところがまず問題になるわけなんすけど」

「直ちゃん」

手を出して止めたが、直ちゃんは微笑《ほほえ》む。「……金一封《きんいっぷう》、出ますよ？」

「裏金でしょそれ」

「ちゃんと『特別な会計処理をした捜査報償費』から出しますって」

「それを裏金って言うんだよね」

「バックヤードの冷蔵庫、最近異音がするんでしょ？　今年の猛暑でへばったんすかね。でも、十五年も使ったらそろそろ買い換えの時期じゃないすか」

「なんで知ってんの？」監視カメラでも付けられたのだろうか。「何度も言ってるけど、わざわざ喫茶店の店員に頼まなくたって、殺人事件なら県警も威信《いしん》がかかってるわけだし、いくらでも人手を……」

言いかけて気付いた。殺人事件。それも若い人が殺されたという事件なら大々的に全国ニュースになるはずだが、事件そのものが初耳だった。先々週なら他に大ニュースもなく、俺にしたたって特にばたばたしていた時期ではなく、テレビニュースはきちんとチェックしていたはずなのに、である。

おかしいなと思ってふと視線を上げると、直ちゃんがこちらをじっと見ていて、にやりと口角《こうかく》を上げた。

「……さすが、鋭いですね」

何がだろうかと思って少し考える。すぐに分かった。

「第一発見者の『本堂広一郎』は二十四歳で現役議員の私設秘書、だったね？」

「へっへっへ」直ちゃんは実に嬉しそうに笑う。「ひっひっひ。へっへっへっへ」

もう少し善人ぽく笑うことはできないのかとも思うが。「……そこ笑うとこ？」

「いえ、さすがっすね」直ちゃんはブレンドを一口飲み、すっと前髪を直すと、急に口調を変えた。「まあ、これから笑えない話になるんで、今のうちに笑っとこうと思いまして」

ブレンドの香《こう》ばしく温かい香りがキッチンに満ちている。「……おおよそのところは想像がつくけど」

「当たりですよ。本件の扱いは普段と違うんです。なにしろ関係者、というより有力な容疑者の一人が与党の参議院議員本堂巧美《たくみ》の長男ですから。残りの二人もすずらん銀行頭取《とうどり》の一人息子岐部伸也《きべしんや》と聖カタリナ医大病院院長の息子二ノ丸聖輝《にのまるたかき》。殺された洞大斗も人材派遣大手アドワークス社長洞一郎《いちろう》の息子です。彼らは小学校時代からの友人関係で、名門私立新英学園《しんえいがくえん》の初等部に四人揃って入学した後、高校まで内部進学しましたが、大学は四人揃って東京大学。学生の頃から本堂家の別荘の一つである現場で二泊か三泊、四人だけで過ごすのを恒例《こうれい》にしてきました。お坊ちゃん同士の仲良しサロンですね」

何やら悪意がある言い方だが、その理由も察しがつく。「だからマスコミは一切報道しなかった……？」

「今のマスコミは圧力なんて必要なくて、勝手に忖度《そんたく》してくれるんですけどね。息子が、とはいえ本堂巧美のスキャンダルですから」直ちゃんは腹立ちを押しとどめるように目を閉じてブレンドをあおった。「そのへんの腐敗《ふはい》もありますが、問題なのは、そのおかげでろくに捜査ができないってことなんですよ」

俺は無言のまま水を出してネルを洗う。つまりこの事件は、その存在ごと一般国民に対して秘匿《ひとく》されているということになる。洞の遺族と担当した医師あたりを黙らせればいいだけなのだから、権力が本気になれば容易《たやす》いだろう。となれば当然、県警にも「上」から命令が来ているわけである。大々的に聞き込みなどをしたら事件の存在を嗅ぎつけられないとも限らないから、「こっそり捜査しろ」と。そのせいで県警は手足を縛られ、ろくに捜査が進んでいない。

出している水でついでにカップを洗う。「……でも、警察としてはそれでいいの？」

「いいわけないじゃないですか。県警としちゃ、目の前に殺人事件があるのに警察庁長官から直々《じきじき》に『大事《おおごと》にするな』で、あれもするなこれもするな、ですから。担当管理官はストレスで急性胃腸炎《いちょうえん》。現場主任は円形脱毛症《えんけいだつもうしょう》。デカ部屋の壁にも四ヶ所ほど穴が空いて、被害はまだまだ拡大中です」

明らかな腐敗だった。だがそれ以上に、警察庁長官のやり口にはぞっとするものがある。

「……まさか長官は『解決しなくてもいい』って思ってる？」

「その、まさかですよ」直ちゃんはカヌレの頂点にどすんとフォークを突き立てた。「長官の頭頂部《とうちょうぶ》にでも見立てているのだろうか。「殺された洞大斗も大物の息子ですが、所詮《しょせん》いち大企業です。すずらん銀行には政治家の関係者も多いし、聖カタリナ医大病院はご存じの通り、スキャンダルになったお偉いさんが突然病気になって入院するためのシェルターです。もっともあれ、実際は院内にすらいなくて、地下通用口からさっさと抜けて海外でバカンスしてるんですけどね。それに加えて本堂巧美の息子ですから、『上』としちゃいち殺人事件より、そうしたお偉いさんのスキャンダルの方がまずいわけです。で、まあ裏で色々あって『解決できなければそれでもいい。外部の物盗りの犯行とみて捜査中』で手打ち。そのかわりにアドワークスは今度、国がやる大きめのイベントで人材管理を一任されるっぽいですよ」

ということはつまり、容疑者の中に有力者の縁者《えんじゃ》が含まれていた場合、人が殺されてもろくに捜査されないということになる。有力者の息子はもし犯人だったとしても無罪放免。滅茶苦茶《めちゃくちゃ》な話だが、この国ではそういうこともありうる。息子が殺されたのに、警察はろくに捜査をしない。父親である洞一郎はそう知った時、どんな気分だったのだろうか。国には逆《さか》らえないと手打ちに応じたのだろうか。それとも損益《そんえき》計算の上で応じたのだろうか。どちらにしても、ぞっとする話だった。だが。

「……じゃあ本部長さんだって、解決なんかしちゃったら立場がまずいんじゃないの?」

「そうですねえ」知ったことか、と言外にちらつかせつつ直ちゃんは目をそらす。「まあ被害者も洞一郎の息子ですから。犯人とその父親はどこかで落とし前はつけられるんじゃないすか。夜間に交通事故とか、入院した病院で敗血症性《はいけつしょうせい》ショックとか」

「まさか」

それじゃまるっきりマフィアの世界ではないかと思うが、直ちゃんの表情を見る限り、さして冗談めいてもいないようである。

なるほど今回、本部長が喫茶店の店員に事件を持ってきた理由はそういうことだったらしい。

直ちゃんはカヌレをもぐもぐ噛みながら上目遣《うわめづか》いで俺を見た。

「……ひどくないですか？」

「ひどいね」

「腹立ちませんか？」

「立つ」

「バックヤードの冷蔵庫、新調したくないすか？」

腰に手を当て、バックヤードを振り返る。「したいね」

「なら決まりっすね。明日、午後から休みっすよね？　まず現場にご案内します。キッチンは午後から千尋《ちひろ》叔母様が入ってくれるそうですし、バイトの山崎《やまざき》君も『朝からでもいいですよ』との返事でしたので」

「勝手にひとの店のシフト決めないでもらえるかな」叔母はともかく、山崎君の個人情報をなぜ知っているのだろう。「それに悪いけど、現場に行くのは俺一人だよ。智にはまだ、どう話すか考えないといけないし」

「その必要はないよ」

入口のところに弟がいた。手を伸ばしてドアベルを押さえているから、こっそり入ってきたのだろう。

「あ、智、すまん。実はその」これは予想外だった。

「いいよ。兄さんが直井さんとこそこそ話してるの、分かってたから」

「すまん」なるべく弟の手を煩《わずら》わせずにやりたかったが、甘かったようである。

「それに、僕もそういうのは嫌でしょうがない。殺人犯は殺人犯だ。法で裁《さば》く」

普段はキリンのようにおっとりした弟だが、今は冷徹な表情をしている。「まず現場を見なきゃどうしようもない。直井さん、遺留品《いりゅうひん》と鑑定書《かんていしょ》も見られるよね？」

「はい」直ちゃんも仕事の顔になって応じる。

弟のまとう空気が変わっている。大人しくて人見知りで朝が弱く、女性客にもてるのにキャーキャー言われると怖くなって逃げ出すいつもの弟とは違う、おそらくは警察官時代の空気だ。

だがそこで気付く。一瞬遅れて弟も気付いたようで、はっとしていつもの顔に戻った。

「兄さん、結局……」

「うん……」

直ちゃんは、人を乗せて使うのがうまい。

2

別荘というからそう不便な場所にあるわけではないのだろうと思っていたが、予想外に歩くし、距離のわりに疲れる。プリエールで立ち仕事をしている以外は特に運動をしていなかったことを自覚させられ、そうかもう学生時代とは違うのだな、と悲しい気持ちになった。上《のぼ》り坂はそこまできつくはないが、右側は油断すると海まで真っ逆さまになりそうな断崖《だんがい》だし、左側は今にも崩れてくるのではないかという絶壁《ぜっぺき》である。べたついた海風が吹き上げてきてシャツが煽《あお》られ続け、その潮気《しおけ》にも負けずにぼさぼさ伸びる雑草が時折足首に絡みつく。疲れるのはそれらのせいでもあるのだろう。

とはいえ、その分絶景である。そういえばここのところ忙しくて、しばらく海を見ていいなかった。シーズンはもう過ぎているが、それでも海はいい。遠くに白い雲が伸びているだけで空はよく晴れており、どこまでも続く海の青と空の青が鏡映しのように対称になり天地の区別をなくしている。ちらりちらりと現れては形を変えて消える白波と、無限色の碧《あお》を内包する海の色を眺めているだけで一日過ごせそうだ。視線を崖下に下ろす。はるか下に伸びる断崖は見下ろしていると平衡《へいこう》感覚を失ってふらりと落ちてしまいそうな一方で、そのまま両手を広げれば滑空《かっくう》できるのではないかという気もしてくるし、飛び降りても滑《なめ》らかな海水にひゅるりと抱き留められるのではないかと思ってしまう。もっとも海水浴はあまりそそられない。プリエールの二階で育った俺は最寄り駅から電車で二駅ほど行けば海に着くため、子供の頃からよく智と一緒に自転車で海岸の公園まで行っていたが、二人ともカナヅチなので磯《いそ》のヤドカリをつつき、ヒトデを棒で裏返し、石を持ち上げるとざあっと散り逃げるフナムシ*3に悲鳴をあげる、という遊び方しかしていなかった。

直ちゃんが先に行っているのを見て歩を速《はや》める。のんびりしている余裕はない。俺たちは昼前に来てくれた叔母に店を任せて出てきたのだし、彼女が帰る夕方までに店に戻らなければならない。そもそも殺人事件の捜査にきている。

「足元、気をつけて。まあ下の海も岩が出てるわけじゃないんで、落ちても危険度的には『真っ黒な服を着て夜間の首都高《しゅとこう》でマラソンをする』くらいっすけど」

前を行く直ちゃんは分かるような分からないようなことを言いつつ振り返り、俺越しに後ろに声を飛ばす。「惣司警部、もうすぐなんで。大丈夫っすか？」

直ちゃんが予想外に大きな声を飛ばしたので後ろを振り返ると、弟はかなり後ろに離れており、考え事でもするようにゆっくり一歩一歩、左右を見ながら歩いていた。止まって待とうとしたが、弟はぱたぱたと手を振って「先に行って」のハンドサインをしてきた。

「ま、もうそこに見えてますから」直ちゃんは親指で前方を指してまた歩き出す。道がカーブしており、確かにその先で足元が開け、平場《ひらば》ができている。

「あそこが現場です。話は通してあるんで」

視界が開け、雑草の生い茂る足元に飛び石が現れた。その先を目で追っていくと、断崖からせり出すような形で、黒基調《きちょう》の瀟洒《しょうしゃ》な建物があった。本当に崖ぎりぎりに建てられており、柵に囲まれた一階テラスなどはコンクリートの土台を空中に突き出させて崖から離れている。

「……よくこんなところに建てたね」

＊3　海辺によくいるでかいダンゴムシみたいなやつ。高速で走る。

「誰も来なくて静か、っていう点については完璧っすからね。それに絶景。もっとも、静かすぎて行き来が不便なんでオーナーも結局二、三回で嫌になって、本堂広一郎たちが年に一度集まる以外は、たまに管理会社の人間が来るだけだったようです」

仕事柄、出先で綺麗な建物を見ると「あそこで開店したらどうなるかな」と考えてしまう癖があるのだが、いくら絶景で綺麗な建物でも、通行人はおろか猪一匹通りがからないこんな場所では、さすがに経営プランが出てこない。

直ちゃんが俺を見る。

「みのるさん、現時点ではどう思います？　洞を殺したのは宿泊していた他の三人、つまり内部犯でしょうか？　それとも外から侵入した三人以外の誰か、つまり外部犯でしょうか」

専門家は弟の方であって俺はただの喫茶店店主なのだが、直ちゃんは素人扱いせずに意見を求めてくる。こちらも遠慮せずに答えなければならない。

「こんな場所じゃ内部犯で決まりじゃないの？　いくらなんでもここに外部の人間は」

「んー……そうっすね」直ちゃんは背中の大きなリュックを揺すりあげ、腕を組む。「確かにこんなとこ通りがかる人間はいないし、流しの犯行ってことはまずないっすよね。一方で、四人がこの時期にここに泊まるってことは周囲の人間ならわりと知ってるわけでして。四人に恨《うら》みを持つ外部の人間がこっそり侵入している可能性も一応あるわけです。周囲にひと気はないし外界から隔絶されてるし、一度侵入すればむしろ殺《や》り放題」

なるほどと言って頷きはしたが、はたして犯人がそう考えるだろうかと思った。そんな苦労をしてここにいる時を狙わなくても、住所を調べてつけ回し、暗闇で轢《ひ》き殺しでもした方がよほど手っ取り早いのではないだろうか。俺は建物の玄関を指さす。「侵入、難しくない？」

一応盗難避《よ》けということなのか、近付いてみると、建物の玄関ドアの上には監視カメラがついていた。角度からすると、俺たちが近付いてくるところがだいぶ前からまる見えになるようだ。

俺は歩いてきた崖の道を振り返る。「侵入路ってここだけでしょ？」

「崖の上からはちょっと無理っすね。下からは……一応、こっそりテラスの土台にロープでも括っておけば、海から崖を登って侵入できますけど」

「特殊工作員《とくしゅこうさくいん》レベルだね。その気になればできなくはなさそうだけど」

「まあ捜査上の常識として、そういう根性のある犯人《ホシ》っていうのは少ないんすよね」

なるほど警察庁が隠蔽《いんぺい》に走る理由が分かった。この状況では、どう見ても内部犯にしか見えない。

「でも、捜査本部はまだ、内部犯か外部犯か決めかねてます」

「なんで？」

「理由の一つがそれっす」直ちゃんは親指で頭上の監視カメラを指す。「四人がここに来た時、このカメラにはポリ袋が被《かぶ》せられていました。どこにでもあるコンビニのレジ袋でしたけど、こんなとこにたまたまコンビニのレジ袋なんかが飛んできて、殺人事件の起こった日に都合よくカメラに被さる、なんてことは考えにくいわけで」

ドア上のカメラを見上げる。カメラは道の方を向いているせいか、目をそらすようにそっぽを向いている。

「……つまり、犯人がカメラを塞《ふさ》いだ」

「でしょうね。それが外部犯っぽさその一」

直ちゃんはリュックから白手袋を出してはめ、俺にもひと組渡してきた。これをするのも初めてじゃないんだよなと思いながら着けると、直ちゃんは鍵束を出し、玄関ドアを躊躇《ちゆうちよ》なく開け放した。そういえば殺人現場だというのに、ここには現場保存の警官の一人もいなければ、規制線も張られていない。

「こんな辺鄙《へんぴ》なとこにありがとうございます。どうぞどうぞ。遠慮なく上がってください」

「そんな自分ちみたいに」

直ちゃんに続いて玄関で靴を脱ぐ。智もようやくこちらに来ていた。待っていようと思ったが、弟は弟で建物周囲を観察しているようなので、構わずにドアを閉めて上がり、直ちゃんが出してくれていたスリッパを履く。

直ちゃんは一階入ってすぐのＬＤＫにいた。ＬＤＫにはがっしりとしたダイニングテーブルがあったが、彼女はそこではなく、壁際のチェストの上に置かれたパソコンを指さしている。「で、四人がここに着いた時に、このＰＣが突然起動してメールの着信が告げられたそうです。これが外部犯っぽさその二」

「……メール？」

「着信音が派手に鳴る設定になっていたようで。もともと持ち主である本堂広一郎が別荘でも仕事ができるようにって置いてあっただけのＰＣで、四人が使うどころか、メールの着信なんてものもこれまで一度もなかったそうですが」

ノートパソコンを見る。パナソニック製の、ごく普通の機種だ。直ちゃんはその液晶画面を指でとん、と叩く。

「メールの文面は、『お早いお着きで。それでは今夜、殺させていただきます』」

ぞっとした。殺害予告だ。だが、重要なのは文面よりもむしろ。「……着いた時にちょうど着信したの？」

「そうです。発信元は今、探してますが、どうも遠隔《えんかく》操作で複数の端末を経由しているみたいで、そっちの線は無理そうっすね」直ちゃんは画面をぱたんと閉じる。「で、当然四人は騒然となりました。その一のレジ袋と考え合わせて、誰かがここに侵入して自分たちを監視してるんじゃないかって思ったので、四人で建物の内外をくまなく探したそうです」

「行動力があるね」

「昔、二ノ丸聖輝が中学時代、ちょっとストーカーっぽい女につきまとわれたことがあって、それを他の三人で撃退したことがあるそうなんですよね。本堂も大学時代に似たようなことがあったそうで、慣れてるようです。まあ、モテますからね」直ちゃんは語尾を投げ捨てるように言う。「けっ」とでも言いたげである。「もっとも、侵入者はもちろんCCDカメラだの盗聴器《とうちょうき》だのも見つからなかったそうで。まあ、あるいはメンバーの誰かが仕込んだ悪戯《いたずら》なんじゃないか、みたいなことも言いあいつつ、そのまま宴会をしていたとのことですが」

それも凄《すご》いな、と思うが、何か具体的に害があったわけではない。男子四人のグループとなれば度胸の見せあいのような雰囲気になったかもしれず、誰も「帰ろう」などとは言いださなかったのだろう。もし帰っていれば、洞大斗は死なずに済んだかもしれないのだが。

直ちゃんは白手袋をした手でポケットから手帳を出し、頁《ページ》をめくる。「四人がこの部屋で宴会をし、それぞれ風呂に入り、最初に被害者の洞大斗が午前〇時半頃、二階の、そっちの部屋に入って就寝」

　ＬＤＫの入口ドア付近には手すりつきの恰好《かっこう》いい階段があり、二階に続いている。直ちゃんが親指で指すのは二階の右側の部屋だった。

「続いて午前一時頃、銀行員の岐部伸也と医学部生の二ノ丸聖輝がともにそこの和室で就寝」

　振り返ると、リビングから続く引き戸のむこうに広めの和室がある。

「……二人で？」

　見上げると、二階にはあと二つ、正面と左にも部屋のドアがある。直ちゃんは手帳から顔を上げないまま、また親指でそちらを指した。

「寝る部屋はジャンケンで決めたそうですが、二階の真ん中の部屋に当たった二ノ丸が、二階はよく揺れるので怖い、と嫌がったみたいです。風が強かったすからね。まあ和室は広いので、岐部と一緒に蒲団の上にごろんとした、と」直ちゃんは続いてリビングの隅《すみ》、テレビ台に向かいあう位置のソファを指す。「で、最後まで一人で飲んでいた家主《やぬし》の本堂広一郎がそこのソファで就寝というか寝落ち。酒癖悪いんすかね。これが一時四十分頃」

「ソファで……」

「本当はそっちの部屋で寝るはずだったらしいんすけど」直ちゃんは二階の左側の部屋を指さし、手帳から顔を上げた。「で、翌朝。一階の三人はめいめい起きてきたけど、朝食の用意をしても二階の洞が起きてこないので、本堂が呼びにいった。部屋の鍵はかかってなかったそうすけど、入ってみたら洞が背中を刺されて死んでいた。本堂は慌てて下の岐部と二ノ丸を呼び、自分は一一〇番通報した。これが翌朝九時一九分」

そこだけ時刻がはっきりしているのは通報時刻を記録しているからだろう。そして警察が到着し、検視《けんし》がされた。死亡推定時刻は午前二時から三時半だったか。

「死因は……」

「失血性ショックっすね。刃物で背中から、脊柱《せきちゅう》越しに心臓をひと突き。鑑識によると『見事なもの』だそうですよ」

直ちゃんはカウンターキッチンの中に入っていく。ついていくと、彼女はシンク下の収納《しゅうのう》を開けて包丁立てを示した。「凶器の出刃包丁は死体の横に捨てられてましたが、外から持ち込まれたのではなく、ここにあったやつだそうです」

直ちゃんと並んでしゃがみ、包丁立てを見る。家主が料理に凝っていたのか、四人のうちの誰かがそうなのか、包丁立てには通常の三徳包丁の他、刺身用の細長い柳刃包丁や小さなペティナイフ、四角い刃の菜切り包丁までが揃っていた。どれも刃に製造者の銘《めい》が入っており、高級品だと分かる。

「ここのものを使ったっていうことは、ここに何があるか知っていたんだろうね」白手袋を引っぱってはめ直し、三徳包丁を抜いて戻す。「現場にあるものを使うことで、凶器から足がつくのを防いだか」

「……みのるさん、ちょい刑事ドラマっぽいっすね」

「うっ」

とりすました白手袋の感触のせいか、ついその気分になっていた。「でも、ええと、ここに何があるか知ってた人間となると、だいぶ絞られてくる……」

「あらかじめ下見《したみ》をして、凶器として使えそうなものに目星をつけていたとも考えられます。監視カメラもその時に覆った」直ちゃんも柳刃包丁を出し、俺に向かって突き出す真似をしてからしまい直した。「カメラの方は録画を一ヶ月保存できるタイプだったみたいですが、県警で確認しても、レジ袋の内側しか映ってませんでした。でも犯人が映像の保存期間を計算して、一ヶ月以上前に『下見』をしたとも考えられます」

レジ袋の内側だけが一ヶ月分映っている映像を全部見て確認した捜査員のみなさんにはお疲れ様でしたと言いたい。

「なるほど。相当、計画的な犯行だね」刺す真似はいらんだろと思いつつすり足で後退《こうたい》する。「でも内部犯に決定じゃない？　計画的なのもそうだけど、少なくとも四人が到着した時に監視カメラのレジ袋は取ったわけだよね。カメラは道を映してたし、映らずに敷地内に入ることは無理でしょ。それプラス四人が建物内外をくまなく探したっていうなら、先に侵入して隠れてるのも無理」

「もちろん内部犯でも犯行は可能です。どこに行くにもこのリビングを通るので寝ている本堂の視界内を通りますが、本堂は熟睡していました。和室の灯《あか》りは半分点《つ》けたままだったとのことですが、岐部と二ノ丸もそれぞれ熟睡していたそうなので、こっそり蒲団を抜け出して、犯行を済ませて蒲団に戻る、というのも」

監視カメラのレジ袋にしろ、ＰＣのメールにしろ、内部犯が外部犯に見せかけたものと解釈することもできる。外部から侵入できないなら内部犯しかないはずだが、直ちゃんの言い方には含みがあった。「捜査本部の見立ては違うの？」

「そうなんすよ。実は、内部犯だと考えても不可解なことが。うわ」

直ちゃんがのけぞって上を見上げるのでキッチンから出ると、いつの間にか智が階段の上からこちらを見下ろしていた。

「惣司警部。ひと声かけてくださいよ。忍者っすか」

「ごめん」智はすまなそうな顔で自分の足元を見る。「床と階段、そっと歩けば音がしないみたいだから。気付かれずに移動できるか試してみたんだけど。……階段の方は少し難しいね。かなり軋《きし》む」

なのに俺たちに気付かれずに上り下りしていたらしい。そういえば子供の頃からかくれんぼが得意だったなこいつ、と思い出す。だが。

「じゃ、一応犯人は、寝てる本堂とか和室の二人に気付かれずに移動できたんだな」

「うん。それにドアも、そっと開閉すれば音が出ないみたい」

「ドアも開け閉めしたのかよ。全然気付かなかったな」

「やー……警部ほんと忍者……びっくりしたっす」直ちゃんは本当にかなり驚いたらしくしゃがみこんでいたが、よく見ると右手は胸を撫で下ろしているのではなく、ジャケットの内側に差し込まれている。「危うく抜きそうになりました」

「やめて」というか、こんな捜査に拳銃を持ってこないでいただきたい。

直ちゃんはジャケットの前を合わせて拳銃を隠し、立ち上がった。「現場を見ましょうか」

二階の寝室は一見するとさして豪華なふうでもなかったが、よく見るとベッドやカーテンといった調度は国産輸入問わず良品ばかりで、かえってここの持ち主は生まれた頃から当然のように良いものに囲まれて育った、成金《なりきん》ではない本物の「いい家の人間」だと感じさせる。だが趣味のいいその部屋も、壁紙とカーペットに広がる茶色の染みと、その周囲を人形《ひとがた》に囲むホワイトテープで台無しになっていた。被害者は壁際にうずくまるように倒れていたようで、分かりやすく大の字で倒れているより生々しかった。

「これ、どういう姿勢だったの？　背中から刺されたんだよね？」

「口で説明するより実演した方が早いっすね」直ちゃんはいつの間にかキッチンから持ち出していた三徳包丁をこちらに向けた。「むこう向いて立ってもらえますか？」

「これ完全に俺が脅されてる絵面《えづら》じゃない？」

「あ、じゃあ台詞もつけましょうか。うるせえ、声を出すな！　黙ってそっち向け！」

「やめて怖い」

「『出刃包丁を突きつけて脅され、壁に手をついて立たされた。そして何かの問答の後に殺された』」

ドアの方から声がした。包丁を突きつけられながら振り返ると、智が部屋に入ってきていた。「……だよね？　だとすれば怨恨の線」

「話が早い」直ちゃんは包丁を引っ込めて笑顔で振り返る。「鑑定もそんなところです」

「被害者はそのベッドに寝ていたわけだよね。それならそのまま刺せばいいのに、犯人はわざわざ被害者を起こして立たせてから刺している」智は今はもうない死体を透視《とうし》するかのように、カーペットの染みをじっと見ている。「被害者に何か言いたいことがあったか、何かを訊き出したか……それとも単に、充分恐怖を与えてから殺そうとしたのか」

「よほど強い恨みがあったってことっすよね」

カーペットの茶色い染みと苦しそうな姿勢。血を流して事切《ことき》れている被害者を想像し、それを見下ろす犯人のイメージをそこに付け加えてみる。なんとなく影のようなものが浮かぶだけで、顔かたちも表情も分からなかった。笑っていたのか、泣いていたのか、無表情だったのか。冷静に「仕事」を片付けたのか、肩で息をして興奮していたのか。

「直井さん、二つ確認したいんだけど」智は部屋をひょいと見回した。「就寝中、和室と洞大斗の部屋は明かりがついていた？　それと、和室の戸を犯人が開けた痕跡は」

「さすが『三知《さんち》の捜査王子《おうじ》』*4」直ちゃんは勝手に作った渾名《あだな》を出して智を困り顔にさせる。

＊4　「第三知能犯捜査」の略。汚職や詐欺《さぎ》などを担当する部署で、捜査員もなんとなく知能犯っぽい雰囲気の人が多いらしい。

「話が早い。そう。その点でも外部犯ってのは無理なんすよ」

どういうこと、と訊こうとしたが、訊かなくても話してくれそうだ。俺は黙って待つ。

直ちゃんは手帳の頁をめくる。

「お祭しの通り、二階の洞の部屋も一階の和室も、小さく明かりはついていました。外からでも人がいることは分かったでしょう。でも事件時、和室の引き戸には内側に岐部の持ってきた釣り竿が立てかけてあったそうなんです。戸を開ければ動くはずなのに、そのままだった、とのことです」

「ええと、つまり……」つまりどういうことなのか。俺だけがまだ分からない。これは思ったよりだいぶ悔しいぞ、と自覚する。

「つまり、犯人はほぼ寄り道なしでまっすぐここに来て出刃包丁を取ると、まっすぐ二階の洞の部屋へ行き犯行。その後、二階の窓からテラスのひさしを伝ってテラスに降り、どこかに消えている、という感じになるんすよ」

「……うん」

そこまでは分かる。だが。

「……そうか。おかしいな、それ」

ようやく理解が追いつく。そう。おかしいのである。犯人はソファで寝ている本堂も明かりの漏れている和室も無視して、被害者である洞大斗の部屋に一直線に向かっている。だが外部犯だとしたら、洞大斗がその部屋にいるとどうやって知ったのだろうか。彼らは事件当夜、寝る部屋を「ジャンケンで決めた」のだ。建物内のどこかに監視カメラや盗聴器でも仕掛けておかない限り、当日誰がどこで寝ているかなど分かりようがないのに、なぜ和室の戸を少し開けて覗くことすらせず、音が出るのを覚悟でまず二階に上がったのだろうか。

「……そうか。リビングで寝てた本堂を無視している以上、全員を殺すつもりだった、っていうこともないわけだしな」

犯人は洞大斗を殺害したらすぐに逃走している。何よりキッチンから出刃包丁一本しか持ち出していないのだから、初めから一人を狙《ねら》っていた、と考えるしかないだろう。仕事で使っていると分かるが、包丁の刃《は》というのはとても繊細《せんさい》で、乱暴な使い方をしているとあっという間に切れ味が鈍《にぶ》り、場合によっては刃が欠けたり折れたりするのだ。全員を殺すつもりだったなら、予備を持っていかないのはおかしい。

「そう」智が頷く。「外部犯だとするなら、犯人はターゲットである洞大斗が二階の部屋にいると分からないはずなんだ」

「だとするとやっぱり……内部犯か」

だがそう言うと、直ちゃんは洋画ばりに両掌《てのひら》を上に向けて降参のポーズをした。「ところが。内部犯だとしても犯人の行動はおかしいんすよね」

「……え？」

「兄さん」智が俺の忘れ物を指摘する調子で言う。「本堂広一郎は予定外にソファで眠っているし、岐部伸也と二ノ丸聖輝は二人で寝ているんだよ」

「え？」

直ちゃんは捜査本部で検討した過程を知っているようだし、智はこの理解の速さだ。どうも俺だけがいつも置いていかれる恰好になる。

「あ……そうか」

すぐに分かった。内部犯だとすると、今度は犯人の行動につじつまが合わなくなるのだ。もし本堂広一郎が犯人なら、ソファで寝たりはしない。ジャンケンで洞と同じく二階の部屋が当たり、他の二人は一階で寝ているのだ。わざわざ和室からまる見えのソファで寝るなどということをせず、二階の部屋から出て二階の部屋で犯行をする方がよほど安全だ。かといって一階の和室で寝ていた二人のどちらかが犯人、というのもおかしい。もし犯人が二ノ丸聖輝なら、二階の部屋が当たっていたのだ。やはりわざわざ一階の部屋に移りなどしないだろう。岐部伸也にしても同じだ。同室の二ノ丸聖輝に気付かれずにそっと部屋を抜け出すことは可能かもしれないが、極めて危険でもある。そんなことをするぐらいなら、二ノ丸が「下の和室にしてくれ」と言いだした時に「じゃあ自分がかわりに二階で寝る」と言えば、犯行の容易な二階に移ることができるはずである。

それにそもそも、内部の誰かが犯人だというなら、なぜこんな閉ざされた、自分たちしかいない場所で犯行をしたのか。洞大斗をつけ狙い、夜間に轢き殺す方がはるかに安全で簡単だ。

俺はそこでようやく、状況の不可解さを理解して唸《うな》った。外部犯だとすると、犯人の行動はおかしい。だが内部犯だとしてもやはりおかしい。

「……どういうこと？」

そんな馬鹿な、と思う。左右に分かれた道で、右に行っても行き止まりなのに左に行っても行き止まり。そんなことがあるだろうか。思わず床の白線を見る。確かに人が死んでいる。それもおそらくは相当、怖い思いをして。解答なし、で済ませるわけにはいかない。

「いや、ちょっと待った」頭を抱えたくなるのをこらえ、手を突き出して少し時間をもらう。別に直ちゃんと智に謎かけをされているわけではないのだが。「まだ可能性はあるよ。い、い、い、内部犯と外部犯の共犯。つまり実行犯は泊まっていた三人以外の外部犯で、内部犯が、他の二人が動いていないタイミングとか、被害者がどの部屋で寝ているかとかを教えて手助けをした」

言っている途中からすでに、これはいける、という感覚があった。そうなのだ。内部犯である三人の誰かが、洞大斗を殺そうとしている外部犯を助けた——いや、彼らの社会的地位からすれば、自らの手を汚さないで済むよう外部犯を使い、最低限の情報提供だけをした、と考える方がしっくりくる。それならば説明がつく。本堂がソファで寝ていたのも、岐部と二ノ丸が一階の和室で一緒に寝ていたのも、他の二人を監視し、侵入してくる外部犯を助けるためだと考えればむしろ合理的だ。

「つまりこうだ。外部犯があらかじめ敷地内に侵入して、建物の外に隠れている。そこに四人が来る。寝る時に、内部の共犯者が外に隠れてる外部犯に、洞大斗がどの部屋で寝ているかを伝える。それを聞いた外部犯が建物内に侵入、キッチンから出刃包丁を取り、洞大斗を殺害して逃げる。建物内に潜《ひそ》み続けてたっていうのはさすがに無理があるけど、カメラの死角になる建物外のどこかに潜んで、内部の共犯者から合図をもらって侵入する、っていうんならできそうだし」

もちろんこの見立てでも、外部犯が建物外のどこに隠れていたのか、という問題は残る。だが。「内部に共犯者がいれば、建物内外を探す時にうまく妨害できない？　探したふりをして見逃すとか。四人が確実にくまなく捜索できたっていう保証はないよね」

「そうなんすよねえ」直ちゃんはなぜか嘆息《たんそく》した。「捜査本部の『真面目《まじめ》に捜査しようとしてる派』の最終的な見解もそうでした。いや、みのるさん。現場に来てたった数十分でそこまで辿り着くのは、えらいと思うんすけど」

「うっ」

えらい、などと言われている。つまり、ハズレだということである。

直ちゃんは親指でドアの方を指した。「外、来てもらえるっすか。彼らの捜索に漏れがあるかどうか、確かめたいんで」

井戸の中は暗く、闇の底で揺れる水面までの距離は測れるようで測れない。大人になってあらためて見てみると不思議な空間だった。実際には数メートルから数十メートルの縦《たて》穴《あな》に過ぎないのに、落ちたら二度と現世に戻れない気がする。実際に民話などでは、井戸の底に異世界があって蛇《へび》や魔女が棲んでいる、という話は洋の東西を問わず存在するのだ。おーい、と声を出してみる。わりとしっかり出したはずなのに、俺の声はかすかな反響を届けただけで消えてしまう。闇がすべての音を吸収してしまうようだ。周囲では間断《かんだん》なく続いているはずの波音も、この中までは届いている様子がない。

「どうっすか？」

後ろから直ちゃんの声がしたので体を起こす。海風と波の音が蘇《よみがえ》った。

「いや、井戸とか見たの久しぶり。小さい頃ばあちゃん家の近くで見た記憶があるくらい」

智が首をかしげる。「あったっけ？」

「お前まだちっちゃかったから」直ちゃんに振り返る。「この水、飲めるの？」

「いや、掘ってすぐ濁《にご》っちゃって、ずっと使ってなかったみたいっすね。普通に水道でい水来てますし」直ちゃんは手帳をめくる。「蓋《ふた》もずっと閉めっぱなしだったそうなんで、隠れ場所になることはなったはずっすけど」

「横穴も何もないし、覗かれたらおしまいだね」まあ俺が外部犯だとして、こんな場所に隠れようとはまず思わないだろう。「一応、水中にいれば見つからないかな？　けっこう深いから出入りが大変そうだけど」

「事件の時はもう少し水位があったそうですが、それでも無理っすね。水中にいたらどうしても水面が動いて、覗かれたらバレます。証言によれば岐部と二ノ丸の二人でしっかり覗いて確認したそうですから」直ちゃんは手帳から顔を上げる。「でもためしに潜《もぐ》ってみます？」

「兄さん」智が俺の肩をガシッと掴み、ふるふるふると首を振った。

「いや、やんないよ」なぜそこを本気にする。俺は建物の裏を指さす。「で、ここの他はあっちの物置小屋？」

「そっす」直ちゃんが歩き出す。「人が隠れてられそうな場所っていうとそのくらいです。あとはせいぜい木遁《もくとん》の術か土遁《どとん》の術っすね。[*5] でも捜索時はまだ明るかったし、木の上とか穴ぼこ掘った跡なんかを見落とすはずはない、とのことです」

さっきの井戸も釣瓶《つるべ》式の味わい深いものだったが、建物の裏にある物置小屋も同様だった。丸太で壁と三角屋根が組まれており、食材でも保存するためだったのか高床式で、五段ほどの階段を上って入るようになっている。

「ま、建物本体ですら放置されてる状態すから。こっちの物置小屋も何年も入っていないそうですが」直ちゃんがドアを開ける。ドアは派手に軋んだ音がしてだいぶ重そうに見えたが、見かけのわりに力持ちである。「中はすでに捜索終わってますから、好きにひっくり返していいっすよ」

＊5　「○遁の術」を「○で攻撃する術」だと思っている人がたまにいる。実際は文字通り「遁術」であり、たとえば「火遁」の場合、火をつけたりして相手の注意をそらすのである。

そう言われて入ってみたが、あまりその気にはなれなかった。八畳ほどの小屋の中は入って正面に小さな明かり取りの窓があるだけで薄暗く、何が入っているのか不明な段ボール箱が隅にいくつかと、シャベルや木槌《きづち》、ロープなどの大工道具が少し。あるのはそれだけで、静止した空気の中、身じろぎをすると床板がぎし、と鳴るのはまるで遺跡だった。

「なるほど、段ボール箱をつなげてその中に隠れる……とかも無理だね」

「ちゃんと開けて確認してみたそうですし、近寄って確認するぐらいのことはしますよね」直ちゃんが言う。「こちらを捜索したのは本堂と洞の二人ですが、天井方向もちゃんと照らして見たし、誰かが潜むようなスペースは絶対になかった、と本堂は証言しています」

頭上を見上げる。三角屋根なので天井付近はやや遠く暗がりになっているが、それでも人間一人が張りついて隠れるスペースなどないのは明らかだ。

俺はかわりに入る智とすれ違ってドアから出た。海風が顔を撫でる。

「……なるほどね」

「四人が捜索を始めたのは午後四時半頃。屋内で何も見つからなかったので外に出て、岐部と二ノ丸は井戸へ」直ちゃんが風でめくれる手帳の頁を押さえながら言う。「本堂と洞は裏手のこの小屋へ。ひと通り捜索してもやっぱり誰もいなかったので、建物内に戻ったそうです」

　確かに井戸も小屋もこの様子では、捜索に漏れがあったとは考えないだろう。

「しかし、そうなると……」階段をぎしぎしと下りて建物の裏側を見る。「……外部犯がどこかに隠れていた、っていうのは本当に無理だね」

「そうなんすよ」直ちゃんは階段を飛ばしてぴょんと飛び降りてきた。「捜索時も二人ずつでしたし、内部犯が外部犯をなんとかして隠す、というのは無理なんです」

　ＰＣにあんなメールを送れば、彼らがかなり念入りに捜索するであろうことは犯人にも予想ができたはずだ。その上でどこかに隠れて捜索をやり過ごす計画だった——というのは、少々考えにくい。

　波の音が、さあ……と尾を引いて耳に届く。

　なるほど、最後の可能性もこれで潰れてしまったわけだった。四人がここに着いた後、建物内外は本当にくまなく捜索され、誰も見つからなかったのだ。そして防犯カメラにも誰も映っていないというから、捜索後に誰かが侵入してきたわけでもない。となれば事件時、現場周辺には四人の他、誰もいなかったということになる。だとすると「内部犯と外部犯の共犯」という可能性もなくなってしまう。

「む……」腕組みをして唸る。考えられる可能性がすべて消えてしまった。

なるほど警察が困るわけだ。内部犯でも外部犯でもなく、内部犯と外部犯の共犯でもない。だが犯行態様からして洞大斗の自殺でもない。では、彼を殺したのは誰だろう?

「とりあえずは」

後ろから智の足音がした。今度は別に気配を消してはいないようだ。「……三人に話を聞きたいんだ。人間関係とか」

「ええ。じゃあ週明け、月曜ですね」にもかかわらずなぜかジャケットの内側に手を入れていた直ちゃんは、ひとつ咳払《せきばら》いをして即断した。「どうせ台風が来て大雨の予想ですし、月曜は店、閉めてください。時間ずらして一人ずつ行かせますから、バラバラに話を聞けます」

「うちの店は取調室じゃないんだけど」

「職場に連絡しておいたんで、今頃は県警の者がちゃんと『大雨の予想のため月曜臨時休業にさせていただきます』って掲示してますよ」

「偽計業務妨害《ぎけいぎょうむぼうがい》だ」公権力による弾圧ではないか。

「やだなあ。ちゃんと補償はしますって。裏金《うらがね》で」ついに自分で裏金と言った。「ちゃんと注文もしますよ? ここんとこ雨続きだったし今月、このペースだと赤字のおそれがあるっすよね? どうせ客の来ない日に一日分の補償が出るんですから儲《もう》けもんっすよ。部分的にスイーツ類、出せるようにしといてください。残ったら捜一で買い取りますから」

「なんでうちの経営状態把握してるの？」凶悪犯担当のごついおっさんたちが弟のお菓子に舌鼓《したつづみ》をうつ絵を想像する。

とはいえ、現場を見ても何も分からなかった今、調べるべきは容疑者の三人しかいない。三人の誰かが、何らかの事情があって不合理な行動をとったのかもしれない。三人に話を聞けば、ずっと親友同士だったという彼らの中にも動機になりそうな綻《ほころ》びが浮かび上がるかもしれない。

だが、この後の事情聴取で、俺のその淡い期待は簡単に霧消《むしよう》した。

3

「……考えてみれば、すごい話ですよね。小学校からずっと仲がいいまま、もう十五年以上ですよ」

本堂広一郎はすっとカップを持ち上げ、ブレンドを口に運ぶ。取っ手に指を入れないで持つお客さんは久しぶりに見たなと思う。なにげない仕草だが品の良さがあり、カップの持ち方一つで育ちが良いのが見て取れた。

「こんな仲間はそうそうありえない。この歳になって、それが分かってきたんです。なのに」本堂広一郎は手で顔を覆うと強く息を吐き、失礼、と呟いた。「大斗……。いや、今でも信じられません。俺たちが四人でない、というのが、ありえないことのように思うんです」

くたびれたところが全くなく、なのに着慣れている印象を受けるスーツ。織《お》り糸の滑らかさが伝わるような上等のネクタイ。まだ二十四歳だということだが、それら高級品に「着られている」印象が全くない。爽やかで快活な印象の短髪。少し熱意が勝ちすぎるような印象だがそれ故《ゆえ》にかえって親しみやすく、声にも表情にもぶれがない。なんとなく「この人に任せておけば間違いないだろう」という信頼感を抱かせる上にスーツの似合う男前でもあり、今は私設秘書だという彼がじきに父親の地盤《じばん》を継いで政界に出るだろうというのは明らかだった。出れば「プリンス」と言われて人気が出るのだろう。

「失礼しました」本堂広一郎はふっと息を吐き、感情を出したことを詫びてカップを持ち上げる。「おいしいコーヒーですね。雑味《ざつみ》がないし、香りが活きてる」

「恐縮です」

テーブルの傍《かたわ》らに立つ俺が頭を下げると、本堂広一郎はフォークを取った。「湿《しめ》っぽくなっては駄目ですね。いただきます」

彼に合わせて同じベイクドチーズケーキとブレンドを頼んでいた直ちゃんも、おそらくは来客用と思わせるしおらしい顔でフォークを取る。

午前十時過ぎ。窓の外は明るい。

台風はありがたいことにコースを外れ、今は太平洋で熱帯低気圧になっている。昨夜の雨で前庭には大きな池ができているものの、空には晴れ間が見えている。これなら店を開ければよかったと思わないでもなかったが、さっさと休業の貼り紙を出されてしまった以上、後の祭りである。今は取調べだ。休業補償と金一封のために働かなければならない。

俺から見る限り、本堂広一郎は包み隠さず話してくれているようだ。だが期待したような、四人の中の確執《かくしつ》めいたものは全く臭ってこなかった。

「中学、高校と、部活もご一緒だったんですよね」向かいに座る智が訊く。うちの弟も貴族的な雰囲気では負けていないのだが。

「サッカー部でした。俺はキーパーで、伸也が中盤の司令塔。聖輝はあんまり運動が得意じゃなかったからレギュラーから外れることもあったけど、出場した時はよく走って、けっこうチャンスを作ってました。大斗は……」本堂広一郎はブレンドの褐色《かっしょく》に視線を落とし、微笑んだ。「あいつが一番頼りになった。たいていＣＢ《センターバック》で、俺がヤバい、って思うような状況で、何度も体を張ってクリアしてくれた」

俺が、あいつが、と言う本堂広一郎は、中学・高校時代のサッカー部員に戻っているように見えた。

「惣司警部。どうか犯人を見つけてください。犯人を捕まえて……そいつに、どうしてこんなことをしたのか訊きたい」本堂広一郎は言った。「あいつは、殺されるような人間じゃありません」

智は基本的に黙って話を聞いているだけであり、傍目《はため》には、相手の感情に合わせて被害者を悼《いた》んでいるだけのように見えるだろう。もちろん俺には分かっている。弟は、本気で悲しむ時はもっとはっきりと暗い顔になる。今は間違いなく刑事として話を聞いているのだ。

一方で、智から質問する回数は少なかった。俺からすれば参考になる話が何も得られないままなのに、本堂広一郎は席を立つ流れになってしまう。それでいいのか、と直ちゃんを見ると、直ちゃんも智に視線を送る。智はそれに気付いているのかいないのか、彼が立ち上がるのを黙って見ている。

智はそこで、立ち上がった本堂広一郎に一つだけ訊いた。「本堂さん。最後に一つ伺《うかが》いたいのですが」

「はい」

「ご自身も政界を目指されるのですよね。何か、叶えたい夢のようなものはありますか」

ふっ、と空気が止まった。これまでの流れから外れた質問である。

「まだ、そうと決まってはいませんが」本堂広一郎は仕事の顔になった。「もし出馬するというなら誰にも負けたくありませんし、父が支援してくれるというなら、父より上を目指したい。出世は男の本懐《ほんかい》ですから」

「ご立派です」智は微笑んだ。「最終的には総理に？」

「目指します。青臭い夢ですけど」

本堂広一郎は力強く頷いた。

本堂広一郎が帰ると、直ちゃんは悔《くや》しそうに拳を握った。「くそう」

「いや……感じのいい人だったけど？」

「だからですよ。もっと裏がありそうな感じなら動機とか想像するきっかけになったのに。みのるさんも刑事だったらもっと悪意を期待してください」

「刑事じゃないし」因果《いんが》な商売だなと思う。

「まだまだ。次はすずらん銀行頭取の息子、岐部伸也です」直ちゃんは鼻息を荒くする。

「こいつは銀行員だから金勘定にしか興味のないサイコパスのはずです。期待できます」

「そのひどい偏見、どこ由来？」事業者を助け、経済を回し、多くの人の幸せのために汗を流す銀行員だっているだろうに。

「午後一時頃に迎えにいきます。その前にエネルギー補給です」直ちゃんはカウンターのいつもの席に移動し、どっかりと座った。「パスタとサンドウィッチを。出せるやつでいいんで。あ、パスタ大盛りで」

「了解」彼女はいつもよく食べる。

午後二時過ぎにやってきた岐部伸也の第一印象は「神経質そう」だった。メタルフレームの眼鏡とその奥の切れ長な一重《ひとえ》瞼《まぶた》。きっちりと上までボタンを留めたシャツ。店内に踏み込んでから席に着くまでの歩数と踏む位置まで一歩一歩計算しているような無駄のない動き。美形であったが、腕と首筋の細さは刃のような印象を受け、自分にも他人にも厳しそうに見える。だから彼がゆっくりと時間をかけてメニューを吟味《ぎんみ》し、レジ脇に置いてあるフィナンシェ一つとアッサムを注文した時、なるほど完璧主義者だなと感心したのだ。

だがアッサムにミルクを入れる岐部伸也に「黄金の組み合わせですよね」と言うと、彼は眼鏡をつと直し「私は銀行員ですから。フィナンシェは大好きです」と言った。真顔で言ったので彼なりのジョークだと分かるまで数瞬《すうしゅん》かかり、[*6]しかしこちらが微笑むと彼もうっすらと口角を上げ、岐部伸也に対する印象はだいぶ変わった。

そして直ちゃんが四人の関係のことを聞くと、岐部伸也も本堂広一郎と同じ表情をした。

「考えてみれば、私たち四人は個性がバラバラなんです。本堂はチームスポーツ全般が趣味で、今もフットサルのチームにいます。聖輝は根はインドアで、漫画にすごく詳しい。大斗はとにかく好奇心旺盛《おうせい》でしたね。旅行好きで、学生時代だけでも何十ヶ国行ったか分からない」

直ちゃんが頷く。「あなたの趣味は料理だそうですね」

「ええ。バラバラでしょう?」岐部伸也はフィナンシェの角をフォークで切り取って口に運ぶ。「すでに一度お話ししたとおり、凶器の包丁は私が持ち込んだものです。ですが私の趣味を知っている者は大勢いるし、毎年、本堂のあの別荘に泊まるため、料理道具を置いていることも大勢が知っていますよ」

承知しております、と直ちゃんが頷く。智が被害者の人物像について尋ねると、岐部伸

＊6　「フィナンシェ」はつまり英語の「ファイナンス」であり、四角い形は金の延べ棒を模したもの。

也は長い指でティーカップの縁《ふち》を撫で、テーブルの中央あたりに視線を落として語った。

「ムードメーカーでしたね。今になってようやく分かった。私たち四人の時は、いつも彼が最初に面白い話をするし、面白いことを見つけてくる。あまり喋らない方ではありましたが、話題を提供するのは彼だった」

名カルテットといったところですか、と直ちゃんが言うと、岐部伸也は頷いた。

「あるいは、バラバラだったからこそここまで気が合ったのかもしれない。それぞれがそれぞれに興味を持っていたし、自分が持っていない特性《とくせい》については尊敬しあっていた」岐部伸也は目を伏せた。「きっと絶妙なバランスだったんでしょう。大斗がいない今ではもう……昔のようにはいかない」

岐部伸也は終始抑えた話し方であり、しかしそれゆえにかえって強く洞大斗を悼んでいるように見えた。悼んでいるというより、惜《お》しんでいるという印象が強い。それだけに本音そのものに思えた。背後に差す午後の明るい日差しと窓から見える前庭の木々。俺はひそかに父の葬式を思い出していた。精進落《しょうじんお》としの時に父の友人の誰かが、同じような表情をしていた気がする。あの時は観察するどころではなかったが。

ゆっくりアッサムを味わって席を立つ岐部伸也に、智が訊いた。

「お父様が頭取をされているすずらん銀行に入られたのですよね。やはり、昔から銀行員志望でしたか」

「はい」岐部伸也は迷いなく頷く。

「銀行員として、何か将来の夢のようなものはありますか」

「頭取ですね」岐部伸也ははっきりと言った。「そしてすずらんフィナンシャルグループを世界トップクラスのメガバンクにしたい。現在、上位は中国勢に占められていますから」

「くっそう。またもハズレっすね。なんすかあの好印象」

岐部伸也を送って戻ってきた直ちゃんは開口一番、悪の手先のようなことを言った。

「殺したくなるような醜《みにく》さを期待したのに。もっと悪意を！」

「直井さん……」智が怖々《こわごわ》という顔で離れる。どちらかというと今の直ちゃんの方が黒い空気を噴き出している。

「まだ諦《あきら》めませんよ。四時過ぎに聖カタリナ医大病院院長の息子、二ノ丸聖輝にも予約とりつけてますから」直ちゃんは岐部の皿に半分残っていたフィナンシェをフォークでぶすりと串刺しにして頬張った。「こいつはきっと悪人です。こいつに何もなくても父親にあるかもしれません。こっそり患者に改造手術をしてるとか。希望を捨てずにいきましょう」

彼女は幼少時、魔法アイドルより変身ヒーローに憧《あこが》れるタイプだったのかもしれないと思った。「嫌な希望だね」

直ちゃんは拳を握る。「今度こそ、悪を」

いや、悪の首領に憧れていたタイプかもしれない。そういう子も時折いる。

前庭の木漏れ日に山吹色《やまぶきいろ》が混じり始める午後四時半過ぎ。予定通り二ノ丸聖輝がやってきたのだが、俺は一瞬、予定外の来客かと思った。小柄で童顔、白い肌と癖っ毛が室内犬の印象を与える二ノ丸聖輝は今年二十四歳の医学部生とはとても思えず、高校生か、下手をすると中学生に見えた。だが初対面の人間からそう見られることに慣れているのか、俺の顔を見上げて言う。「マスター今、僕を見て『本当に医学部生か？』って思ったでしょ？」

言い当てられて思わず言葉に詰まった俺に、二ノ丸聖輝は悪戯っぽく笑う。「確かに僕飛び級で、年齢的にはまだ十四歳だからね。これでも歳のわりには大人びてるって言われるんだよ？」

初耳だぞと思って直ちゃんを見たら、直ちゃんは「いえいえいえ」と言って手をぱたぱた振っていた。冗談だったらしい。二ノ丸聖輝はさっと手近なテーブルに着くと、ショーケースに残ったケーキのラインナップをざっと見て栗《くり》のタルトとりんごジュースを注文した。無論、お客様が選んだのだから組み合わせがどうなどということは一切表情に出さないわけだが、二ノ丸聖輝は先に出したりんごジュースをあっという間に飲み干してしまい、コーヒーなどいかがですかと訊いても首を振った。タルトの方は水だけで食べるらしい。

「……大斗がもういないっていうのがまだ信じられないよ。僕はあの時、検視がいのことまでやったっていうのに」二ノ丸聖輝はそれでも、前の二人よりは状況を受け容《い》れているように見える。医学という専門分野のせいだろうか。「本堂と岐部はどんな様子だった？　一緒に大斗を見てる。彼らが心配なんだ」

「お二人とも、事件をしっかり受け止めていらっしゃるご様子でした」智が答える。「責任感の強そうなお二人でしたから、精神的には踏みとどまられるでしょう」

「だろうね。でもどっちかっていうと本堂が心配かな。根っこでは、あいつの方が感情の起伏《きふく》がある」最初、最も幼い印象だった二ノ丸聖輝は二人の保護者のような目で語り、空いたグラスに視線を置く。「……いや、大斗もそうだったな」

だが二ノ丸聖輝もまた感情を抑えているようだった。医者の卵らしく人の死を客観的に受け止めている、というのは表面上のことだけで、彼も事件に衝撃を受けているように見える。

「ねえ、警部さん」二ノ丸聖輝は智を見る。「大斗は本当にいい奴だったんだ。高校の頃、あいつと本堂がこっそり、僕が好きだった後輩と付き合えるようにセッティングしてくれたこともあった。ＯＫをもらったって報告したら、なぜかあいつが泣きそうになっててさ。……あいつが殺されるなんて、考えられない」

テーブルの傍らで話を聞きながら、俺は唸りたい気分だった。他の二人とどういうやりとりをしたかは、もちろん三人ともお互いに知らない。だが全員が似たような答えだ。

「……僕たちは最高の仲間だった。奇跡のような偶然で揃った、完璧な四人組だった」二ノ丸聖輝はそう言った。「おっさんになっても、じいさんになっても、まわりがどんなに変わっても、きっとこの四人は昔のまま変わらないでやっていける——僕は本気で、そう思ってたよ」

二ノ丸聖輝の表情を見ると、「一見仲良しに見えた四人の間に何か、隠れた確執のようなものが見つかるのではないか」と期待して話を聞いている自分がひどく醜いもののように思えてくる。彼らがお互いと、殺された洞大斗を想う気持ちは本物にしか見えなかった。

だが弟は、帰り際の二ノ丸聖輝に、前の二人にしたのと同じ質問をした。

「二ノ丸さんは聖カタリナ医大病院の院長のご子息《しそく》とのことでしたね。医師として何か叶えたい夢や、展望のようなものはありますか」

「まだ医師ではありませんけど……まあ、国家試験は問題ないか」二ノ丸聖輝は言った。

「いずれ院長を継ぐ以上、聖《う》カタリナ《ち》の評価を国内一にしたいですね。天皇陛下の手術をできるぐらいに。でも、まずは論文だと思っています。いつか自分の名前のついた治療法を開発して、ただの二代目じゃないってところを見せたい」

「……まったくもって突破の余地なしでしたね。うー」直ちゃんはまだグラスを片付けていないテーブルに突っ伏して猫のように伸びをする。「もうちょっとこう、キラキラ仲良し青春ストーリーの陰にドロドロした見下しあいとか生臭い鞘当《さやあ》てとか、内部犯の動機になるようなものがないと。小学校から十五年以上も何やってたんでしょうねあの人たち」

「そんな、ひどい」とはいえ、それを探していたのである。

「二人とも、お疲れ様」三人と正対して一番疲れたはずの弟が一番元気であり、カウンターの中で洗い物をしている。「兄さん、ローズヒップでも淹《い》れる？」

直ちゃんがテーブルに伸びたまま手を上げる。「あ、いいすね。それとシフォンケーキも」

「まだ食べるの？」三人の客と一緒にそれぞれ同じものを食べつつ、エネルギー補給と称して昼もしっかり食べたというのに。「俺はこっちに残ってるブレンドでいいや。ありがとう」

静かな店内で、かちゃり、かちゃり、と、カウンターの中から食器の音だけが控えめに聞こえてくる。俺は働く智を見ていた。紅茶もコーヒーもハーブティーも、長く店にいた俺の方が当然たくさん淹れてきたのだが、実のところ弟が淹れたものの方がおいしい気もする。お菓子作りといい、味や香りをちょうどいいところに調えるセンスは弟の方がある。頼もしい限りだった。最近は弟の作る菓子の種類が増えすぎて喫茶店なのかパティスリーなのか分からなくなっており、弟ももはや「店員」を超えて「パティシエ」という状態になっているのだが。

俺はテーブルに伸びた直ちゃんの頭頂部を見ながら腕を組む。

現場にいた三人に話を聞いたが、洞大斗殺害の動機になりそうなものは全く出てこなかった。完璧な友情。奇跡の巡り合わせ。彼らの言葉は本当のように思える。

そのおかげで事件はますます金城《きんじょう》鉄壁《てっぺき》の様相を呈《てい》していた。外部犯は隠れている場所がない上に洞大斗の寝所《しんじょ》が分からないはずなので二重に不可能。内部犯は三人とも犯人らしくない行動をとっている上に動機らしきものが一切臭わないので二重に不可解。どちらに進んでも二重の壁がある。仮に捜査本部が本腰を入れていたとしても、これでは解決できていなかったのではないだろうか。

蒸らしを始めたのだろう。カウンターの方からかすかに、ローズヒップの華やかな酸《す》っぱさが香ってくる。

「ま、刑事の仕事なんて百回聞き込みして百回空振《からぶ》り、ってのが当たり前っすからね」総務部のはずの直ちゃんはテーブルに頬をつけたままスーツのポケットを探り、携帯を出す。「内が駄目なら外っすね。もっとも四人の彼女とか親戚とか現在の友人とか、そういういい素材はみんな捜査本部の方で持ってっちゃってるんで、ろくなの残ってませんが」

「ああ、なるほど」

事件の存在を隠したい捜査本部としてはおおっぴらに聞き込みはできないから、四人の周囲も騒ぎにしない範囲でしか嗅ぎ回れなかったはずなのだ。当然、二回も三回も同じ人間に接触するわけにはいかないから、外部の俺たちには、すでに捜査本部が聞き込みをした「有望な関係者」に再度聞き込みをする権利は与えられていないのだろう。

「残りものの中でマシそうなのはこいつですかね。田中武志《たなかたけし》二十四歳男。高校中退後、市内の居酒屋に勤めるアルバイト。たいしたネタじゃありませんが」直ちゃんはメモ帳をめくりながら失礼極まる言い方をし、電話をかけ始めた。「一応四人の、中学時代の同級生ですし、一時期グループに入っていたような状態だったそうで。ある意味、四人を外から見てるわけです。何かこう、仲違いしそうな兆候とか、見えてるかもしれません」

「了解。……しかし、因果な商売だね。刑事って」

「またまた、そんな新人みたいなことを。……もしもし。お忙しいところ失礼致します。こちら田中武志様の携帯電話でお間違いないでしょうか？　はい。今お電話よろしいでしょうか」

私、以前お電話でお話しさせていただきました県警刑事部の直井と申します。

直ちゃんがうってかわって早口の事務員トークを始めたので、俺は警察官じゃないぞというつっこみを飲み込んだ。きっちりハキハキとビジネス敬語で喋る彼女だが、外見上はテーブルにだらあんと伸びたままで口だけ動いている、実にシュールである。

「……はい。ではその時間に伺いますので、よろしくお願いいたします。お忙しいところありがとうございました。失礼致します」直ちゃんはきっちり二秒待って通話を切ると、ぴょこん、と体を起こして背筋を伸ばした。「アポ取れました。今日はバイトなので夜になるそうですが、車でここにお連れするっす」

「了解」なんで通話を切ってから姿勢を正すのだろうと思ったが、そこはまあいい。

直ちゃんによると、田中武志氏は現在、四人とつきあいがあるわけではないという。だが職場の後輩が二ノ丸聖輝と交際しており、彼女から二ノ丸らの最近の動向も聞いているという。証言者としては間接的だ。「……すいません。こんなものしかお出しできなくて」

「いや、いいよ」捜査対象は茶菓子ではない。

だが、およそ望み薄に見えたこのひと押しが、鉄壁に思えた二重の謎の突破口になった。

「……いや、お話しした通り俺、彼らと今、つきあいはないんすけど」田中武志はスパゲッティをぐるぐるぐるぐると大胆に巻きながら答えた。「バイト先の後輩から聞いた話だけですよ？」

「それで結構です」直ちゃんも張りあうかのようにフォークを回してスパゲッティを巻く。「小島《こじま》優花《ゆうか》さん、ですね？　二ノ丸聖輝さんと交際されている」

「はい。……まあ、俺がそれに協力したんすよ。小島、大学は違うけど、インカレのサークルで二ノ丸と一緒で、どうしてもお近づきになりたいから、彼の中学時代のことをなんでもいいから教えてくれ、って頼まれて。おかげで最近、無事二ノ丸とくっついたそうですけど」田中氏はあれほどスパゲッティを巻いたのに、なぜかフォークを置いてサンドウイッチを先にかじった。「その代わりというかで、今どんな感じなのか小島から聞いただけです。あの四人、まだ一緒だったんすね」

外はもう真っ暗になっており、窓を見ても店内の照明と自分の姿が見えるだけである。

バイト帰りだという田中氏は、ちょうど夕飯がまだだったんで、と言ってアサリとツナのパスタとエビとレモンのリゾット及びマカロニのサンドウィッチを注文した。炭水化物を重ねていくスタイルはしっかり体を使って働く「労働者」の雰囲気があり、豪快な食べっぷりも見ていて小気味《こきみ》よい。

「田中さんは新英学園中等部で、二年生、三年生と同じクラスだったそうですね」直ちゃんは手帳をめくる。「四人と仲はよかったと伺っています」

「まあ、そうすけど。……高校からのことはぜんぜん知らないすよ。彼らが大学までずっと一緒だったとか、小島から聞いてびっくりしましたもん」田中氏はこれだけ頬張ってよく喋れるな、というほど勢いよく食べながら答える。「まあ、大学名を聞いてなるほどな、とは思いましたけど」

「東京大学ですね」

「優秀でしたからね」田中氏はスパゲッティを巻いたフォークを取ったが、また置いて今度はリゾットを食べ始めた。落ち着かない食べ方をする人だ。「新英学園、二つに分かれるんすよ。初等部から入った奴はたいてい頭の悪いお坊ちゃんで、そういうのは大学まで内部進学する。俺たち途中受験組は普段の成績も違うし、普通に受験して一流大行くんすけど、彼らだけは初等部出身のお坊ちゃんなのにいつも学年トップクラスでした」

「周囲から妬《ねた》まれたりは？」

「なかったっすね。あいつらのグループは別格、みたいな感じで。教師にも受けがよかったし、女子にもモテまくってましたよ。本堂は生徒会長だったし」

「モテるんなら、恋愛面でトラブルとかは？」直ちゃんはあくまでごたごたを望む様子で食い下がる。

「さあ。……少なくとも俺は聞いてません」田中氏はリゾットをごっそりとすくう。「女子はみんな憧れてる感じでしたし、男子もまあ、あそこまでいっちゃうと逆に嫉妬《しっと》とかのレベルじゃなくなるんですよ」

「四人の中で何かこう、ポジション的なものを感じたことはありませんでしたか？　たとえば誰かがずっと『いじられポジション』みたいな」

直ちゃんはまだ食い下がる。だが田中氏の反応は鈍かった。

「……彼らの内部のことは分かりません。本当は何かあったのかもしれないけど、俺はそこまでつきあい深くないんで。特にほら、三人の方は本物のいい家だけど、洞の側はベンチャーっすよね。そういうとこで、家同士で何か、とかはあったのかもしれないけど」田中氏が深皿を横にどける。見ると、リゾットはもう食べ終わっていた。「でも少なくとも、外に敵とか逆恨みする奴とかはいなかったっす」

む……と唸ってさらに食い下がろうとした様子の直ちゃんが、何かに気付いたように動きを止めた。こちらを見る。俺も気付いたので、頷きだけ返した。向かいあう智は何も反応がないが、あの顔はもうとっくに気付いているだろう。

まさか、と思った。だが確かに聞いた。突然の大収穫。そんなことが、あるのだろうか。

直ちゃんはこころもち固くなっているようだったが、むしろこちらに「落ち着け」と言いたげな顔で目配せをしてきた。分かった、と目で返す。

「ありがとうございました」智は落ち着いていた。「大変、参考になりました」

子供の頃から、こういう瞬間が何度かあった気がする。たとえばお祭りの後、落ちた小銭を狙って公民館前の広場をうろうろしていたら、五百円玉どころか五千円札が見つかってしまった。セミを捕っていて、普通はアブラゼミでミンミンゼミだと当たり、という程度だったのに、クマゼミどころかカブトムシが捕れた。そういう時、人は動けなくなる。手の中にぽんと落ちてきた幸運の宝石が、下手に動くと砂に戻ってしまう、とでもいうように。

田中武志が去った後の店内で、俺たちはしばらく動けなかった。

捜査本部にかけた電話を切ったままの姿勢で固まっていた直ちゃんが、ようやく携帯をしまって椅子に座る。

「……予想外っすね。まさかこんな棚ボタというか、瓢コマというか」[*7]

「青天の霹靂《へきれき》」俺も言った。落ち着いてブレンドを飲もうとするが、カップがカチカチと高速で鳴っている。カップが勝手に震えるわけがないから俺の手が震えているのだろう。

「……解決？　いきなり？」

「いえ。いえいえいえ。まだあります。もう一つ」直ちゃんは俺の鼻先で人差し指を立てる。「なんせ謎が二重ですから。そう簡単に解決とは」

「そっちはもう、大丈夫だよ」

智が口を開いた。俺と直ちゃんが同時にそちらを振り返る。智はタブレットで何かを見ており、つつ、と指で画面をスクロールさせると、うん、と頷いた。「やっぱり、これにしよう」

横から覗き込むと、弟が表示しているのはレシピサイトだった。表示されているページには、パフェグラスに入った華やかなスイーツの画像がある。グラスの上部に一粒ずつ鎮《ちん》座《ざ》するマスカットとピオーネ。それが載っているのはムースであろう白い層。その下には

＊7　「瓢箪から駒」の意。

ジュレらしきグリーンの層。一番下の白い層は色からしてヨーグルトだろうか。

「……ヴェリーヌ？」

「兄さん、作ってみていい？」弟は伺いをたてるように遠慮がちに訊いてくる。「ちょっと考えをまとめたいし」

「おう。でももう季節外《はず》れだぞ。果物何あったっけ？」

「ベリー類がちょっと余ってるんだ。使っちゃいたいし」

考えをまとめたいから、で何故《なぜ》お菓子を作りたがるのかはよく分からないが、弟がそういう生態だということは承知している。悩みがある時や落ち込んだ時も、智はキッチンに籠もってひたすら泡立て器を回したりオーブンを見つめたりする。

「ほっほう。ヴェリーヌっすか。また洒落《しやれ》た代物を」直ちゃんが腕をぐるんと回す。「私も付き合うっすよ。毒喰わば皿まで。残業すらば始発まで」

「駄目だろそれ」一応、この中で一番若い。まだそれほど翌日に差し障らないのかもしれない。

「直井さんには別に、確認してもらいたいことがあるんだ」智は言った。「新英学園の中等部。当時の……いや、彼らの年の卒業アルバムを見てくれるだけでいい」

「それなら、すぐにできますが」直ちゃんはいつの間にか出していた手帳とペンをふるふると揺らす。「当時の在校生や教師から直接、証言を取ることもできますよ」

「いや、卒業アルバムを見れば分かるはずだから」

「了解。それを報告したら、次は」

「犯人と話をする。その上で逮捕または任意同行。場合によっては、自首《じしゅ》を勧めたいけど」

それはちょっと、と言いかける直ちゃんを俺が遮る。「できるよね？　警察官相手なら無理だけど、俺たちは一般私人。ただの喫茶店の店員に犯行を指摘されたところで、自首が無効にはならない」

「よくご存じで」[*8]直ちゃんは肩をすくめ、しかし、なぜか嬉しそうにふふふ、と笑った。

「……相変わらず曲者《くせもの》っすね。現役時代のままです」

「その設定どこから出てきたの？」

＊8　「罪を犯した者が捜査機関に発覚する前に自首したときは、その刑を減軽することができる」(刑法42条1項)。したがって捜査機関「以外」に発覚した段階でも、捜査機関が把握していなければ自首扱いになりうるわけだが、あくまで減軽「することができる」なので、必ず軽くなるとは限らない。

「まあ、承知しました。必要な場合は自首扱いにします。私、席を外しますんで」

勉強はしておくものだ。智はいかにも頼もしげにこちらを見てくるが、実際のところはちょっと判例集《はんれいしゅう》を読んだだけである。

4

まず作るのは果実のピューレである。今回はイチゴとフランボワーズ（ラズベリー）になる。小さめに切った果実を鍋に入れ、グラニュー糖をざざっと足し、焦げないようによくかき混ぜながら火にかける。水分が多すぎるとおいしくなくなるので、先にイチゴを入れてその水分を出し、あとからフランボワーズを入れる。そしてとにかく果実をかき混ぜながら、コトコト、コトコトと煮る。真っ赤な果汁の中でひたひたになった果実が、砂糖と混ざりあって甘くなりながら崩れ、香りだけで甘酸っぱさが広がるようだ。崩れかけて形を残した果実をブレンダーで滑らかにする。このピューレにふやかしたゼラチンを足し、ふわとろ程度に泡立てた生クリームにヨーグルトとさっきのピューレを合わせてかき混ぜると、ピューレの強い赤とクリームの純白の中間、つぶつぶの入った優しいピンク色のムースができる。これをグラスの縁につかないようにとろとろとゆっくり流し入れ、軽く叩いて平らにする。ヴェリーヌは「層がはっきり分かれている」ことが大事なので、この作業は丁寧にやる。これを冷蔵庫で冷やせば、一番下の「第一層」が完成である。

続いて、先程のピューレに溶かしたゼラチンを足し、かき混ぜてソースにする。冷えて固まったムースの上にこのソースをゆっくりとかけ、均等になるように気をつけて第二層を作る。初めて作ったためちゃんと二層に見えるかが心配で、弟と二人、上から見たりキッチンにしゃがんで横から見たり、クレーンゲームをやっているような状況になった。うまくいくと優しいピンクの上に強い赤という二つの層ができる。味も見た目通り、ふわふわのムースが甘味を、真っ赤なソースが酸味を。その二つがちょうどよい比率で混ざる。

次の第三層はゼリーである。香り付けのためにレモンの皮を煮た水にグラニュー糖を溶かし、ふつふつと小さな泡が出たら火から下ろしてゼラチンを加える。固まる前、とろりとしているうちにこれを二層の上にうすく流して「土台」にし、そこにバランスよく果実を載せていく。その上からゼリーを流し込んで封じるので、果実がグラスの縁にくっつかないように置くことが大事なようだ。うすい黄金色ににぶく光るゼリーに様々な形の果実が封じ込められ、これをまた冷やすと第三層になる。そしてこのゼリーの上に、葉っぱの緑やブルーベリーの紫をうまく使って果実を載せ、ぷりゅぷりゅに砕いたゼリーを載せれば一番上の第四層になる。あとは、よく冷やすのが大事だ。

冷蔵庫から出した完成品を置き、弟と並んでしゃがみ、横から観察する。土台のピンク。アクセントの赤。透明なゼリーの中の果実と、果実とゼリーのブロック。ちゃんと四層になっていることを確認すると、弟は満足げに微笑んで頷き、俺は床にくずおれた。「手間かかるな、これ……」

手間のかかるパスタソースなどは俺も作るが、ヴェリーヌの手間はそれとは別種のものがあった。一層作るごとに冷蔵庫で冷やし、を何度も繰り返す。そうして出来上がったものはたった一つのグラスに詰まった、宝石箱のようにこぢんまりとしたお菓子である。時間のかかる品だからまとめてたくさん作らなければとても割に合わないし、その間はわりとキッチンを占領してしまうから、他の大部分の菓子と同様、開店前にしか作れなそうだ。しかしカラフルでパーティードレスのようなこのヴィジュアルは求心力がある、とも思う。しゃがみこみつつ悩んでいる俺に対し、弟はふふふふふ、と満足げに微笑みつつ立ったまま一口食べ、ゼリーをすくったスプーンをこちらにも差し出してくる。ぱくりと口に入れると、ゼリーの透明感の隙間をじゅわっと破って果実の酸味が広がった。悪くない。

「……時々、さっぱりしたのも欲しくなってくる季節だけど」俺は調理台の縁に手をかけて、疲れた体を立ち上がらせる。そこにまた智がスプーンを突き出してくる。ムースの層も悪くない。しかし。

「……なんで今の時季にヴェリーヌ？」

訊かれた弟は天井の照明を見たりして考えた後、首をかしげつつ答えた。

「……連想？」

何が、と言いかけた俺は、調理台の上に鎮座するヴェリーヌのグラスを見て気付いた。

「……ああ、そういうことか」智に訊く。「なんならこれ、犯人に食べさせてやろうか？」

智は少し悩んだが、こくり、と頷いた。単に新作を食べてくれる相手が欲しいだけかもしれない。

5

二日後の夜。パスタを平らげてコロンビアを飲み干した後二十分ほど携帯でゲームをしていた最後のお客さんを送り出した俺たちは、事件の話をするため、直ちゃんが連れてきた特別の招待客を席に案内していた。この間、同じテーブルに着いた客だった。

「……本堂広一郎さん。岐部伸也さん。二ノ丸聖輝さん」

三人が着いたテーブルの残りの一席に智が着く。給仕《きゅうじ》のためカウンターに引っ込んでいる俺は彼ら三人と弟が三対一の状態で向きあっていることにかすかに不安を覚えたが、もちろんそれはお節介《せっかい》というやつである。弟は訓練を積んだ元警察官であるし、直ちゃんは念のため、「不測の事態」に対応するべくテーブルの傍らに立っている。

「お忙しいところ、時間を作っていただき恐縮です」智は言った。「洞大斗さん殺害の件につき、あなた方にご説明する許可が出ましたので、これから説明させていただきます」

二ノ丸が何かを言いかけたようだったが、本堂と岐部が黙っているのでやめたようである。智が「休職中の、キャリアの警部」だということは直ちゃんがすでに伝えてある。彼の退職届は刑事部長がシュレッダーにかけてしまったらしいので、嘘ではない。

「結論から言います」もったいぶった話し方が苦手な智は、ドリンクもスイーツも出る前にそう言った。「犯人は田中武志さんでした。彼はすでに逮捕・勾留《こうりゅう》され、取調べを受けています。犯罪事実に関してはほぼ全面的に自供しました」

智はそう言いながら三人の表情を窺っていた。俺もカウンターの中からそうしていた。それで分かった。彼ら三人が、その名前に全く心当たりがない、ということを。

三人がお互いに目配せをしあっている。代表するように本堂が口を開く。

「……誰ですか？」

「ご記憶ではありませんか？　新英学園中等部で、あなた方の同級生でした。二、三年の一時期はあなた方四人と親しくもしていたはずなのですが」

最初に二ノ丸が表情を変えた。続いて岐部が、眼鏡の奥で目を細めた。本堂は表情を変えず、テーブルの上に一度、視線を落としただけだった。だが思い出してはいるようだ。

「では」智が、三人をじっと見た。「『スズメバチチャレンジ』という単語に聞き覚えはありますか」

三人の動きが止まる。本堂の声が低くなった。「……何のことだ」

「では『水上着替えチャレンジ』は？」

「聞いたことがない」

「『灼熱《しゃくねつ》アスファルトチャレンジ』は」

本堂は無言だ。だが三人の顔色は明らかに変わっていた。自分たちが急転直下、尋問される側になったと理解し、緊張と混乱がにじんでいる。

それを見て確信した。昨夜、この同じテーブルで、田中武志が俺たちに語ったことは真実だ。

＊

田中武志は表面上あくまで落ち着いていたが、細かい視線の動きや意味のない指先の動きなどから、困惑していることが明らかだった。彼が犯人だとすれば当然と言えた。なぜ自分が、事件とは全く無関係と見られているはずの自分だけが、こうしてまた呼び出されているのだろうか、と。刑事である智がずっとカウンターの中におり、ただの店員のはずの俺が向かいに座って世間話をしている、という状況も、彼からすれば意味不明だろう。

昼前のわずかに余裕のできる時間帯に、直ちゃんから連絡があったのだ。昨夜、智と一緒にヴェリーヌの試作品を作ってからわずか半日なのに、もう新英学園中等部の卒業アルバムを確認し、学校関係者から裏付けもとったという。彼女は再びこの店に田中武志を呼び出すことに協力してくれ、そのかわりに自分も同席したがったが、俺はなんとか店外で待っていてくれるよう説得した。さっき窓が不自然にガタリと鳴ったことからして窓に張りついているのかもしれなかったが、外が暗くて店内が明るいため、ガラスには店内が映っていて外は見えない。

「……お忙しいようで。すみませんね、そんな時にお呼びして」俺はどうすればこの男が自首する気になるか考えていた。「この間の件につきまして、やはりあなたには特にもう一度、詳しくお話を伺いたかったものですから」

田中は動かない。「……もう、話すことは特に」

「いえ、警察の方が新たな事実を掴んだようでして」

カウンターの中の智に目配せをする。智は残念そうに頷いた。

俺は言った。

「警察の方で、外部犯でも犯行が可能ではないか、という見解が出ました」

田中の視線がまた、一瞬だけ左右に揺れた。「……はあ」

「それで、あなたに是非《ぜひ》もう一度、お話を……と思いまして」

俺はそこまで言い、反応を待った。さあこちらはぎりぎりまで言った。これでどうか。

だが、彼はまだ動かなかった。背筋が伸びたまま動かない。テーブルに置いた指がぴくりと震える。明らかに動揺しているようではあるのだが。

智が俺の分と二つ、パフェグラスに作った新メニューをトレーに載せて持ってきた。

「こちらをどうぞ。当店からのサービスです」

「あ、はい。……ええと」

グラスと俺を見比べる田中の前にルイボスティーのカップとポットを置きながら、智は静かに説明する。「ヴェリーヌです。今回はイチゴとラズベリーでムースとピュレを作りました。上の層はレモンの風味をつけたゼリーです」

グラスの中で、薄桃色と赤の層は綺麗に分かれている。確かに華やかで、売れるかもしれないな、と思う。

「これを見て、思いついたんです。外部犯だとして、犯人がどこに隠れたのかを」弟がグラスを手で示す。「層状になっていますよね。ゼリーの底に見えるピュレの、さらに下にムースがある。真上からですと見えませんが」

田中は背中を丸めてヴェリーヌを横から覗き込み、そこでぴくりと肩を震わせ、動きを止めた。

どうやら、気付いたようだ。トリックはすでに解明されている。逃げ場はない。

俺は無言で田中を見た。トレーを持ってテーブルの傍らに立つ智も彼を見ている。どうか諦めてほしい。ここで自首すると決めてほしい。

だが結局、彼は動かなかった。ただヴェリーヌを見て、ちらりと智を見て、スプーンを手に取ることもせず黙っていた。

智が口を開いた。

「現場である別荘敷地内には、外部の人間は誰もいないはずでした。屋内は四人で、屋外も手分けして捜索していた。本堂・洞の二人が物置小屋を、岐部・二ノ丸の二人が井戸をきちんと確認した。二人とも、井戸には誰も隠れていなかった、と証言しています。アクアラングで水中に潜っていた、という可能性もないでしょう」智は膝を折り、俺のグラスの下部を指さした。「ですが、そのさらに下であれば、人間が隠れる余地があります。つまり水中ではなく水底の、さらに下の空間です」

田中は智の方を見ない。すがりつくように、ヴェリーヌのグラスから視線を外さない。

「……何のことだか」

「別荘の管理者はめったに来なかった上に、昔から使われていなかった井戸の蓋を取ることはしなかったため、気付いていませんでした。ですが井戸は、おそらくは事件前に水が抜けてしまい、空井戸《からいど》になっていたんです」

もともと業者が見れば「よく岩盤に当たらなかった」という場所の井戸だったらしい。おそらくは別荘の持ち主がノスタルジー的な動機で無理に掘ったのだろう。それゆえに欠《けっ》陥《かん》もあったし、すぐに水質が悪化した。

「あなたは現場を下見した時に、井戸の水が涸《か》れたばかりであることに気付き、トリックを思いついた。ここが空井戸だということを本堂たちは知らない。それなら本来、水面があった位置の下に板を敷き、その上に水を流し込んで溜めれば、板の下に空間ができる。……井戸は二重底になっていたんです。あなたは上げ底と本物の底の間にできた空間に隠れることで、被害者たちの捜索を免れた。上から見れば、井戸は変わらず水が溜まっているようにしか見えない。横穴を掘って空気孔を作ったか、ボンベなどを持ち込んだかは不明ですが」

二重底の井戸に入っていても電波は届いただろうから、井戸付近に隠しカメラを仕掛け、岐部たちが捜索に来たことや、きちんと井戸の中を見たことを確認することは可能だっただろう。もし岐部たちが井戸を確認してくれなかったら犯行をやめてもいいし、ドローンなどを使って物音をたて、侵入者の存在をもう一度アピールしてもいい。本堂たちは屋内こそ捜索したが、井戸周辺の監視カメラや盗聴器までは探さなかった。通常そんなところに仕掛けても意味のないものだから、無理もないことなのだが。

もっとも、実行にはかなりの労力と精神力がいるトリックだった。捜索が済んだら外に出てよかったのだから、井戸の底に隠れるのは数時間で済む。だが井戸に工作を施《ほどこ》して二重底にするのも、真っ暗な井戸の底で捜索が済むのを待ち続けるのも、実際にやってみるとかなり肉体的・精神的に辛《つら》いものがあるはずだった。

「こんな大変なトリックを実行してまで『内部犯の犯行』に見せかけたい理由が、あなたにはありました」

すべて分かっている、ということを言外に強調しつつ、智は田中を見ている。

「あなたのターゲットは四人全員でした。でも四人を皆殺しにする必要はなかった。四人のうちの誰かが殺され、犯人は残りの三人の誰かしかいない、という状況になった方が、彼らへの復讐《ふくしゅう》になる。彼らは殺人事件の容疑者にされ、マスコミに面白おかしく書きたてられ、晒《さら》し者にされる。彼らの友情はもちろん、約束されていたそれぞれの輝かしい将来も終わりです。むしろ、殺されなかった方が長く苦しむかもしれない」

外部犯だと仮定した場合のもう一つの「不可能」の答えがこれだった。犯人は、殺すのは誰でもよかったのだ。誰か一人を殺し、残り三人にはその容疑者となって苦しんでもらう。それならどの部屋に誰が寝ていてもいいし、目立つリビングにいた本堂や、二人で寝ていた岐部と二ノ丸はむしろターゲットから外されるだろう。

「自首してください。今ならまだ、なんとか自首扱いにできます。このことを知っているのは僕と兄の二人だけですから」

実際には直ちゃんも知っているが、自首扱いは呑ませた。俺は少し緊張した。田中が突然動いて俺たちを殺そうと考えるかもしれない、という想像がちらりと浮かんだ。

だが彼はそうせず、そのかわり、犯行を認めることもしなかった。

「何を言ってるのか分からない」田中はテーブルの上に置いた手を握った。「そんな、マンガみたいなトリックが使われたなんて。証拠がどこにあるんですか。普通に現場にいた誰かが犯人って考える方が合理的じゃないですか」

「こちらはすでに井戸の底を調べ、二重底になっていることを確認しています」

実際には、智はそれ以前からこのトリックに気付いていたという。現場を見た時に直ちゃんが、井戸には「事件の時はもう少し水位があった」と言っていたからだ。

よく考えてみれば、それはおかしいのだった。井戸の水位は雨が降ると上がり、しばらく降らないと下がる。だがここ最近は雨続きだったのにもかかわらず、水位は下がっていた。であれば、井戸にはそもそも水がなかった——つまり、俺たちが見た水面はあとから流し込まれた水道水だった、と考えるべきである。

「いや、でも」田中はまだ黙らなかった。「あんたの話じゃ、要するに外部の誰でも洞を殺せた、っていうだけじゃないか。それでなんで俺が犯人になるんですか。俺以外の全員、日本中の全員が容疑者のはずだ。俺はもう何年もあいつらには会ってない。他にもっと疑わしい奴がいるはずだろ」

智を見る。弟は、まるで自分が観念したように目を閉じた。

そして言った。

「……あなたの、今の発言が根拠です」

田中の表情がめまぐるしく変わる。向かいに座る俺には、彼の内面が想像できた。まず驚き、そして自分に何か手抜かりがあったのだろうかと記憶を探る。心当たりがなく、こいつはきっとかまをかけているのだ、と腹を立てる。そんなところだろう。

だが、根拠はあるのだ。しかも、きわめて明確で露骨なものが。

「あなたは今、『外部の誰でも洞を殺せた』とおっしゃった」智が半歩踏み出し、田中の横に立つ。「なぜ殺されたのが洞大斗さんだと知っているのですか？　いや、そもそも殺人事件があったとなぜ知っているのですか。事件のことは現在、全く報道されていないのに」

田中が目を見開く。彼からすれば信じがたいことだっただろうし、常識に照らしても信じがたいことである。だが、本件はそうなのだ。殺人事件があったのに、事件の存在すら報道されていない。もちろん捜査に当たった警察官も、聞き込みの時は事件の存在を慎重に隠し、単に「四人について伺いたい」という形をとっている。何かあったとばれれば嗅ぎつけられる。嗅ぎつけられれば、特別の配慮をすべき関係者に迷惑がかかるから。そしてそもそも、そういう状況だからこそ本部長が、直ちゃんを通じて俺たちに話を持ってきたのだった。

だが最初に話を聞いた時、田中武志は言っていた。――「三人の方は本物のいい家だけど、洞の側は」。

これは明らかに、他の誰でもない洞大斗に何かがあったということを知っている発言だった。つまり田中武志は昨日の時点で、すでに自白していたのである。

「携帯をお持ちですよね」俺は念を押すことにした。「お好きなだけ検索してください。

事件の報道は一つも出ませんから」

田中はズボンのポケットから携帯を出したが、操作はせず、黒い画面をじっと見ていた。操作するのが怖いのだろう。

「そんな……」田中が携帯をテーブルに置く。声が震えている。「……そんなの、アリかよ。殺人事件だぞ?」

「田中武志さん」智が、最低限の音量で囁《ささや》くように言う。「自首してください」

「ふざけんな」田中はテーブルの縁を摑んだ。「全部隠蔽したってのかよ? 滅茶苦茶じゃねえかよ。どんだけ特別扱いなんだよ。ただ親が偉いだけで! あんな……あんな、クズどもが」

「その言葉の意味も、僕はだいたい理解できているつもりです」智はあくまで静かに言った。「新英学園中等部の卒業アルバムを確認しました。あなたの名前はなかった。つまり、あなたは中学三年の時に転校している」智は目を伏せている。「転校先は地元の公立中学だったようですね。エスカレーター式の名門に入学したのに、これはおかしなことです。それにもう一つ。あなたは本堂たち四人の高校からのことを全く知らないと言っていた。これも変です。普通に転校しただけならその後も少しはやりとりがあったでしょうし、少なくとも元同級生たちから人づてに、進学先ぐらいは伝わってくるものです。あなたにはそれすらなかった」

田中は智を見上げ、すぐにさっと顔を伏せた。

「警察も検察も、あなたの動機をただの逆恨みだと判断するでしょう。マスコミもそう報じる」智はテーブルに手をついた。「それは不本意ではありませんか？　そうなる前に、僕に話してください。彼ら四人に何をされていたのか」

田中は顔を伏せたまま動かなかった。拳が膝の上で握られ、開かれ、肩がかすかに震える。泣いているのだ、と気付いた。

「……あいつらは」

田中は大きな音をたてて洟《はな》をすすり上げると、二、三回むせてから、絞り出すような声で言った。

「……クズだ」

彼が話すいじめの内容を、俺と智は黙って聞いていた。証言としては聞きたかったが、人間としては聞きたくないような話だった。本堂ら四人は動画サイトを巡り、配信者が「面白そうな」ことをやっているのを見つけると、田中に真似をさせて笑う、という「遊び方」をしていた。スズメバチの巣を棒で叩き落とす。真夏のアスファルトを裸足《はだし》で歩く。汚水の溜まった池に板を浮かべて落ちないように着替えをする……。もちろん一回でうまくいくはずがないし、やらせる側もうまくいくことなど望んではいない。田中武志はスズメバチに腕を刺されて重傷を負い、真夏のアスファルトで足の裏を火傷《やけど》し、板の上での着替えがうまく成功して岸に上がろうとしたら「空気読めよ」と笑いながら池に蹴落とされた。それ以外にも無数の「チャレンジ」を強要されていた。彼らは田中武志を玩具《おもちゃ》として扱い、そのくせに「俺たちのグループに入れてやった」という恩着せがましい態度をとっていた。

「……まわりの連中だって、見ていたはずなのに」田中は言う。「誰も助けてくれなかった。あいつらも全員、クズだ」

本心を言えば、「いじめ」という言葉は使いたくない。これは犯罪だ。傷害罪であり強要罪。それも立場の弱い一人を狙って執拗《しつよう》に繰り返された、悪質な犯行。本来は逮捕されて少年審判に付され、場合によっては少年院や児童自立支援施設などに送られなければならない「刑事事件」である。

だが誰もそれを問題にしなかった。四人はクラスの中心人物として教師からの信頼もあったし、親にも力があった。それ以外の友人や先輩後輩に対しては受けがよかった。田中武志をいくら玩具にしても、誰もその現場を見てもいないだろうし、仮に見ても「被害者は笑っているから問題ないのだろう」と考えることができる。周囲の人間たちにとって重要なのは「力のある四人」の方であり、田中武志などはどうでもいい存在だったのだろう。

「……最初は、別荘ごと爆破してやろうと思ったんです」田中武志は顔を拭《ぬぐ》いながら言った。「でも爆弾なんて手に入らなかった。だから一人だけ殺すことにしたんです。殺して、海から逃げて……。俺の人生を滅茶苦茶にしたんだから、あいつらの人生も滅茶苦茶になるべきだ」

だが田中武志の計画は失敗した。事件はその存在すら報道されなかった。

「あなたは洞大斗を殺害する直前、わざわざ彼を起こし、壁際に立たせていますね」智が目を伏せて言う。「……被害者に、何か質問したんですか」

「被害者は俺の方だ」田中はそこだけはすぐに訂正した。「訊いたんだ。俺を覚えているか、って。……あの野郎、全く覚えてなかった」

くくく、と背中を震わせ、袖《そで》で乱暴に涙を拭うと、田中はさっとスプーンを取り、ヴェリーヌのグラスに突き立てた。ラズベリーとブルーベリーをまとめてすくい、ゼリーを砕《くだ》き、ピュレとムースの層を崩し、無言で食べていく。

「……これ、うまいすね」田中は涙声で言った。「思い出しましたよ。ヴェリーヌって、グラスに入ってないとすぐ崩れちゃうんですよね。一つ一つは貧弱《ひんじゃく》で芯《しん》もないから」

智が頷く。

田中は口角を上げ、無理に笑顔を作りながらグラスの底をスプーンで掻く。

「グラスから出るとすぐ崩れる。あいつらみたいだ」

ヴェリーヌ

二十一世紀になってから普及した新しい菓子。フルーツを主体に、ムース、コンポート、ジュレ等を層状になるようにグラス内で重ねたものだが、チョコレート等を用いたフルーツ以外のヴェリーヌもある。

パフェとの線引きは明確ではなく、「ヴェリーヌパフェ」という名称で提供している店もあるが、基本的には各層がはっきりと分かれ、断面を見せることを意識したものがヴェリーヌ、層が複雑に絡みあい、食べるにつれて味が変わっていくことを想定したものがパフェ、という傾向があるようである。「ヴェリーヌ」はフランス語だが、広まったのは日本の方が先であり、フランスへは逆輸入に近い形で普及した。

基本的に一時期だけの季節限定商品である。季節が過ぎると提供されなくなるか、別のフルーツに差し替えられて提供されることが多い。

田中武志は泣いている。お湯が沸いたのだろう。薬缶《やかん》の鳴る音がすると、智が音をたてずに席を離れ、カウンターに入った。

「あなたのしたことは殺人であり、許されることではありません」おそらくもう拒絶はされないだろう。俺は俯《うつむ》いて泣く田中に言った。「ですが、あなたには自首する自由があります。刑を少しでも軽くするため、そうされることを願っています」

言えるのはたぶん、ここまでだろうと思う。殺人は殺人だ。彼ら四人が中学時代、どれだけひどい犯罪を犯していたとしても、復讐で殺すことは許されない。それを許したら社会秩序が崩壊してしまう。したがって彼は法の審判を受けなければならない。それは、俺

たちにはどうしようもないことだ。

　智がポットと新しいカップをトレーに載せて戻ってきた。通常は抽出《ちゅうしゅつ》時間を計る砂時計を添えて出すものだが、今回はカップに注ぐところまで自分ですることにしたらしい。香《こう》を思わせるエキゾチックな香りだが、レモングラスやアップルジンジャー、カモミールなどのおかげでほどよく角《かど》がとれている。いろいろとブレンドしたようだ。

「こちら、ハーブをブレンドしたルイボスティーです」智が、お茶をゆっくりカップに注ぐ。やや赤みがかった深い褐色の水面が揺れる。「……ヴェリーヌの味をリセットしていただけるかと」

　顔を上げた田中武志に、智が言う。

「大事件ではあります。ですがあなたが起訴《きそ》されたとしても、裁判……というより事件のあった事実は、そのままではマスコミに伝わらないでしょう」

　智はティーポットを置き、トレーを持って田中に背中を向ける。だが、カウンターに戻る途中で立ち止まり、言った。

「……ですが、たまたま傍聴席《ぼうちょうせき》に記者がいて、そこから事件の存在と、被告人であるあなたの証言がスクープされる可能性は、ないわけではありません」

　俺は立ち上がり、弟の隣に言って囁く。「……いいのか？」

「たぶん」智は目を細めた。「でも、本当にそうなるかどうかは、彼ら次第だ」

＊

外で風が吹いたらしく、そのむこうでガラス窓ががたがたと動いた。

「田中武志は不登校になっています」

昨夜の取調べと田中武志の自白についてを話すと、智はそこに、直ちゃんが確認した事実を付け加えた。「その後、彼は近くの公立中学に転校せざるを得なくなりました。しかし転校先でも『あいつは前の学校でいじめられていたらしい』という話が伝わり、結局またターゲットにされ、不登校は続きました。彼はその後、入学した高校も行かないまま中退。引きこもりになり、現在ようやく居酒屋でアルバイトをするようになったところです」

バイト先にもその点は確かめている。人間不信だった田中武志はもっぱら調理担当だったが、皮肉なことに、そこで各種の包丁を使い慣れていたことが、彼が疑われる原因の一つになった。犯人は柳刃包丁ではなく出刃包丁を選んでいる。柳刃包丁は一見、長く尖《とが》って殺傷力がありそうだが、実際は折れたり欠けたりしやすく、凶器には向いていないのだ。

それを知っている人間はあまりいない。

「彼は言っていました」智は言う。「自分の人生は滅茶苦茶にされた。なのに加害者の方は何の罰も受けず、親に敷いてもらったレールに乗って何不自由なく成功者になろうとしている。それはおかしいのではないか、と」

そして田中武志自身はついに言わなかったが、犯行の直接のきっかけは小島優花だろう。おそらくは田中武志にとって憧れの存在であった彼女が「二ノ丸とつきあいたい」と言って頼ってきたことが、いつまでも自分にまとわりつくひどい理不尽のように感じられた。

「ふざけるな」本堂がテーブルの上に拳を置いた。「逆恨みじゃないですか。不登校も就活しなかったのもあいつの意思じゃないか。努力しないで人のせいにばかりしやがって」

加害者が言うことか、と思わず口に出そうになる。智の方はというと、相手をただ観察する表情で本堂を見ている。こういう時は弟の方が冷静だ。

「そんなことで大斗は殺されたんですか」岐部も悔しそうに唇を噛む。「中学生の頃の、そんな昔のことで。……理不尽すぎる」

「大斗は……本当に、僕たちのかけがえのない仲間だったんです」二ノ丸は悲痛に目を閉じた。「最高の仲間だった。あの四人が揃ったのは、奇跡みたいなもので。……なのにもう、四人で集まることは絶対にできなくなった。こんな、どうでもいい奴のせいで」

本堂は怒りを、岐部は悔しさを、二ノ丸は悲しみをこらえていた。

結局のところ、彼らはそういう人間なのだった。最高の仲間。奇跡の友情。そこに偽《いつわ》りはなかった。彼ら四人はお互いをとても大事に思っていたし、尊敬もしていた。相手のためなら時間も労力も割《さ》いただろう。だがそれは彼らの中だけでの話で、彼らは「外」の人間については全く関心がなかった。見ているのは自分たちの悲しみだけで、「外」からちょいと引っぱってきて玩具にした人間の人生を破壊してもろくに考えもしないし、そんなことはたいしたことではないと思っている。自分たちのような重要な人間は「どうでもいい奴」とは重みが違うと、当然のように考えているからだ。

俺はそれを見て、ここで一人ずつ立たせて殴り、叱りつけたかった。何様のつもりだ、と。

客観的に見れば、彼らはたまたま力のある親のもとに生まれただけである。親の力で有利な環境に置いてもらい、無難にしているだけで成功者になれる。最初から人生にレッドカーペットを敷いてもらい、迷わないようにガイドまでつけてもらっている。それが普通の人間と比べていかに恵まれているかも全く分かっていないのだろう。彼らは自分たちが「成功」したのは才能と努力の成果で、「成功」していない人間は努力が足りないのだと本気で思っている。だから田中武志を「逆恨み」だと断じる。「そんな昔のことで」「どうでもいい奴」に仲間が殺されたことを理不尽だと憤る。

田中武志は人殺しだ。だがお前らもクズだ。

怒鳴《どな》りたかったが、直ちゃんがこちらを見ている。警察官として無数のクズを見てきたであろう目が、落ち着け、と言っている。智も無表情で三人を見ている。予想通り、といった顔だった。俺は思い出した。弟はこの三人にばらばらに話を聞いた後、無関係にしか見えない質問をしていた。将来、どうなりたいか、という。

無関係ではなかったのだ。本堂広一郎は「出世は男の本懐」だから「総理を目指す」と言った。岐部伸也は頭取を目指し、自分の銀行を世界トップクラスのメガバンクにしたいと言った。二ノ丸聖輝は聖カタリナ医大病院を日本一にしたいと言った。だがまずは研究実績だと。

彼ら三人の回答は一見まともなようでいて、実は共通して欠けているものがある。それが「他者」だ。本堂広一郎は総理になって国民の生活をどうしたいかを全く語らなかった。岐部伸也は融資《ゆうし》を受ける顧客に何を与えたいかを全く出さなかった。最も直接的に「困っている人を助ける」医師になるはずの二ノ丸聖輝ですら、患者という単語が一度も出なかった。皆、自分の出世と自分の城の拡大しか語らなかった。

彼らは、そういう人間なのだ。そしてそういう人間たちが親の力で地位を約束され、日本のトップに据えられていく。

「兄さん。……警察時代、僕の周りには二種類の人間がいたよ」智が俺を見る。「官僚《かんりょう》になって日本のため、みんなのために働きたい、という人間と、自分が出世して『成功』したい、というだけの人間」

弟は、寂しげに笑った。

6

「スズメバチチャレンジ」に「灼熱アスファルトチャレンジ」――エリート好青年たちの醜い〝素顔〟

隠蔽されようとしていた社長令息殺人事件の詳細を本誌独占スクープ！


携帯の画面をスクロールさせると、かなり長い記事であることが分かった。俺が読んでいるのは某週刊誌の電子版だが、もちろん紙媒体でもトップ記事である。通称は「社長令《れい》息《そく》殺人事件」という、何やら昭和の香りがするものに決まったようだ。決めた人たちが全員昭和生まれなのかもしれない。

田中武志の「自首」は認められ、すでに公判《こうはん》が始まっている。第一回期日までは全くマスコミに取り上げられていなかったこの事件は、この雑誌が事件の存在をスクープし、さらにテレビや大新聞が全く取り上げていなかったことから一気に話題になり、「隠蔽」「特別扱い」という批判が巻き起こった。開店前の仕込みをしながらだったから音声しか聞いていないが、今朝のニュースではもう報道されていた。

きっかけになったこの雑誌の記者がなぜ「たまたま公判期日に傍聴していた」のかについては、なんとなくの想像しかできない。智か直ちゃんか、あるいは本部長本人からか。不満を持つ現場の捜査員も山ほどいたはずなので、リークのルートはいくらでも考えられる。だとすれば、この結果はむしろ必然だったのかもしれない。

当然のことながら弁護人は情状《じょうじょう》で争うため、中学時代の被害者たちの「いじめ」がどれだけひどいものであったかを説明し、当時の同級生たちにも証言させている。世間の空気は完全に四人を叩く方向になっているため、当時見て見ぬふりをしていた同級生や教員たちも掌を返すように四人の行為を証言し始めている。

……これで、よかっただろうか。

ある意味、田中武志の目的は達成されたわけである。大事件を起こせば自分の言い分を取り上げてもらえる――結果的にそういう構図になってしまった。だが今回の場合は事件そのものが隠蔽されていたのだ。緊急避難的措置《そち》だと納得するしかなかった。

俺は携帯を置き、石鹼《せっけん》で手を洗ってからカウンターを出る。奥の一人掛け席とテラス席でお客さんが一人ずつ読書に耽《ふけ》っているだけで、今のところは手が空いている。二番テーブルの食器を片付け、布巾を取ってきてテーブルを拭く。ついでにカウンターと一番テーブルも拭き、ガムシロップとグラニュー糖を補充《ほじゅう》する。智は「今のうちに」と言いながらバックヤードに籠もり、冷蔵庫の隣にあるもう一つの調理台でヴェリーヌ作りにいそしんでいる。果物の種類と置き方で無限の華道《かどう》的工夫ができるため、楽しくなってしまったのだろう。朝に作ったものがまだ二つ残っていて、そちらは俺たちの今夜のデザートにするとして、午後のこの時間から追加してちゃんと完売できるのだろうか。智はお菓子を作っていて楽しくなってくると「ゾーンに入って」しまい、よく聞き取れない詩のようなものをぶつぶつと言い続けながら延々同じものを作り続け、気がつくと生クリームがなくなったり冷蔵庫がぎっしりになったりしている、という恐ろしい性質を持っている。そういう時は目つきも怖くて話しかけにくいのだが、今回は勇気を出して早めに止めようと思う。

ドアベルが「キケン、キケン」と鳴った。普段は「カラン、カラン」と鳴るだけなのだが、ドアの開け方のせいなのか、入ってくる人によっては違う鳴り方をする。

そしてこの鳴り方はよく知っている。「どうもっす。あれ今みのるさんだけっすか。警部は」

「いらっしゃいませ」俺は親指でバックヤードを指す。「奥。ヴェリーヌにはまって出てこない」

「えっ。止めた方がよくないすか経営的に。すいませーん。惣司警部ー」

「当然のようにカウンターに入らないでもらえるかな」

「あれ冷蔵庫まだなんすか。どれ買うか悩んでるなら知りあいの占《うらな》い師紹介しましょうか。予約もしとくっすよ」

占い師にそういう相談をする客がいるのだろうか。「来週頭に納品予定。……で、ご注文は？」

「じゃ、『紅のヴェリーヌ』一つと、それに合う紅茶」

直ちゃんはカウンターのいつもの席に座り、置いてあった俺の携帯を見る。「特集、見ましたか」

コンロの火をつけ、黙って頷く。記事についてコメントしようとしたが、明らかに無駄な意見しか出てこなかったのでやめた。フランボワーズのヴェリーヌに合う紅茶というと、と少し悩み、渋味《しぶみ》のあるディンブラを選ぶ。

「上のどこかで『然るべき判断』が下ったようで。今後も事件の背景は報道されますし、あいつらの親もマスコミに出ます」直ちゃんはおしぼりの袋を破り、話の内容が無意識に仕草に反映されるのか、汚いものを触《さわ》ってしまった、とでもいうように指を拭いた。「本来、成人してる子供のやったことなんて親は関係ないし、まして彼らは今回、被害者側なんすけどね」

だが隠蔽という罪はある。直ちゃんはそう言いたいのだろう。

もちろん、すべてがめでたしめでたしというわけではなかった。殺された洞大斗は帰ってこないし、残った彼らとその親たちが糾弾《きゅうだん》されているのはつまり、彼らが「権力側から切り捨てられた」――つまり与党の主流派だの企業の所属派閥だのから「庇《かば》いだてすると全体のためによくない」と判断されたからに過ぎない。彼らが本当の権力者だった場合、智の推理も黙殺《もくさつ》されていたかもしれないのだ。

「週刊誌なんかは嫌なニュース、まだ続くっすよ。彼ら四人、調べたら色々出ましたもん」直ちゃんは出された水をぐい、と飲む。「たとえば二ノ丸の彼女、小島優花以外にも何人かいたそうっす」

「……そう」

「まあ将来を約束されたエリートっすからね。ちょっと合コン行けば、そういうのが好きな子を釣り放題だったわけで。あいつら四人のうち誰かと『交際していたと主張する』女が、平均して一人当たり三・五人いまして」

「平均……」交際していた、ですらないらしい。

「まあ岐部伸也は一人なんで許しますが、あとの三人はみんな三人以上」直ちゃんは指を三本立てる。「ちなみに多い順から本堂、二ノ丸、洞、岐部です。それぞれの人数はみんなバラバラ。さてここまでのヒントで誰が何人なのか分かるようになってます。いかがですか？」

「嫌なパズルだな」

そう言いながらもつい考えてしまう。平均が三・五ということは。……重苦しい気分は消えていたが、直ちゃんなりの気遣いなのだろうか。沸いた湯をポットとカップに注ぐと、バックヤードから智が出てきた。俺がケースからヴェリーヌを出すのを見て後ろを指さす。

「兄さん、ヴェリーヌならもうすぐできるけど……」

「いや、できてる方でいいっす」直ちゃんは腕を組む。「警部。今日はあと夕食の一回転程度でしょう。月曜は浜田《はまだ》さんも最近よく来るサマンサタバサのバッグの人も来ないし、ヴェリーヌ追加する必要ないっすよ？　丸ごと売れ残りますよ」

「あ」智は慌てた顔になり俺の袖を摑む。「ごめん」

「いやまあ、明日から気をつけてな」直ちゃんはなんでこんな正確に把握《はあく》しているのだろう。ポットからお湯を捨て、勢いを確保しつつ薬缶で沸騰させていた熱湯を注ぐ。

「しょうがないっすねえ。やっぱ警察幹部の方が向いてるんじゃないすか」

直ちゃんは口を尖らせるが、それ以上口説《くど》くつもりはないらしく、カウンターにいる羊毛フェルトのウサギを指で撫でる。「あと、一応お知らせです。新英学園について調べて出てきたんすけど、どうも現在は、いじめの対応に力を入れてるみたいっすね。被害者側の保護だけでなく、出席停止処分を含めた加害者側の矯正《きようせい》プログラムができたそうで」

智も直ちゃんを見た。

「ま、被害者は転校させられて加害者はお咎《とが》めなしってのはおかしいっすからね。五年前に学長が替わって、そういう方針になったそうです」直ちゃんはウサギの耳をつまんで振る。「新学長いわく、田中武志のケースがきっかけだそうで」

「……そう」智はほっとしたように肩を落とす。

俺も少しだけ気が楽になった。もちろんそれで田中武志の人生がやり直せるわけでもないし、洞大斗が生き返るわけでもないのだが。「……何もないより、だいぶマシだ。ありがとう」

「いえ、私は別に」

「いや、新英学園を調べてくれたんだろ。わざわざ学長に話を聞いてまで」

「いやいや。ついでっすから」直ちゃんはぱたぱたと手を振るが、照れているのかこちらを見ようとしない。

智がカウンターを回り込んでヴェリーヌのカップを出す。俺もキッチンタイマーを確認してディンブラを注ぎ、カップを置いた。

駅前広場に出たところで、あのお店に行ってみようか、と思いついた。携帯の時計を見るとまだ午後四時十分。太陽が低くなってきていてビルの壁面などにはもう黄金色の日差しが当たっているが、このまままっすぐ家に帰って休日終わり、というのは少々勿体《もったい》ない。昼も少なめでちょうど小腹《こばら》がすいていたし、財布にも余裕がある。今からまっすぐ帰っても中途半端な時間になるし——と、気がつけば行く理由ばかりを集めている。

相変わらず平凡で無意味な毎日だったが、少しだけ楽しみなことができた。駅前通りを一本入ったところにある三角屋根、喫茶プリエール。

隠れ家、という表現は使い古されているし、隠れなければならないほど年中人から求められているわけでもないわたしが言うと少々しゃらくさい。だが、この店はそれ以外に表現の仕方が見つからないほど隠れ家だった。誰にも教えない。SNSにも書かない。それを守ってさえいれば、絶対に他人に気付かれることのない居場所。木々の奥に引っ込んだように建っているこのお店の存在は、実際に私もずっと気付かなかったのだ。そしてあの店にいるお客さんたちも皆、そのひっそりとした存在の仕方を慎重に守ろうとしているように見えた。常連たちだけで独占したいとまでは思わないけれど、テレビカメラが来たり行列ができたりするのは望まない。お店の控えめな看板を見るに、店主の兄弟もそう考えているのだろうか。いつかあの兄弟と気軽に雑談ができるぐらいに親しくなれたら、そういうことを訊いてみたい。

かすかに風が吹いたのか、木々の枝が頭上でかすかに身じろぎし、足元の枯葉が動く。それがなんだか歓迎の合図のように感じられ、わたしの歩幅が大きくなる。ここに初めて来たのは昨年、冬の初め頃だが、年が明けてからは、そういえばそもそもこの道を通ることが一度もなかったと気付く。中が見えにくいドアももう怖くはない。ドアベルがカラン、と鳴り、店内に入ったわたしは顔の横に、前回見なかったものが増えていることに気付いた。ドアベルを見上げるような座り方で、木彫《きぼ》りの白ウサギがこちらをまっすぐ見ている。

「いらっしゃいませ」

抑えた声で出迎えてくれたお兄さんの方は、わたしを見てわずかながら「おや」という顔になったようだ。わたしの顔を覚えてくれたのだろうか。本当にそうなのかどうかは分からなかったが、わたしは自然に話しかけていた。「あの、ここのウサギ……」

「ええ」お兄さんの方は微笑む。「先日、骨董屋《こっとうや》で見つけたので」

このお店の装飾はどれも年季が入っていて、気分次第でころころ内装を変えるお店ではなさそうだったが、新顔のウサギは可愛《かわい》らしく、お兄さんの方もどうしても欲しくなってしまったのかもしれない。もしかして今回のこれがきっかけになり、このお店はこれからどんどんウサギだらけになっていくのだろうか、と想像する。新たなウサギを買い足そうとするお兄さんと、実はしっかり者でそんな兄をたしなめる弟さんの方。そんな想像が先に出てきてしまって、せっかくマニュアル以外のやりとりをしたのだからそこから話を膨《ふく》らませればいいのに、喋るタイミングを逃したことに気付いた。背中に誰かが触れる。振り返ると人の胸があった。視線を上げるとその上に男性の顔が載っている。大きな人だ。

「あ、失礼」大きな人は低い声で言って体を横にどけた。

そういえば、ドアのところで突っ立ってしまっていたのだった。お兄さんの方は後から入ってきた男性がわたしの連れではないと分かったらしく、わたしをテーブル席へ、後ろの男性は一言二言やりとりをした後、テラス席へ案内した。この男性は初めて来たようだ。その間に、バックヤードにいた弟さんの方がわたしのテーブルにオーダーを取りにきてくれた。一度閉じたメニューをまた開く。

「あの、『本日のケーキ』って、入口のところにあった……」名前が思い出せない。

「はい。今日はフォレ・ノワールになります。サクランボとチョコレートのケーキです」

「サクランボ。……あ、載ってるの、サクランボだったんですね」

「はい。ブラックチェリーです。たまたま売っているお店を見つけまして。つい」弟さんの方は嬉しそうにはにかむ。「衝動買《しょうどうが》いを」

どうやらお菓子類はこの弟さんの作品らしい。他のカフェではあまり見ないものが多い上にいつ来ても「新作」があるから、作ることそのものが好きなのだろう。「じゃ、これとブレンドをお願いします」

「はい。ではケーキセットということで。フォレ・ノワールとブレンドでよろしいですね」

「はい」

初めて聞くケーキだった。「ノワール」が「黒」だということはわたしも分かるし、「フォレ」は「森」だろう。黒い森という名前のケーキ。すごい名前だ。*9 特に面白くもない感想だったが、すぐ口に出していればもう少し話題が広がったかもしれない。そう思ったのに結局わたしは口を開けず、弟さんはいつも通りにカウンターへ戻ってしまう。またチャンスを逃した、と少し惜しかった。弟さんの方はあまり積極的に喋るタイプではないようで、そもそも喋るより黙々と作業をしている方が好きなのか、たいていカウンターかバックヤードの中に引っ込んでいる。レアなのである。

カウンターの中の兄弟を横目で見ながら思う。こういう時にぱっと積極的になれる瞬発力は学生の頃からなかった。高校の頃だって、わたしが密《ひそ》かに「いいなあ」と思っていた先輩へはもっと積極的な友達が先に話しかけて仲良くなってしまい、「あの二人、つきあい始めたらしいよ」と人づてに聞いて落ち込んだことがあった。わたしの「いいなあ」はいつもそんな感じで終わる。

席についても携帯をいじる気にはなれず、駅前の本屋さんで買ってきた小説を開く。あの兄弟がどういう事情でここで二人、カフェをやっているのか興味があるし、特に弟さん（たしか、お兄さんの方に「さとる」と呼ばれていただろうか）がどういう人なのか知りたい。そういうことを気軽に話せる感じになれたらいいのに、と思う。これから何度も通って、すっかり顔見知りになって、あの兄弟とプライベートな話もしてみたい。いや、それは「もしよかったら」でもいいのだ。わたしの中には、あの二人の中に入って「三人

＊9　別にケーキが森だというわけではなく、ドイツの「黒い森（シュヴァルツヴァルト）」産のサクランボを使って作ったかららしいが、ブラックチェリーを使ったりしてヴィジュアルも黒い森に寄せてくることが多い。

目」になりたいという願望と、この店とあの二人をこのまま眺めていたい、という願望が両方ある。矛盾しているけど、どちらに転んでも片方は叶うということになりそうだ。

本のページをめくる。文章が頭に入っていなかったことに気付き、また前のページに戻った。

第2話

理想は不存在

声は出せない。

動いても駄目だ。なのに電車の振動が意地悪に私の足を動かそうとしてくる。周囲の乗客たちも携帯を見ながら、つり革に摑まりながら、私と同じようにふらつく。でも彼らの目線は頑《かたく》なに持っているスマホだの、中吊り広告だのから動こうとしない。揺られていることを懸命に無視し続けるような踏んばり方。意固地《いこじ》な無関心。だから、こんなに人がいるのに誰一人私の方を見ていない。私の状況に気付かない。

でも、と思う。

私が派手に動いたり、声をあげたりすれば、周囲の乗客たちは一斉にこちらを見るだろう。こんな混んだ電車内で何だ、という、非難めいた視線が私に集まる。そこで私が動けば、大騒ぎになってしまうだろう。誰かが電車を停めてしまうかもしれない。私だけが車外に放り出されればいいのに、そうはいかない。全部の車両が、数百人の乗客全員を巻き込んで停まる。駅にはアナウンスが流れる。ニュースになるかもしれない。大事件になってしまう。私一人がそれを起こすことになってしまう。考えるとぞっとした。数百人、いや、電車が遅延すればその路線の乗客すべて、それどころか接続するすべての路線も、すべての駅員さんたちも影響を受ける。大問題だ。私一人のせいで。

……だめだ。

私は身を縮める。下手に動いたら状況が悪くなるだけのような気がして、身を縮めてひたすら耐えることにする。ドア脇の空間に体を押し込むようにし、窓ガラスに肩を押し当てる。それでも苦痛は追いかけてくる。声を出してはだめだ。大丈夫。次の駅で降りればいい。それまで耐えていればいい。

どうしてこんな目に遭わなければならないんだろうと思うと涙が出てきた。こんなに人がいるのに、誰も気付いてくれないのだろうか。無関心な周囲の乗客たちも恨めしかった。感覚を遮断《しゃだん》し、スマホの画面に、本の紙面に、瞼の裏の暗闇に閉じこもろうとする乗客たち。昨日までは、私もあっち側の立場だったのに。

電車が揺れる。私は耐える。もう少し。次の駅まで、耐える。

1

「……ときにですね」

「ん？」

カウンター席の直ちゃんが、妙にあらたまった顔をしているので、おや、と思って手を止める。いつも通り旺盛な食欲で昼食だか間食だか分からないパスタとサラダをくわっと平らげた彼女は、まず丁寧に皿をどけた。さて、という様子で隣の席に畳んで置いたコートを膝の上にかけ直し、身を乗り出して肘《ひじ》をついたので、また何かよからぬ災禍《さいか》が飛んでくるのではないかと一瞬警戒したのだが、こほん、と咳払いし、食後のブレンドを一口飲んだ。彼女から出たのは依頼という名の強制労働ではなく、ただのカジュアルな質問だった。

「みのるさんって今、好きなのはどんなタイプっすか？」

タイプ、と言われてもすぐには浮かばない。グラスを磨きながら考える。「個人的な好みでいいの？　最近はけっこう趣味に走ってるというか、他にはない個性のある感じが……ケニア系とか」

「ケニア……ケニア……」特に意外な答えでもないだろうに、直ちゃんは反応に困った様子で眉をひそめる。「けっこう大づかみっすけど、まあ、言いたいことは……。それって外見のことっすか？　スタイルとか？　それとも中身っすか。一般的なイメージの、陽気な感じとか」

『スタイル』って略《りゃく》すの初めて聞いたな……あれはタンザニアだけど、好きだよ。陽気、っていう表現は分からないでもないよね」

「ケニアまたはタンザニア系、っすか。……まいったなあ。参考にならない」直ちゃんはなぜか頭を抱えた。「もうちょっとこう、身近な、そこらにもいる感じでないっすかね？　可愛い系かキレイ系とか」

「『可愛い』？　香りがってこと？」

「えっ、臭《にお》いフェチっすか？」

「フェチってほどでは。味の方が大事だと思ってるけど」

「味？」直ちゃんはなぜか、メインディッシュに火星人のローストを出されでもしたかのような顔になり「どうすれば」というジェスチャーをして困惑している。「それはその、どうやって確かめるんすか？」

「いや普通に。まあでも、味気ない答えだけど、実際はまず値段だよね」

「ああん？」

ヤンキーのような声をあげたところで、直ちゃんははたと動きを止め、そのままたっぷり三秒かけてゆっくり首を傾けていき、最終的に首をかしげる形になった。「……んん？」

磨いていたグラスを置く。「どうしたの？」

直ちゃんは虚空《こくう》に視線を泳がせ、しばらくしてぱったりと体を伏せた。「……そういうことっすか！　コーヒーね、コーヒー。ケニア[*10]って」

皿に触れると袖にソースがつくので、背伸びをして手を出し、傍らのパスタ皿を引き揚げる。「違うの？」

「私が訊いてたのは、その、あー……」直ちゃんは体を起こしたが、彼女らしくなく耳を赤くして目をそらしている。「……異性のタイプ、なんすけど」

「あ」

何か妙に嚙みあっていなかった理由がようやく分かった。「……ああ、なるほど」

「ていうかなんで『好きなタイプ』訊かれて豆で答えるんすか」

「いやコーヒー飲みながらだったし」

「相変わらず……」直ちゃんは何かを言いかけてやめ、あああ、と肩を落として溜め息をついた。「……どうしようかと思いましたよ。ケニア系なんて大学時代のワンジクとザワデイと、あとアイリーンぐらいしかいませんし」

「わりといるね」まさか彼女からそんな話題が飛んでくるとは思わなかったのだ。だが。

「そっちの方が答えにくいんだけど、どうしよう？　それこそ人による……」

「あーはいはい。『好きになった人が好きなタイプ』ってやつっすね。そういうのはいいんで」そっぽを向いたまま手をひらひらさせる直ちゃんは、まだ照れているのか耳が赤い。

「なんかこう、ないすか。好きな系統。雑誌で言うならたとえばほら、CUTiE とか JJ bis とか、ageha 系とか」

「なんか廃刊・休刊になったやつばっかじゃない？」不吉だ。そして今のは男性が一番困る訊き方だぞ、と思う。「いや、外見はそんな……あまりサイケデリックでなければ。それより、どうかな……なんか、ふわっとした人よりは、きっちりした感じの方が」

「おっ、悪くないっすよ。八十五点」なんで採点されねばならないのか分からないが、直ちゃんは指を鳴らした。「他には。もっとこう、インナー部分で」

「インナー？　熱意があって接客が好きな人、とか？」

「バイトの募集じゃないんすから。真面目で我慢強い人とかどうすか」

「我慢はあんまりしすぎない方がいいと思うけど……仕事熱心な人は好きだよ。あとはよく食べる人とか。元気な人を眺めてるのは楽しいかも」

＊10　「タリメ　ケニアスタイル」。タンザニア北部、タリメ地区で生産されるキリマンジャロ等。もともとタンザニアでは伝統的なナチュラルコーヒーしか作っていなかったが、ケニアの企業が現在主流であるウォッシュド方式を導入したとのこと。

「来た」直ちゃんは立ち上がった。「合格です。でも『A』はちょっと……まあ『B』っすね」

「どうも」なぜか単位をもらった。「……どういうこと？」

「あ、でも元気ってとこは今ちょっと勘弁してください。入院してるんで」

「何の話？」

直ちゃんは携帯を操作して画像を出し、椅子から腰を浮かせてこちらに突きつけてきた。

「この子、どうすか」

携帯には女性の半身が表示されている。着ているのはパジャマであり、座っているのは明らかに病院のベッドだ。

「……わりと消耗《しょうもう》してそうな感じだけど、予後《よご》は悪くなさそうな」

「容態じゃなくて、好みかどうかっすよ」

「なんでいきなりそんな話を」

携帯を見ていたらバックヤードから智が出てきた。お客さんの少ない時間帯なのでいつも通りに籠もり、今日はミルクレープを作っていたようなのだが、智は直ちゃんの顔を見つけると深夜に道路を横断していて人間に見つかったキタキツネのようにぎくりと動きを止め、そのまま回れ右してバックヤードに戻ってしまった。

「あっ、警部逃げた。まあいいや。ええとですね」直ちゃんは中腰になったついでにサラダの皿をカウンターに置いてくれる。「みのるさん、この子に会ってやってくれませんかね？　吉崎夏香《よしざきなつか》さん二十五歳。海運《かいうん》大手勤務で事務職。私の知人で昔一度、プリエールに来たこともあるんすけどご記憶ではないすか？　みのるさんのことを覚えていて、会いたがってるんすよ」

「えっ。そういう話」画面をもう一度見る。表示されている女性は明らかにノーメイクだからそのせいもあるのだろうが、申し訳ないことにご来店いただいた時のことを覚えていない。だが、とりあえず。

「……なんで入院中の今？　それとも長期入院とか？」

「じきに退院はするでしょうけど、まあ今ちょっとへこんでまして。元気づけるためについ『連れていく』って約束しちゃったわけでして」直ちゃんはいやあ、へへへ、とわざとらしく頭を掻く。「でもいい子っすよ？　周囲の友人知人は声を揃えて『真面目でいい子』って言いますし、職場の評判も上々。学生時代のバイト先の店長によれば、最初の頃なんか自主的に残って仕事覚えてたそうですし、39℃の熱があるのに根性で出勤してきて慌てて帰したこともあるんだそうで」

それを美談にする文化は駄目だろうと思うのだが、彼女自身が責められるわけでもない。

学生時代のことであるし、責任感が明後日の方向に向いてしまうことはよくある。

カウンターに置いてある直ちゃんの携帯を見る。画像の中の吉崎夏香さんは確かに真面目そうな印象で、しかしかすかに、何か不安がっているような表情をしていた。

2

低い日差しを反射してアスファルトが銀鼠色《ぎんねずいろ》にちらちら光っている。前を走る軽トラックが真っ白な排気ガスをぼうぼうと噴き出しているのが吐息のようでもある。もう午前十時になるが、いつまで経っても日は高くならず、空気も冷たいままのようだった。そういえば暦《こよみ》はもう秋というより冬至《とうじ》に近付いている。

「いやあ、来てくれてほっとしましたよ。なんせ『プリエールのマスターなら私、超常連だから何でも頼める』って大見得《おおみえ》を切っちゃったわけでして」

へっへっへ、と小悪党めいて笑う直ちゃんはしかし、ハンドルは両手できちんと持っている。今日の服装はカジュアルで足元もスニーカーだが、運転が極めて丁寧で速度も車間距離も一時停止も横断待ちの歩行者を見つけたらきっちり毎回停まるところもまるで教習所であり、そのあたりは警察官そのものなのだった。実家から借りたというメルセデス・

ベンツEクラスで迎えにきたあたりはまったく警察官らしくないのだが。

「でもほんと、いい子なんで」直ちゃんは丁寧に減速してハンドルを右に回す。「みのるさんの話をしたら、カフェにも興味があるそうです。退職してプリエールで一緒に働いてくれるかもしれませんよ？」

「そういうのは別に……むこうにもむこうの仕事があるし、やりたいことがあるなら、こっちのために我慢してほしくないけど」

直ちゃんはこちらをちらりと見ると嬉しそうに微笑み、それからはっきり「へっへっへ」と笑った。「そう、ですか。へっへっへ」

「いや、そういう話にはならないと思うけど」

急いで付け加えるが、なぜか直ちゃんは非常に嬉しそうにシートの上で体を揺すり、ぐるりとハンドルを回して右折する。

「へっへっへ。……ええと夏香さん、現在は実家住まいです。通勤は都心の方まで片道二時間かかるそうですが、お母様が家から通うことを望んでいるようだって察して頑張って続けているみたいっすね。まああまり先入観を与えるのもどうかとは思うんですが、優しい子っすよ。家庭事情はちょっとあって、八歳の時に親が離婚して母親と二人暮らしでしたが、二年後に母親が再婚してからは、継父《けいふ》とも特に問題なくやっているようです」

「うん」頷くが、何か違和感があった。「……あのさ、なんかさっきから右折多くない？」

「いや？　そんなことないっすよ？」直ちゃんは目をそらす。「もうすぐ着きますんで」

直ちゃんはそう答えたが、その途端に、ハンドル横のホルダーに挿《さ》してあった彼女の携帯が光って振動し始めた。どこからの着信なのか俺は見ていないが、直ちゃんはディスプレイの表示にちらりと目をやると、「ああ……」と嘆息《たんそく》して急に減速し、ハザードを点けて道端に停車した。

「ん？　どうしたの」

「……いえ」直ちゃんは携帯を取って画面を見ると、「さすが警部……」と呟いてハンドルに突っ伏した。

「……何？」

「……いえ。惣司警部からメッセージが」直ちゃんはそれでも、きちんと周囲の確認をしてから携帯を戻し、車を再発進させる。「『病院で待ってる』だそうです」

「病院？」俺たちの行くところだろうか。「どこの病院かは言ってないけど……」

「だから尾行《びこう》したんでしょうね」直ちゃんは親指で後方を指す。「プリエールからずっと尾行《つけ》てたはずっすけど、気付いたのはさっきっす。間抜けでした」

「智が？」つまり、さっきの右折で尾行車を撒《ま》こうとしていたらしい。

思わず振り返るがもちろん智の車の姿はなく、後ろを走っているのは明らかに無関係のトラックである。「俺たちを？　なんで……」

「吉崎夏香さんは先々週日曜十八時四十五分頃、ＪＲ海浜《かいひん》線秋津《あきつ》駅南口ロータリー、タクシー乗り場付近のトイレで腹部から血を流して倒れているのを通行人に発見され、病院に搬送《はんそう》されました。左腹部に刃渡り十センチほどの果物ナイフが刺さっており、出血は少量だったものの意識不明の重体。このナイフは搬送時も刺さったままでした。もちろん現在は回収され分析に回されてますが、指紋《しもん》等は出ず、柄《え》からは市販の軍手《ぐんて》のものとみられる繊維《せんい》が微量、検出されました。この軍手の特定はできましたが、全国のホームセンターはもとよりコンビニの一部店舗でも売られているありふれたもので、こちらのルートはまず無理っすね」

突然直ちゃんの口調が変わった。というより、ここまでどこか奥歯に物が挟まったような感じだったのが、いつもの彼女に戻った。

「……それって、まさか」

まさか、も何もなかった。「事件の概要」である。

「いやあ失敗。せめて病室で直接会ってからにするつもりだったんすけど。まさか惣司警部に尾行されるとは」直ちゃんは悔しそうにハンドルをとんとん、と叩く。言うわりに悔しそうな顔はしておらず、何やらさっきからずっと元気である。「まあ、結果的に警部も来てくれたし、よしとしましょうか」

「……つまり、吉崎夏香さんってのは」

みなまで言う必要もなかった。「被害者」なのだ。実のところ、最初から何かおかしいと思っていた。

直ちゃんを横目で見る。「……捜査が難航《なんこう》している」

直ちゃんは目をそらす。「……ええ。まあ」

「新富士見駅の殺人事件？　酔っぱらった女性が変質者に刺されたっていう」

「いえ。まああれもどうやら通り魔っぽいってことでろくに進展してないんすけど、まあ、あれはこちらでやるわけでして、なんというか」直ちゃんはなぜか言いにくそうにもごもごと口ごもる。「それとも別件、でして。へへへ」

溜め息が出る。だがその一方で、どこかほっとしている部分があった。直ちゃんがいつも通りだと分かったからだろうか。

「……要するに、だまくらかして被害者に会わせて、なし崩し的に捜査に参加させようとしてたわけだね」

「私、仲人《なこうど》的なことだとは初めから一言も言ってないっすよ？　被害者の容態は安定してますが、いきなり通り魔みたいにして刺されたわけでして。一刻も早く犯人を逮捕してもらいたがっています。惣司警部とみのるさんのことを話したら、是非会いたい、と言ってましたから」

直ちゃんはそう言いながらもこちらを見ない。まあ確かに、まともに依頼したら俺も智も断るに決まっている。

溜息をつく。「……こっちは」

親指と人差し指で輪を作ってやると、直ちゃんはにやりと笑ってその輪を人差し指で弾《はじ》いた。「そりゃもう。金一封どころか二封でも三封でも。支払いは年度末になるでしょうから場合によっては五封くらい」

「お役所のそれ、ほんとやめてほしいよね[*11]」

「すいません」

どちらにしろ断れない立場であることを考えれば、これでいいのかもしれなかった。た

＊11　予算を余らせると来年度から減額されるから、という理由で年度末になると金を使いまくる役所は未だにあり、道路工事が三月に多いのもそれが理由だったりする。「予算」とは市民の血税なのだから、余るぐらいなら減らしていただきたい。

とえば智などにはこういう手は通じないから、智を直接説得しようとした場合、直ちゃんはかなり強引な、脅しめいた方法をとるしかなくなるだろう。智がそれに応戦すればかなり険悪な雰囲気になる可能性もあるし、そうなった場合、智はまたあれこれと悩むだろう。元職場にも兄の店にも「迷惑をかけている」と。職業選択は自由だし直ちゃんの襲来は自分の責任ではないのだからそんな「迷惑」など勝手口のポリバケツに突っ込んでしまっていいのだが、弟の性格ではそうもいくまい。それなら、下手に禍根《かこん》が残らない方がいい。

気がつくと、植え込みのむこうに総合病院の白い建物が見えた。車はゲートを通過して駐車場に入っていく。駐車してエンジンを切る前から、智の長身がこちらに歩いてきているのが見えた。見慣れたうちのラパンも停まっている。智が外に来ると直ちゃんは窓を開け、銃でも突きつけられたかのように両手を上げた。「……すいません降参っす。捜査情報はすべて白状《はくじょう》しますんで、勘弁してもらえないっすかね?」

それを降参と言うのだろうかと思わなくもない。

そういえば父の死後、こういった総合病院に来たことはなかった。記憶にある「病院」とはもっと真っ白で硬質《こうしつ》な、冷たい雰囲気だったはずなのだが、実際にこうして見てみると壁はアイボリーやクリーム色だし、ところどころに木目《もくめ》の焦茶色を配置したりガラスの間仕切りがあったりと、ホテルともカフェともつかない洒落込み方がちらほらと目についた。こちらとしてはありがたい。病院にはいい思い出がなく、まあそれは大抵の人間がそうなのだろうが、俺の場合は母も父も最期は病院で記憶も鮮明なので、あまり硬質に白一色にされるとどうしても「死」を連想させられて気分が落ち込む。死の色は何か、と訊かれたら大抵の人が「黒」と答えるだろうが、それは自分の死であり、リアルな他人の死は消毒のガーゼやベッドシーツの「白」である。隣に座る智を見る。母が死んだ時は小さかったからはっきりと覚えてはいないだろうが、そのわりに俺より緊張しているように見える。まあ、昔から俺よりだいぶ繊細ではあるのだが。

病院には着いたものの吉崎夏香さんの携帯につながらないということで、とりあえずロビーの長椅子に並んで座って待っている。後ろの席の老人がエーッホエホエホエホと派手な咳をしたためちょっと背もたれから背中を離したら、直ちゃんはバッグからマスクを出した。

「あ……すいません。外で話しましょうか」直ちゃんはマスクをし、俺たちにも一つずつ渡した。「どうぞ」

「いや、平気」弟をちらりと見る。頷いてはいる。「ていうか用意いいね」

「ぼちぼち感染症の時季ですから。インフルの予防接種、しました？　客商売は危ないっすよ」直ちゃんはマスクの上下をつまんで広げる。「で、さっき話したとこの続きからですが。果物ナイフは横行結腸《おうこうけっちょう》と胃の下部を傷つけていますが、幸い他の重要臓器は外れていました。それでも内臓出血が激しく、搬送時には腹膜炎《ふくまくえん》を起こし始めていまして、手術後に発熱して意識不明。先週水曜にようやく意識が回復したわけですが」

腹部の怪我《けが》というのはどうも、話を聞くだけでこちらも腹が突っ張る感触がある。俺は自分の腹部を撫でたが、弟は思案顔で直ちゃんを見ている。「……被害者は犯人と面識がない？」

「いや、分からないんです」

「どういうこと」

なんだか二人だけ先に進んでしまっているようだ。俺が首をかしげていると、智がこちらを見た。「兄さん。傷は脇腹から横行結腸と胃下部なんだ。つまり被害者は前方か、おそらくは左斜め前方向から刺された」

「ああ、そういうことか」そういえば人間の臓器の配置はよく知らない。自分の腹の中なのに不勉強なことだ。「前から刺されたなら犯人の顔を見ているはずだよな。なのに捜査が進んでいない……？　なんで？」

「逆行性健忘《ぎゃっこうせいけんぼう》っす」直ちゃんは自分の頭を指でとんとんつつく。「吉崎夏香さんは事件の日、家を出てからのことをほぼ完全に忘れているようなんすよ。まあ三日も腹膜炎で意識不明だったわけで、無理もないっちゃないんすけど」

智は総合受付のカウンターあたりを見ている。「出かけた理由も？」

「前職時代の友人と飲むつもりだったそうで。そこまでは覚えているようなんすけど」直ちゃんはタブレットを操作する。「携帯のGPS情報を出してもらったんで、被害者が家を出てからの行動はある程度分かってます。飲み会の予定は午後七時からJR江東橋《こうとうばし》駅前にある居酒屋だったようです。位置情報から推測すると、被害者は午後五時二十七分に自宅を出て、最寄りである長尾《ながお》駅から同三十九分発上りのJR久保《くぼ》線に乗車。六時二十五分に乗換駅であるJR弁天《べんてん》駅に到着し、同三十一分発のJR海浜線快速上りに乗り換えて江東橋方面に向かっています。しかし同三十八分に、二つ目の停車駅である秋津駅にて下車。一分後の三十九分に改札を通るところを駅員が目撃しています。そこからは目撃者が途絶《とだ》え、六分後の六時四十五分、南口ロータリーの、トイレの衝立《ついたて》の陰に倒れているところを通行人に発見されました」

考えている時の癖で、智は直ちゃんを見ず空中のどこかに視線を置いたまま質問する。

「携帯は搬送時、持っていた？」

「はい」

「飲み会の参加者から裏は取った？」

「はい。参加者のうち一人が遅刻しそうだというのでSNSに書き込みをし、彼女もそれに返信しています。メッセージはこれ」

直ちゃんが見せてきたタブレットには、素っ気ないゴシック体でSNSの内容が書かれている。

18:25　発信者：nonimai（今井　紀香）　ごめんー！　電車乗り遅れた！　10分くらい遅れます（>_<）

18:25　発信者：yamanasakura（山名　桜）　あい

18:28　発信者：natukayoshi（吉崎　夏香）　あせらんでー

四角四面の警察書類にSNSの気楽なやりとりが真面目に記録されている。なんともちぐはぐなのだが、それだけに生々しさが感じられた。18:28までこんな気楽に友人とSNSのやりとりをしていた人が、そのわずか十七分後に重体で発見されている、という事実がひどく残酷に見える。だが。

俺が疑問に思ったことを、智が先に尋ねた。「被害者の目的地は江東橋だったんだよね。

途中の秋津駅で降りた理由は？」

「全く記憶にないそうです。そもそも長尾駅から電車に乗ってきたことすら忘れてますから」

後ろの席の老人がエホエホエホ、エーッホエホエホエホ、と派手に咳をした。相当身もだえているのか長椅子がぎしきし鳴る音も聞こえる。

「……どうすか」

直ちゃんが智を見て、それからこちらを見る。

奇妙な話だった。覚えていないということは、吉崎夏香さんが秋津駅で下車したのは予定外だった、ということになる。確かに七時に江東橋に着いていなければならないとなると、弁天駅六時三十一分発の海浜線快速上りでちょうど、といったところだろう。友人へのSNSの発信を見ても、遅れるつもりなどは毛頭《もうとう》なかった様子である。だとすると、その後に何かが起こったのだ。その何かによって彼女は急遽《きゅうきょ》、秋津駅で降りることになり、そして刺された。友人に「遅れる」というメッセージの一つも送っていないところを見ると、相当急な事情だったことになる。海浜線は俺も何度も乗っているが、秋津駅は特に何があるわけでもなく、乗降客も少なく、そもそもなぜここに快速が停まるのだろう、とすら思える駅だった。

とすると。俺は結論を言った。「……犯人に追われていた？」

智が続きを言う。「だとすれば、犯人は顔見知りのはずだけど」

吉崎夏香さんは江東橋に向かう途中、弁天駅で犯人に会い、逃げるつもりで海浜線の電車に乗ったが、相手も同じ電車に乗ってきたことに気付いた。あるいは海浜線の電車に乗った後、「危険な相手」が同じ電車に乗っていることに気付いた。そこで慌てて秋津駅で下車したが、犯人が追いかけてきて……。

となれば、なるほど智の言う通り、被害者は犯人の顔を知っていたことになる。

「容疑者はいないの？　吉崎さんの交友関係を潰していけば……」

俺はそう言ったが、直ちゃんは「いやあ」と頭を掻く。どういうことだろうと思ったら、智が言った。

「……つまり、一人も出なかった」

「ま、そういうことで」直ちゃんはマスクを直して腕を組んだ。「捜査本部《チョウバ》が立った当初はすぐ解決するだろう、って雰囲気だったみたいなんすけどね……ものの見事に該当者ゼロで」

智は総合受付のカウンターのあたりを見ながら思案している。確かに、それで容疑者が出てこなかったからこそ、こちらに回ってきたのである。

通常なら、容疑者は簡単に絞れるはずだった。被害者が事件当日そこにいること――つまり飲み会の予定を知っている人間は限られる。もっとも、わざわざ人の多い都心部に、それも友人に会いにいく途中を狙っている点を考えると、計画的な犯行だったとは考えにくい。そして、たまたま電車内かどこかで被害者を見つけて犯行に及んだのだとしたら、犯人はそれまでの行動を隠していなかったことになる。駅の入場記録を当たれば容疑者が浮上するはずだった。

それなのに、捜査は難航している。県警本部が、すでに退職届を出した智の力すら借りようとするほどに。

後ろの席の老人がゲホゲホゲホエーホエホエホエホ、と咳を始め、智と同時に振り返りかけてまた前を見る。この人、さっきから大丈夫だろうか。

「……一応、怪しいのは一人、出てます」

直ちゃんがタブレットを出す。画面を操作すると、男の顔が表示された。太った男だ。眼鏡の奥の目は、今にもこちらに文句を言ってきそうな雰囲気で細められている。

「野田《のだ》敦《あつし》三十九歳。独身。電器店勤務。百七十一センチ九十九キロで、だいぶでかいです。吉崎夏香さんの前職は携帯電話ショップですが、その時の店長の友人だそうです。職場の飲み会に店長が友人を連れてくることがよくあり、夏香さんとはそこで知りあったそうですが」

勤め人経験のない俺が怪訝な表情になったのを察したか、直ちゃんが補足してくれた。

「たまにいるんすよそういう上司。職場の若い子を連れて飲みにいく。若い子たちには『俺の友達も来るけどいい？』って後から軽く言ってくる一方で、連れてくる友人には『俺の職場の若い子、何人か連れてきてやるよ』ってわけです」

「うえ。なんだよそれ」そんなのがいるのか、と思ったが智も嫌そうに目を伏せている。いるらしい。

「まーほんと。こちとらコンパニオンじゃねえよ！　そんなら給料出せ！　って二本貫手《ぬきて》で目にいきたくなるんすけどね」直ちゃんも顔をしかめる。「その野田敦も飲み会で何か勘違いしたんでしょう。以後ストーカー化。もちろん夏香さんは全く相手にしていなかったわけですけど、上司の友人となるとそう無下《むげ》にもできないと思ったようで」

「完全にセクハラだよね」四十手前にもなって恥ずかしくないのだろうかと思う。

「それでもあんまりしつこいのではっきり『気持ち悪いので』と言ってSNS、ブロックしたそうなんです。そうしたら逆上《ぎやくじよう》。『色目使ったくせに』ってありもしない妄想《もうそう》を吐きながら職場に殴り込んできたそうで」

うちの店にもだいぶ前、お客さんに対して「やっと見つけた」とか言いながら怒鳴り込んできて暴れた客がいた。その頃は父が健在だったので、さっさと取り押さえて警察に突き出したのだったが。

「警察沙汰《ざた》にはならなかったそうですが、まあ大騒ぎすよね。夏香さんは職場に居辛《いづら》くなって辞め、今のところに転職します」直ちゃんは腹立たしげにタブレットの画面をたん、と叩いて野田の顔を消し、仕事の顔に戻る。「野田のつきまといはまだ続きました。もっとも住所を知られていたわけではないのでSNSやメールですが、内容はかなり過激でした。ストーカーにも色々タイプがいまして、自分の熱意に酔って会いたい会いたいと歌い上げるポエマータイプ、幼児性が強く、会ってくれないと死ぬ、と駄々《だだ》をこねるボーダータイプ、ひたすら相手の情報や関連物品を蒐集することに快感を覚えるコレクタータイプ。最後のならそれほど危険はないわけですが」

何がきっかけで相手への執着が憎悪《ぞうお》に変わるかは分からない。どれも危険だと思うが、直ちゃんは警察の目線で言っているのだろう。今日び、色恋のもつれから怨恨殺人に至るケースではかなりの割合でストーカー行為がみられるとも言われている。

「野田敦はもっとも危険なタイプでした。まあ年上の男性にありがちなんですが、相手が自分の思い通りにならないと、相手のせいにしてキレる。『お前が色目を使ったから自分が口説いてやったのに掌を返すなんてひどい女だ』――相手への執着より、自分のプライドを傷つけられたという恨みの方に走るんですね。夏香さんのSNS見ます？　彼女自身はブロックしてましたが、サーバーには残ってるわけでして」

タブレットを受け取る。俺が見たのは最後の方のメッセージだけで、そこではもうかなり断片的になっていたが、吐き気がする性的な罵倒《ばとう》がえんえんと連ねられていた。「ブロックしてんじゃねえよ淫乱」「出会って二秒でパコパコ　インスタント便器のアカウントはこちらです」「更新止まってんな　また男とやってんのか？　おい言っとくけどそいつ梅毒だぞざまあ　脳味噌腐れ」「学生時代、栄町のババアしかいない店でバイトしてたよね？　みんな知ってるよ」

もういい、と思って智にタブレットを見せる。「見る？」

智は目をそらし、それでも足りないのか手で目をガードし、腰を浮かせて一つ隣の席に逃げた。いや、無理に見せたりはしないのだが、そういえば子供の頃、一度すれ違いざまにくすぐっただけでその後半年近くもの間、近付くと逃げるようになっていたことがあったなと思い出した。警戒心が強いのである。

「事件後、母親の承諾《しょうだく》を得て夏香さんの携帯を確認。そうしたら、彼女が転職した春頃からずっと野田がストーカー行為をしていたことが判明したわけでして。ようやく動機のある人間が浮かんだわけです」直ちゃんはタブレットをしまう。「他に容疑者がいなかったこともあって、ただちに野田の当日の行動が確認されたんすけどね」

後ろの席の老人が立ち上がって去った。智と一緒に一瞬そちらを見て見送る。咳のわりに元気そうだった。

「確認したら、確かに犯行時、野田は現場近くまで来ていました」直ちゃんは続けた。「……ですが、あくまで『近くまで』でした。そこが問題でして」

「……『近く』って？」

「JR弁天駅です。野田は六時三十分に、JR弁天駅発の電車に乗っています。問題は乗った電車でして」直ちゃんはタブレットを操作し、今度は路線図を表示させてこちらに渡した。「被害者と反対方向なんです。南方向、海水浴場とか海釣りの観光地方面に向かうJR八幡《やわた》線下りです。しかも特急『ゆきなみ』。これ弁天駅を出ちゃうと次の停車駅は三十五キロ先の人見《ひとみ》駅で、二十五分後なんすよ」

人見駅で降りたことはないが、あのあたりまで行くともうだいぶ田舎《いなか》だということは知っている。

「つまり事件時、野田には鉄壁のアリバイがあったんです。夏香さんは秋津駅のトイレで発見されたのが六時四十五分ですが、最後にSNSに書き込みをしたのが六時二十八分で、乗り換えた海浜線上りが弁天駅から発車したのが六時三十一分。その後、六時三十九分に秋津駅の改札を出ていくところを目撃されています。なのに野田の方は六時三十分の時点でもう『ゆきなみ』に乗り、人見方面に出発しちゃってます」

頭の中で路線図を思い浮かべる。「ゆきなみ」が発車し、続いて反対方向に海浜線上り快速が発車し、容疑者と被害者は相対速度150㎞／hでどんどん離れていってしまう。

「……野田が六時三十分発の『ゆきなみ』に乗っていたっていう証言はどこから？　乗るふりをしてさっと降りた、とかはないの？」

「ないっす。証言をしたのは車掌《しゃしょう》で、六時三十七分頃、検札《けんさつ》業務中に、六号車自由席窓側に座っている野田と話しています。野田の行き先は終点の洲崎《すのさき》駅とのことで、特急券を持っていなかったので車内価格で売ったそうです」

「……怪しくない？」

観光地に特急で行くなら先に特急券を買っていそうなものだし、そもそも日曜の宵の口に観光地に向かう下りの特急になぜ乗ったのだろうか。

「車掌もそう感じて、そのためよく覚えていたそうです。観光に行くほどの荷物も持っていなかったようで」直ちゃんは俺の考えを先取りするように言った。「確かに確認したのはその六時三十七分の時点だけで、その前後、野田がどこにいたかは分かっていません。でも『ゆきなみ』は六時三十分の発車から同五十五分の人見駅着まで一度も停車していま

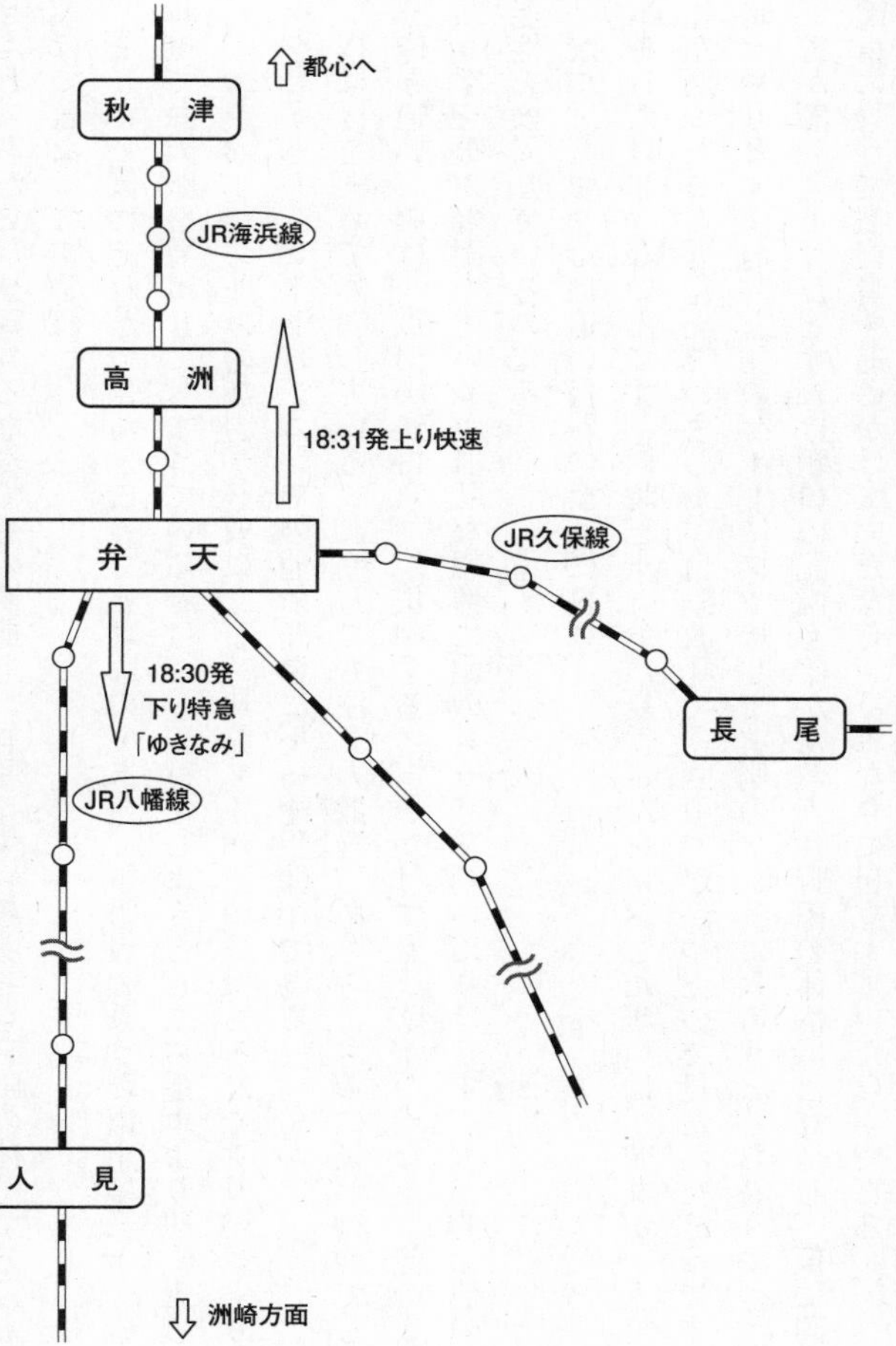
都心へ
秋　津
JR海浜線
高　洲
18:31発上り快速
弁　天
JR久保線
長　尾
18:30発
下り特急
「ゆきなみ」
JR八幡線
人　見
洲崎方面

せんし、窓から飛び降りるなんて窓の構造上、無理っす。そもそも野田の体型でそんな軽業はできないですしね」

そして、仮にそれができたところで無駄なのである。被害者の乗った電車は三十一分の時点で弁天駅を発車してしまっているわけで、犯行をしようとしたら電車より速く走るというスーパーマン並みの能力が必要になる。無論スーパーマンならそんなアリバイトリックをせずとも、ヒートビジョン*12その他で簡単に不可能犯罪ができる。

智は目を細めて黙考《もっこう》している。どうしても注意力散漫《さんまん》、あちらこちらに気が行ってしまう俺と違い、弟は一点集中が得意で、集中すると声をかけても反応がなくなる。俺のように「空を飛ぶ野田」といった無駄な想像に頭のメモリを割いたりはせず、現実的な他の可能性を検討しているのだろう。

だが、直ちゃんは追い打ちのように言う。

「それだけじゃないんです。六時三十九分に夏香さんを目撃した駅員は、彼女が一人で改札を通ったことを覚えていました。自動改札で一回引っかかったので見たんだそうです。時々やりますよね。左側のゲートにタッチして右側のゲートに入ろうとしちゃうやつ」

智が頷く。そうだとすれば駅員の記憶も確かだろう。野田の体格は目立つし、仮に同じ電車に乗って被害者を追いかけていたなら、それなりに目立っていたはずである。

だがそうなると、どう考えても野田には犯行不可能に思えた。まさかたまたまそっくりの双子がいたというわけはあるまいし、そんなことを考え始めている時点で俺の頭は降参する方向に傾き始めていると言ってもよかった。だが「うん、無理だ」というわけにはいかない。未遂《みすい》とはいえ殺人事件なのだ。親戚の子供からなぞなぞを出されたのとはわけが違う。

「……ちなみに、被害者が乗った電車の次は何分発？」

「五分後の六時三十六分発です。もっともこれは各駅停車なんで、秋津駅までは六駅全部に停まり、到着は六時四十八分になります。着いた頃にはもう被害者、介抱されてますね。次の快速はさらにその五分後ですから」

直ちゃんはタブレットに時刻表を表示させてくれたが、見るまでもなかった。タクシーでは、と一瞬考えたが、仮に検札直後に電車から飛び降り、そこですぐタクシーをつかまえられたと考えても、被害者が倒れているのが発見された四十五分には到底間に合わない。つまり野田が犯行をする場合、どうあっても被害者と同じ三十一分発の快速に乗らなければ

＊12　目から熱光線が出る。目の方は大丈夫なのだろうか。

ばならなかったわけである。また、そうでなければ、被害者が予定外の秋津駅で降りた理由も説明がつかない。

なるほど困った状況だった。唯一の容疑者である野田はどう見ても犯行不可能だ。三十分発で逆方向に行く特急に乗り、三十七分に検札をし、その八分後に秋津駅に辿り着くためにはロケットマン的な何かが必要になる。

隣の智を見る。弟はまだ表情を変えていない。俺同様に不可能を噛みしめているのか、それともすでに別の可能性に気付いているのかは分からないが、ぽつりと呟いた。

「……吉崎夏香さんに会ってみたいところだね」

「もちろん……おっと」直ちゃんが携帯を出して操作する。「連絡がありましたよ。病室にいるそうです」

智が立ち上がる。あまりに迷いがないことが少し気になった。この状況で被害者本人から話を聞くことが、何か役に立つのだろうか。

3

「この度は娘が大変なご迷惑をおかけして、大変申し訳ありません」

吉崎夏香さんの母親は、俺たちが病室に入るなり頭を下げてきた。「警察の方にも何度も来ていただいて。お手数をおかけして本当に申し訳ありません」

まさかいきなり謝られるとは思っていなかったが、母親の方は短い言葉の中で「大変」と「申し訳ありません」がそれぞれ重複するほど恐縮している様子である。いきなりの謝罪圧に俺は「ああ、いえ」と首を振り、弟は小型犬のようにそわそわしてこちらを見るだけだったが、直ちゃんは落ち着いて「いいえ。ご協力ありがとうございます。どうぞおかけになってください」と、母親が座っていたパイプ椅子を手で示す。

「本当に申し訳ありません。こんな大変なことになってしまって」母親は恐縮しながら腰を下ろす。「まさか、うちの子がこんな大変なことに」

「お察しします」

直ちゃんは慣れた様子で応え、壁際に畳んであったパイプ椅子を広げて智に勧める。二つあったため俺にも勧めてきたが、警察関係者でもないのに母親をこんなに恐縮させ、しかも当然のように直ちゃんを立たせたまま座る、というのは少し勇気が要った。

吉崎夏香さん本人はベッドの上で体を起こし、母親に付き従うように目を伏せている。表情が暗いのは仕方がないことだが、画像で見たよりも血色がいいので少しほっとした。

直ちゃんは手慣れた様子で「ご体調はいかがですか」と訊き、俺たちの紹介をする。「こちらの無駄に顔が綺麗なのがお話ししていた惣司智警部で」と智をいじって手際よく夏香さんの表情を緩めるのはさすがだが、「こちらはすでに県警は退職されていますが新港《しんみなと》署では有名人だった惣司季元警視」と息をするように嘘をつくのはどうかと思う。だが俺の方も嘘身分《みぶん》で捜査にお邪魔するのは慣れてしまっていて、「今回は智より偉いのか。じゃあさっき先に座らないと駄目だったな」などと考えているのが我ながら罪深い。

「その後、いかがですか」直ちゃんが声を落として夏香さんに訊く。「些細《ささい》なことでもかまいませんし、確証がなくてもかまいません。もしかしたらこうだったかも、と思い出したことがありましたら」

夏香さんは掛け布団に置いた自分の手に視線を落とし、母親は横から促《うなが》すように顔を覗き込むが、結局、夏香さんは首を振った。「……申し訳ありません。まだ、全然思い出せないままで」

「申し訳ありません」

母親が娘に倍《ばい》する勢いで謝り、俺たちは「いえいえいえ」「それだけ大変な状況でしたから」「快復されて何よりです」とばらばらにフォローをする。夏香さんは忘れたくて忘れたのではないし、不注意で記憶を落としてきたのでもない。最優先で保護され、安心と安全を保障されるべき被害者なのである。

だが母親の方はどうも「ただでさえ娘がお騒がせした上に、事件のことまで忘れて警察に迷惑をかけている」という感覚であるようだ。母親の年齢は六十代半ばといったところだろうか。確かにこの年代以上だと、「警察が来るような事態」そのものを問答無用で恥と考える人も多い。総白髪と骨張った手が苦労人のイメージに映るが、謝罪の言葉が滔々《とうとう》と流れ出てくるあたりから、他人に対しては謝り慣れているのだろうなとも思う。あまり娘を追いつめないでほしいのだが、こういう親は時折いる。

「……家を出て、長尾駅まで歩いたのは覚えてるんです。交差点で黒いニューファンドランドを連れた人とすれ違って、可愛いな、って思ったし」

「島を？」言いかけた直ちゃんがあ、と呟いて姿勢を正す。「ネコの品種か何かですね。失礼しました」

「はい。イヌです」

なんで島を連れていたと思ったのかよく分からないが、夏香さんが表情をほころばせたので結果オーライだろう。

「すごく優しい犬種で、でもプールに連れていったりするとすごくはしゃいで可愛いんです」

「ほほう。集中力はある方すかね。あと忠誠心と勇敢さ」

警察犬にどうかとでも思っているのだろうか。[*13]「すぐ仕事につなげるのやめようよ」

それでも夏香さんはその後、少し緊張がとけた様子で、自分から口を開いてイヌの話などをしてくれた。もっとも結果として被害者自身からは新証言は得られず、していたのはほぼイヌの話、という結果になったのだが。

夏香さん自身は今のところ心配はないようだ。だが隣で聞いている母親の方はあまり捜査に進展がないことを分かっている様子で、俺たちが席を立つと「お役に立てず申し訳ありませんでした。わざわざご足労《そくろう》いただいたのに」と頭を下げた。

「いいえ、参考になっていますよ。助かりました」直ちゃんが応え、ほとんど何もメモをとっていなかったはずのタブレットを振ってみせる。

「本当に、こんなご迷惑をおかけして」

「お母様」智が口を開いた。「夏香さんは被害者です。誰にも迷惑をかけてはいませんので、どうかご安心ください」

智が他人を遮《さえぎ》って喋るのは珍しいことだ。だが智の方は、ちょっと調子が強すぎたかと自分で自分の声に戸惑っている様子である。なので俺も言った。

「ストーカーがエスカレートしての殺人、脅迫《きょうはく》、名誉毀損《きそん》などの事例は、私も現役時代、何十件も担当いたしました」ああ嘘を言っている、と思う。「ですがその数十件の中で、被害者にも落ち度があった、と感じたものは一件もありませんでした。どの件も、原因は加害者の自己中心的な性格や、歪《ゆが》んだ認知が起こしたものでした」

最後の方は貫禄《かんろく》まで演出してしまった。ああやりすぎた、といささか罪悪感《ざいあくかん》があったが、智は俺を見て、ほっとしたように微笑んだ。夏香さんがどう反応したのかは見ていなかったが、俺たちが立ち上がると、彼女は深く頭を下げた。結局収穫はなかったのだが。

と思ったら、智が母親に声をかけた。「お母様、受付の方と確認したいことが二、三ありますので、総合受付までご一緒いただけますか」

母親は急いで立ち上がる。俺と直ちゃんはちょっと顔を見合わせる。被害者本人ではなく、母親に単独で聞くべき話があるのだろうか。

もちろん人の多い総合受付まで戻る必要はない。智は病棟《びょうとう》入口付近、ナースステーシ

＊13　日本の場合、警察犬の指定犬種はジャーマンシェパード、ボクサー、エアデールテリア、コリー、ドーベルマン、ゴールデンレトリバー、ラブラドールレトリバーの七種のみ。ただし、これ以外の犬種でも一般家庭で飼育され委託を受けて警察活動に従事する「嘱託警察犬」として活躍しており、チワワやトイプードルの「警察犬」もいる。

ヨンの前のラウンジスペースで立ち止まった。座る気も特にないらしい。

「お母様、まず伺いたいのですが。……夏香さんは、ストーカーのことはお母様に相談されなかったのですか？」

「はい」母親は目を伏せる。「お恥ずかしいことですが、こんなことになるまで全く」

野田のつきまといはSNSや携帯へのメールだったというから、何も言わなければ家族でも気付かないかもしれない。智は一つ頷くと、質問を変えた。「お父様がいらしていないようですが、夏香さんとお父様の関係は」

母親の方もそう訊かれたのは意外だったのだろう。少し眉を上げたが、結局はまた視線を落とした。

「……問題なく、やってくれていると思います。夏香も、子供の頃から面倒をかけさせることは一切しませんでしたし。学生の頃は、一緒に海外旅行に行ったりなどしまして」

「いいですね。どちらに？」

「タイです。夏香が行きたがりまして」母親の口許が初めてわずかに緩んだ。「前の父親と行ったところなので、どうかと思ったんですが……夫は喜んで応じてくれまして」

となると、今の父親との関係は悪くないらしい。病室にいないのは、単に忙しくて時々顔を出す程度しかできない、ということなのだろうか。

「その時に楽しい思い出があったのですね」

「はい。あの子が七歳の頃でしたけど、よく覚えてます。屋台なんかで買い物をして、はしゃいで……」母親は少しリラックスしたのか、当時のことを思い出す様子で微笑む。

「あれ、何だったかしら……すごく臭い……屋台で、アイスクリームを何度も食べたがりまして。おいしい、おいしいって。あれには困ったわ」

「タイですと、ドリアンアイスでしょうか。ドリアンを練り込んだものと、ソースにしてかけたものがありますが、どちらも独特のにおいがいたします」智はぎらりと目を光らせる。なるほど「目の色が変わる」とは言い得て妙《みよう》だなと思った。「それはいいことを伺いました。ドリアンの独特のにおいは苦手な方も多いですが、その一方でたまらないという方もいまして、現地では借金をしてまでドリアンを買い続けたという人も……」

智はタイ・インドネシア・シンガポール等で食べられているドリアンについて喜々として語りだす。母親はいきなり長口舌《ちようこうぜつ》をふるい始めた智に最初は面食らっていたようだったが、すぐに何かに納得したように落ち着いた表情になり、そこからは明らかに聞き流していた。手際のいい対応だなと思ったが、そういえばイヌの話をする夏香さんがこんな感じだったから、娘で慣れているのかもしれない。

智はひととおりドリアンの話をした後、協力の礼を言って終わらせようとしたが、そこで一つ、思い出したように質問した。

「夏香さんですが、以前、犯罪被害に遭われたというようなことはありませんか？　明確に、事件、というものでなくても結構です。何かあったのだろうか、と思ったようなことは」

母親は一瞬沈黙し、いえ、と言いかけたが、何か思い当たるものがあったらしい。たたらを踏むように視線をあちら、こちらと移したが、結局「違うかもしれませんが」と前置きして口を開いた。

「……高校の頃、帰るなり泣きだしたことがありました。怖かった、と言って」話している内容に間違いがないことを確かめるように一拍《いっぱく》置く。「何があったのかは話してくれず、翌日からは普通に戻ったのですが……」

直ちゃんと顔を見合わせる。病室で見た印象から考えても、夏香さんが人前で泣くというのは余程《よほど》のことに思える。だが、この母親はそのことに気付いているのだろうか。

俺は身を乗り出していた。「何があったかは、全く聞いていないですか？」

「はい。……聞いたのですが、すぐに『大丈夫』と」

智の方は、静かに一つだけ確認した。「電車通学でしたか」

「はい」

その回答が予想通りだというように頷く。俺と直ちゃんは、母親の顔よりはむしろ、智のその反応を見て理解した。だがそのことと今回の事件と、何か関係があるのだろうか。

「ご協力、ありがとうございました」

智は母親に頭を下げ、そして言った。

「夏香さんの件、おおよその見当はつきました。いくつか確認してからですが、早いうちに……週明けには解決するかと思います」

俺と直ちゃんは顔を見合わせる。今の質問でか？　と訊きそうになるのをこらえた。とりあえずは「分かっている」という顔をした方がいい、と思ったのだが、これは単なる見《み》栄《え》だったかもしれない。

待ちきれず、病棟のエレベーターの中で智に訊いた。「……週明けに解決、って本当か？」

智はエレベーターの階数表示のあたりを見たまま頷く。「たぶん、だけど」

まだ捜査を始めたばかりである。おいおい、と思ったが、弟はさらに言う。「事件の概要を聞いた時点で、だいたい予想はついてたんだ。でも、さっき話を聞いて確実になってきた」

「吉崎夏香さんの、高校の頃の話とかでか」

野田のアリバイトリックのヒントにでもなったのだろうか。この弟は時折、全く脈絡《みゃくらく》のないところからヒントを得て謎を解いたりする。

「それなんですけど」直ちゃんが智を見る。「あれって痴漢《ちかん》ですよね？」

「『痴漢』という単語はあまり使いたくない。『未成年者を狙った強制わいせつ』だ」智は前を見たまま言う。表情は変わっていないが、声には厳しさがあった。「あの母親はたぶん、今も気付いていない。さっき気付いた可能性はあるけど」

あるいは実際にその場にいたからこそ気付きにくかったのかもしれない、とは思う。電車通学をしている娘が泣きながら帰ってきて「怖かった」と言った。第三者から見れば、それだけで分かりそうなものだ。泣く原因だけなら他にも色々ある。友達と喧嘩《けんか》したとか、学校で何かあったとか。だが友達と何かあったなら「怖かった」とは言わないし、学校で何かあったなら家に帰る前に泣いているだろう。だとすれば「帰宅途中に何かに遭った」ということになる。なんせ日本は六割以上の女性が被害経験があるという異常な状況である。

電車通学だという時点で痴漢――強制わいせつがまず浮かぶはずなのだが。

智は母親を連れ出した上で何かなかったかと訊いている以上、この回答を想定していたことになる。だが、どうしてそう思ったのだろう。こんなことまでを予想できるものだろうか。

　俺は首をかしげるばかりだったが、智は一人で考えを進めている様子で、直ちゃんに確認している。「被害者の、被害時の所持品とか着衣《ちゃくい》は」

　直ちゃんははいと応え、タブレットを操作する。そうしている間にエレベーターが一階に着いたので、彼女が見せてくれる画面を智と二人で覗きながらエレベーターを降り、そのまま廊下のベンチ前に移動する。腹部に血の染みがついたベージュのコートとニット。スカートにブーツ。ショルダーバッグに財布と定期入れ。おかしなものはない。

　だが智は、定期入れを指さした。「兄さん、このチェーンって伸びるやつ?」

　そこを俺に訊いても仕方がないだろうと思う。どうも弟は、知らないことに出くわしたら何でも兄に訊く、というのが習い性になっているらしい。

　だが、表示されている定期入れが雑貨屋でよく見る商品だったので、答えることはできた。ショルダーバッグにぶら下げ、IC乗車券を入れたまま改札機にタッチできる、定期入れというかICカードホルダーだ。「いや、伸びないやつだったと思う。チェーンも二十センチくらいしかなかった」

「うん」智はなぜか頷いた。「じゃあ、間違いないと思う」

　弟の頭の中は、俺にはよく分からない。だが智は帰りの車の中でずっと考えをまとめている様子だったし、車を降りる時に直ちゃんに何事か、指示していた。

電車が揺れる。私は耐える。もう少し。次の駅まで、耐える。

4

上り電車ながら、旅情《りょじょう》だな、と思う。俺たちは立っているが、JR久保線上りの車両は向かい合わせのボックス席があるからである。ボックス席は旅情である。重くて開けにくい持ち上げ式の窓も、その下に出っぱっているテーブルも、足元を温めるヒーターの熱も、月並みながらどうしようもなく旅情である。もちろん旅行で乗っているわけではなく捜査なので、そんなものを感じてしみじみしている場合ではないのだが。

事件の真相について、智は「確認作業が終わったら話す」と言ったきりだった。その「確認作業」の一つとして、事件時の夏香さん同様、JR長尾駅から日曜夕方の久保線上りに乗って弁天駅に向かっている。平日と休日では乗客数などが明らかに違うからどうしても日曜にせざるを得ず、今日は四時で店を離れた。俺は店にいようか、と言うと智がなぜか頑強に反対したため一緒に来たのだが、叔母さんが来てくれたのと、バイトの山崎君が「出せるメニュー減りますけど、自分、頑張るんで気にせず行ってきてください」と頼もしかったのと、直ちゃんが何の伝手《つて》なのか本部庁舎の食堂で働くおばちゃん（時給は県警持ち）を一人、派遣してくれたおかげで店は回っているはずであり、だいぶ気が楽である。何かあれば携帯に連絡が来るはずなのだ。

そこまでして出てきたからには何か見つけなくては、と俺なりに意気込んではいるのだが、今のところ何もない。まあ事件時だって久保線内で何かがあったわけではないだろうから当然である。智も直ちゃんも、周囲を窺ってはいるもののそれほど緊張しているようには見えず、直ちゃんなどは演劇の公演告知をしている中吊り広告を見上げて「うおっ、中瀬《なかせ》亨《とおる》ミュージカル出てるし！」などと呟き手帳にメモを取っている。敬語でない彼女は珍しいが、仕事用の手帳に書いていいのだろうか。電車が揺れ、俺と智と直ちゃんは同時に同じ方向へふらつく。電車が東弁天駅に停車し、ぞろぞろと人が乗り込んできた。

「さすがに混んできましたね」直ちゃんが体を縮めて後ろを通る人を避ける。

「上りはね。基本どこも、乗ってれば乗ってるだけ混んでくる」

俺が言うと、智も頷いた。「それも確認したかったんだ」

直ちゃんと顔を見合わせる。その拍子に、隣の客が放した吊革が揺れて頭に当たった。

痛い。

久保線の大半は田舎だが、終着駅である弁天駅はさすがに都会である。路線図的には熊《くま》手状《で》になっており、ローカル線が三方向から集束《しゅうそく》する駅なので急に人が多くなり、ホーム上にワッフル屋があったりデジタルサイネージの広告がちらちら動いていたりする。そして早足で歩く利用客たちが流れを作り、そこから体を引き抜かないと立ち止まることすらできなくなる。

「海浜線上り快速、今そこに停まってる電車です。ここが始発っすね」直ちゃんが腕時計を見ながら言う。「弁天駅あたりならと思って舐《な》めてました。けっこうな人っすね」

もともと海浜線は都心に通勤・通学する利用者で毎朝夕、満員電車となる路線である。日曜だが、夕方は都心に遊びにいく客などで混む。

「『ゆきなみ』の発車する八幡線は隣だね」智が線路越しに隣のホームを見る。「このくらいの混雑だとして、隣まで何分で行けるかな」

そう言ったわりに智は、自分が試す気はないらしい。直ちゃんはさっさと携帯を出して「ストップウォッチアプリありますんで、これどうぞ」と渡してくる。智が動かない以上、その隣にいる俺がやる、ということなのだろう。仕方なく駆け出す。人がいるので全力疾《しっ》走《そう》はできないが、避けながら駆け足、という程度は可能だった。目の前の階段にはエスカレーターがないが、六両編成の「ゆきなみ」の停車位置を考えるとここが一番早そうだ。

体を捻《ひね》り、すいません、と手刀《てがたな》のアクションをしながら階段を二段飛ばしで駆け上がる。携帯を見ながら歩いている男性にぶつかられそうになり、まあやっていることはお互い様かなと納得しながら連絡通路を走る。八幡線のホームはさすがに人が少なくて楽だった。階段の最後の四段を飛び降り、携帯の画面をタップするも反応がなく、三度目のタップでようやくストップウォッチが止まる。体が熱くなっており、コートを脱いでから引き返した。連絡通路を通って二人のところに戻る頃には、腋《わき》と背中にうっすら汗をかいていた。智に携帯を見せる。タップミスでロスした分を除《のぞ》くと。「五十一秒」

「ありがとう」智がすまなそうに言う。あまりこうして人を使うことはない弟だが、走っている俺を観察する必要でもあったのかもしれない。

「お疲れっす。速いっすね」

「……飲み物買ってきていい？」

この程度で情けないな、と思うが、日頃特に運動はしていない。走ったのも久しぶりである。

だが、自販機に向かうタイミングが悪かった。ちょうどホームの反対側に別の路線の電車が停まり、そこから海浜線に乗り換える客が大挙《たいきょ》して押し寄せてきた。

「おっと、あっ」

避けようにも人波にもまれてどうしようもない。ホームを振り返ると、改札方向や連絡通路から来た客で直ちゃんと智も流されそうだった。人を押しのけて脱出しなくては、と思ったが、智はなぜか背伸びをし、乗って、とジェスチャーしたのが見えたので、そのまま押されるように電車に乗った。確かに、被害者が乗っていたこの電車に乗るために来たのだ。これを逃すと来週になってしまう。

乗り込みはしたが、後から来る客がどんどん乗ってくるので仕方なく奥に移動する。そのついでに「すいません」を連呼《れんこ》しつつ、隣の車両の智たちのところまで移動した。満員というほどではないがかなり息苦しい密度で人が乗っており、俺にどかされた乗客の中にはこちらを睨む人もいた。

「お疲れっす」

「いや」

二人はわりと平然としている。よく考えたら学生時代以来、通勤電車に乗っていない俺と違い、この二人は電車通勤を経験しているのだ。電車が揺れ、ドア前に立つ直ちゃんなどは人の間で苦しそうだが、彼女の前に立ってスペースを作ってあげようとしたら「大丈夫っすよ」と笑われた。電車は加速し、途中ひと駅を飛ばして高洲《たかす》駅に着く。こういう場合は降りる客を通すため一度ホームに降りて、と電車から降りたら他には誰も降りず、俺は顔を伏せて乗る客の最後尾《さいこうび》に続いた。さっきから乗り慣れていないのが丸わかりで恥ずかしい。

だが智は俺を見て、なぜか納得するように頷いていた。どういうことかと聞けたのは、三駅飛ばした次の秋津駅で下車してからだったが、智は「いや、兄さんのおかげで確認できた」とだけ答えた。

改札を出て階段を降り、ロータリーに面した現場のトイレ前に立つ。駅舎の改修で洒落たタイル張りになったトイレである。現場の封鎖はすでに解かれているが、もともと大半のバスは反対側に乗り場があるということもあり、周囲にひと気はない。

智は現場をひと目見て、頷いた。

「……確認できた」

俺と直ちゃんは同時に智を見た。そしてちょうどその時、直ちゃんの携帯が鳴った。俺たちから離れて普段と違う声で何やらやりとりをしていた直ちゃんは、一つ頷くと通話を切り、こちらに戻ってきた。

「惣司警部。目撃証言、出ました。ご指摘の通りでした」

すでに何か指示していたらしい。病院に行った日の帰りだろう。智はそれを予想していたようで、特に驚くでも喜ぶでもなく頷いた。「有罪《ゆうざい》までいけそう？」

「私見《しけん》っすけど、微妙っす。やっぱ被害者本人の証言も欲しいっすね」

「そうだね」智は頷いた。「とりあえず、プリエールに招待しようか。……兄さん、いい？」

もちろん俺は、頷く以外は考えられなかった。

その後、智は真相を話してくれた。俺は納得した。弟は不確かな推測で推理をしないし、天啓《てんけい》任せで捜査もしない。そのことがあらためて分かった。

5

アイスクリームの作り方は現在、だいたいどこでも一緒である。材料は牛乳と砂糖と卵《らん》黄《おう》と生クリーム。牛乳に砂糖をざざっと流し込んでゆっくりことことと加熱し溶かす。その間に卵黄を溶く。沸騰しない程度に温められた牛乳が上白糖《じょうはくとう》の甘い香りを発する。それを溶いた卵黄にとろとろと流し込む。そこに泡立てた生クリームを加えて混ぜ、滑らかになったところで冷凍庫で冷やす。冷やす前にバニラエッセンスを加えるとほんのり香るバニラアイスになる、のだが。

今回は強烈なものを混ぜる。ミキサーにかけたドリアンである。

　包丁で割って皮を剝いた瞬間にむわりと鼻を襲うこのにおいを何と称するべきだろうか。よく言われるのは「吐物の臭い」そして「生ゴミ」。あるいは「除光液《じょこうえき》」「腐ったタマネギ」などとも言われる。無数の表現がありながら方向性がいささかばらついていることがそのまま嗅いだ人間の混乱ぶりを表している。俺も初めて嗅いだ時はパニックになり言葉が出てこなかった。間違った方向にクリーミーな胃液。無理に味をつけようとして失敗した業務用接着剤。最も近いイメージは「長時間雨ざらしにされ黒ずんで溶けかかった段ボールを温めた感じ」だろうか。腐敗と発酵《はっこう》の瀬戸際にある生温かい臭さ。なぜかにおいに温度を感じるのだ。そして圧がある。嗅ごうにも鼻を押されて顔を近付けられないのだ。

　だが、少数ながらこれを「いいにおい」と感じる人間がいるらしいということも知っている。自分が見ている「赤」と他人が見ている「赤」が「同じ色」であるという保証が全くないように、同じ物質でも個々人が感じるクオリアは千差万別だし、その評価も人それぞれだ。ラフレシアの腐臭はハエにとってはかぐわしき天上の芳香《ほうこう》であるというし、中学時代の同級生某は自分の「耳の後ろの脂《あぶら》」がたまらないと言って始終爪で掻き取っては嗅いでいた。現に智は「やっぱり野性的なチャネー種がいいね」などと微笑みつつ全く臆《おく》することなくミキサーを回している。俺は速《すみ》やかに戦略的撤退をして弟に後を任せた。

　アイスだけを出したのではカフェのメニューとしては寂しいし、色彩があった方が南国感が出る。今回はタイ風に、サンデー用のグラスに餅米《もちごめ》とナッツを敷き、そこにアイスを載せる。餅米は日本だと主食のイメージが強いが、タイではフルーツなどと一緒に出されるデザートとしても活躍している。そして生クリームを盛り、つややかに真っ赤なチェリーを載せ、横にウエハースを挿す。ウエハースはその軽さと温かさで、冷たいアイスクリームを食べ続けて鈍くなった舌の感覚をリセットしてくれる。

問題は次である。アイス本体のドリアンは冷やす分、かなりにおいが弱まっている。弱まっていてこれである。そこに加え、盛ったクリームに色彩をつけるため、常温のドリアンソースをかける。クリームの純白が薄緑《うすみどり》のソースをまとい見た目には美しいが、においは決定的に悪魔化する。もちろん、このあたりはすべて智がやってくれた。俺は最後むせたが、智は怪訝そうな顔で「兄ちゃんどうしたの？」と心配していた。普段は意識して「兄さん」にしているところを「兄ちゃん」と言ってしまったあたり、本気で心配してくれてはいるのだろうが。

こんなに凄《すさ》まじいにおいのドリアンだが、たまらなく好きだという人もいるようだ。一応、あの辛味《からみ》と発酵臭《しゅう》の暴風雨のむこうに、未知のクリーミーな甘味が確かに存在するのは垣間見《かいまみ》える。だがあのにおいをかいくぐってそこに辿り着けというのは修羅道餓鬼道《しゅらどうがきどう》地獄道《じごくどう》と抜けていけば極楽浄土がありますからと言われているようなもので、俗人《ぞくじん》たる俺は最初からギブアップ、輪廻《りんね》の輪からは解脱《げだつ》せず来世はクワガタあたりで手を打つかと思うのだった。

6

定休日のプリエールにやってきた吉崎夏香さんは予想通り、ずいぶん恐縮していた。縫《ほう》合痕《ごうあと》がつっぱるらしく歩き方が左右で少々アンバランスだったがそれ以外は元気そうであり、窓際のテーブル席にご案内して椅子を引くと「すいません」と何度も頭を下げながら腰をかける。彼女を車に乗せてきた直ちゃんは我が家のような気楽さでその向かいに座りパッとメニューを開き、椅子をガッと寄せて「どれにしますー？」と尋ねた。大学に入って一人暮らしに慣れた姉とおごってもらって初めてチェーン店でない喫茶店に入った中学生の妹、という風情《ふぜい》である。俺はバックヤードに引っ込んでいる智に声をかけ、直ちゃんからブレンドとチャイ、さらに彼女が無理矢理薦めたモンブランタルトのオーダーをとる。今回は荒事《あらごと》になる危険はないし、智も自分で話したいようなので、俺は給仕に回ることにしてカウンターに引っ込む。ミルが回り、カップとポットが温まり、ドリップができて紅茶と砂糖が煮詰まるまでの間、気楽な世間話で夏香さんの緊張をほぐしておいてくれる直ちゃんは地味ながらたいしたものだと思う。いつでもぱっとできるようなことではないからだ。智がトレーを持ち、モンブランタルトとブレンド、それにチャイのカップをテーブルに運ぶ。

二人の前にタルトとカップを置いた智は、そのままトレーを縦に持ち替えて話しかけた。

「すでに県警の方からご連絡がいっているかと思いますが、野田敦が逮捕されました」

直ちゃんが頷く。夏香さんは顔を上げて智を見つめようとしたが、智の方も彼女をじっと見ていたためか慌てて目を伏せ、そわそわと髪を直したりと落ち着かない。まあうちの弟の綺麗な顔でじっと見られたら焦《あせ》るよな、と思う。傍《はた》から見ているとよく分かる一方で、当の智は自覚していないようなのだが。

「野田はアリバイを主張していますが、先日のご協力のおかげでそれを否定する可能性が見つかりました。その推測に基づいて目撃証言を集めましたところ、六時三十一分発JR海浜線快速上りの乗客から複数の証言を得られました。一つはあなたが一人で乗車しており、野田敦らしき男は乗っていなかった、という証言」智は威圧的な姿勢にならないようにか、トレーを守るようにもう片方の手を添える。「もう一つは、野田のアリバイを否定する証言でした」

夏香さんは窺うように顔を上げ、しかし智と目が合うとまた顔を伏せてしまう。

「野田の主張するアリバイはこうでした。自分は六時三十分発の八幡線下り、特急『ゆきなみ』に乗ってすでに弁天駅から出ていた。したがって現場である秋津駅には一切近付いていない。……確かに、あなたは六時三十九分には一人で秋津駅の改札を通っていますし、一方、野田は検札に来た車掌によって六時三十七分の段階で『ゆきなみ』に乗車していることが確認されていますので、あなたが倒れているところを発見される六時四十五分までに秋津駅に行く方法はありません。犯行は不可能に見えます」

智は穏やかな声で言う。店内は静かなので、夏香さんもカウンターの俺も充分聞こえる。

「……ですが、それは秋津駅が犯行現場だった場合です」

夏香さんが動きを止め、もの問いたげな顔で智を見上げる。やはり全く記憶がないのだろう。

「私はその報告を聞き、周囲の状況と、先日あなたにお会いした時の印象から、別の可能性を考えました。つまり犯行は六時三十九分より前であり、現場は秋津駅ではなく別の場所……つまり乗換駅であるＪＲ弁天駅構内だったのではないか、と」

夏香さんは眉をひそめ、直ちゃんを見る。直ちゃんは小さく頷いてフォークを取り、「食べます？」と言ったが、さすがにこの状況では無理だろう。夏香さんは戸惑った様子で再び智を見上げる。

「つまり、こういうことです。あなたはJR弁天駅構内で、ご友人にSNSのメッセージを送った六時二十八分の直後に刺された。人混みに乗じてあなたを刺した野田は連絡通路を通って隣のホームに逃げ、ちょうど停まっていた六時三十分発の『ゆきなみ』に駆け込んだ」

これは俺が確かめている。事件当日はもう少し混んでいたと考えても、駆け込む時間は充分にあった。そして智は言う。「そして刺されたあなたはバッグで左脇腹を隠し、腹部にナイフが刺さったまま六時三十一分発の海浜線快速上りに乗車。二つ目の停車駅である秋津駅まで行って下車し、改札を抜け、ロータリー前のトイレに辿り着いたところで倒れ、四十五分に通行人に発見された」

最初に智からそう聞いた時は「そんな馬鹿な」と思った。だが医学的に言えば、人間は心臓や肺といった「常に動いていないとすぐ死ぬ」臓器に損傷《そんしょう》がない場合、状況によっては丸一日活動することすら可能らしい。当然、短時間なら歩いたり会話したりもできる。実際に、夏香さんが刺されたのは腹部だ。腹部といっても損傷の範囲は様々だが、出血はそれほどではなかった。腸管《ちょうかん》に傷がついていたというから相当痛かったはずだが、出た血はニットとコートに吸い取られただろうし、刺さったナイフが動かなければ、短時間そのまま活動することは充分考えられる。

つまり、野田はアリバイトリックを弄《ろう》してなどいなかったのだ。たまたま被害者が「刺されたまま電車に乗って移動する」という根性《こんじょう》を見せたがゆえに、アリバイがあるように見えた。状況からみても、一人で行動していて誰に会ったわけでもないはずの夏香さんが秋津駅で突然下車した理由はこれしか考えられない。

「秋津駅の改札にいた駅員によれば、あなたは自動改札で誤って自分の左側にタッチしてしまい、一度ドアが閉じたそうです。しかしこれは奇妙です。あなたは事件時、ショルダーバッグを持ち、そこに付けたＩＣカードホルダーで改札を通ろうとした。ＩＣカードホルダーのチェーンは特に伸びたりはしない短いものでした。だとすれば、バッグは通常、右側に持っていなければならない」

夏香さんは左右に視線をやり、自分の脇腹を見る。

「仮に普段、あなたが左側にバッグを持っているなら、事件時もいつも通り、体の右側にバッグを回して改札にタッチするはずです。なのに事件時のあなたはバッグをそのままにして、左側の改札機にタッチしてしまっている。通勤時、毎日繰り返しているはずの動作をなぜ間違えたか？　……それは、あなたが事件時だけ、体の左側にバッグを持っていたからです。そしていつも右側でやっていたようにバッグごと改札機にタッチし、左側の改札を開けてしまった」

智は夏香さんを見下ろしている。丁寧に一つ一つ説明しようとしているようで、いつもより口調はゆっくりだった。

「なぜ事件時だけ、バッグを左側に持っていたのか？　……それはつまり、ナイフが刺さった左脇腹を、ずっとバッグで隠していた、ということではないでしょうか」

夏香さんは沈黙していたが、体を捻って自分の左脇、右脇、と触れ、それから顔を上げた。

「……そうです。いつもは確かに、バッグは右で、こうして」

驚きで目を見開いてはいるが、混乱してはいないようだった。記憶が戻りかけているのか、それとももともとわりと冷静な人だったのか、声はしっかりしている。

「ですが、問題はもう一つあります。そもそもあなたがなぜ、脇腹を刺されているのに黙って電車に乗り、二つ目の駅まで乗車して降りたのか」彼女の心理を想像したのか、智の方が辛そうに目を伏せる。「電車に乗り込んだのは、何割か不可抗力《ふかこうりょく》だと推測します。あの時間、ちょうどホームには向かい側に八幡線上りの電車が停まり、海浜線の車両に向かって人がなだれこむ状態でした。人波に呑まれてしまえば、それをかき分けてホームに留まるより、流されて乗車してしまう方がむしろ自然です」

実際に俺がそうなった。だが驚くべきは、その後だった。

「ですがあなたは、電車内で倒れたりうずくまったりせず、呻《うめ》き声すらあげず、刺さったナイフを隠して立ち続けた。これは犯人である野田をかばうため、などではなく……」智は言った。「……周囲に『迷惑をかけたくなかった』のではないですか？」

言葉で聞いただけでは「まさかそんな理由で」と思ってしまうし、俺も智から推理を聞いた時はそう口に出した。だが自分の身に置き換えて考えるにつれ、ありうることのような気がしてきた。直ちゃんは俺よりずっと早く納得していた。普段から通勤電車に乗っている彼女の方が実感的だったのかもしれない。

電車はぎりぎりのダイヤで走っている。車内は混んでいる。無数の乗客がいる。一分でも遅れれば駅員も車掌も謝罪を繰り返すし、騒ぎになって電車が遅れればそこかしこから不満の声があがる。

夏香さんは考えたに違いなかった。今、自分が倒れたり助けを求めたりすれば、電車が停まって大騒ぎになってしまう。都市部の電車が停まるのは重大事だ。万単位の人間の足に影響がでるし、実際にはまず請求されないものの、ＪＲ側の被害額は莫大《ばくだい》なものになる。周囲にいる大勢の注目が集まり、敵意と不満をぶつけられる。

――なんで遅れるんだよ。こっちは急いでるんだよ。

――急病人って何だよ。

俺だってそう思ってしまった経験には心当たりがある。「一人のせいで」「みんなが迷惑するじゃないか」――普段、電車通勤をしている夏香さんは、電車の遅れにイライラする気持ちを俺以上に理解しているだろう。今、自分が騒げば、それがすべて自分に向く。

だからこう判断した。もう少し我慢して、駅を出てから救急車を呼ぼう。最低でも電車から降りるまでは我慢しよう――いや、救急車を呼ばずにタクシーを探そうとすらしていたかもしれない。救急車が来ればやはり大騒ぎになり、周囲の大勢に「迷惑をかけてしまう」からだ。実際に、腹部を刺された人間は、怪我の程度をすぐには把握できずにきょとんとしていることがある。夏香さんもあるいは、「どのくらいひどい怪我か分からないけど、もう少し我慢しよう」という程度に考えていたのかもしれなかった。

「あなたにお会いして感じたことがあります。あなたは他人に『迷惑をかける』ことをひどく恐れ、その結果、無理をして我慢してしまう傾向があるのではないでしょうか」

責める調子ではない、ということを伝えたいのか、智はあたふたと「あの、僕も少し分かります。それ」と付け加える。

智は当初から、容疑者である野田の行動より被害者である夏香さんの背景を知りたがっていた。そして確かに、彼女はそういう性格だったのだ。39℃の熱があるのにシフトに穴を開けられないとバイト先に来る。継父にわがままを言わずすぐに馴染《なじ》み、母親の希望を察して二時間もかけて実家から通勤する。前職を辞めたのだって「自分のせいで騒ぎになったから」だろう。悪いのは野田と、彼女を野田に引き合わせた上司なのに、彼女はそう考えなかった。「自分のせいで騒ぎになった」「迷惑をかけた」――退職時、彼女は謝り倒していただろう。

「そして、あなたがそうなった理由も、僕にはなんとなく想像がつきます。お母様に会いましたので」

智はそれ以上言わなかったが、俺もそのあたりについては想像していた。彼女の母親は終始「ご迷惑をおかけして」と恐縮していた。被害者側なのにだ。そして娘を気遣うことより、「お騒がせした」他人に詫びることを優先していた。そういう性格の母親なのだ。だとすれば想像がつく。母親自身が言っていたことでもある。「人様に迷惑をかけるな」――夏香さんは間違いなく、幼少時からこの言葉を繰り返し繰り返し言われている。そしてすり込まれたその言葉は、呪《のろ》いの刻印となって彼女の行動を縛った。ナイフで刺されても助けを求めずに耐えるように。そして高校の頃、痴漢――強制わいせつの被害に遭った時も、彼女は「周囲に迷惑をかけないよう」ただ耐えていた。

夏香さんは下を向き、それから不意に体の向きを変えた。智が動き、頭を下げようとする彼女の肩に触れて止める。

「……あなたは被害者です。何も悪くありません。悪いのは100％加害者です」智は彼女の顔を覗き込むようにしゃがんだ。「とてもよく頑張りました。あなたには何一つ落度はありませんし、むしろ、普通の人間には到底できないほどよく我慢されました。……ご立派です」

智が最後の言葉を口にするかどうか、悩んだのが分かった。過剰な我慢を褒めるのは本来おかしいことだからだ。だが今の彼女を楽にするために、あえて言うことにしたのだろう。うちの弟は優しい。

トレーを床に置き、智は両手で夏香さんの肩に触れ、優しく起こすようにする。「……よく頑張りました。これからは、もっと周囲に甘えてください」

夏香さんは俯いている。智はそれ以上覗き込むことはせず、静かに離れてトレーを取り、立ち上がる。一度床に置いたので洗わねばならない。俺がカウンターを出て受け取る。

膝の上で手をぎゅっと握り、無言のまま動かない夏香さんに対し、どう声をかけるべきか悩んだ。彼女の性格だと、自分のせいで捜査が混乱した、という方向に考えかねない。そうではないのだと強調しても、聞き入れてもらえるかどうか。智がこちらに目配せをしてくる。悪いがどういう意味の目配せなのか分からなかった。

「……お疲れ様でした。ま、食べませんか。おいしいっすよ」

直ちゃんが気軽に言い、モンブランタルトにフォークをぶすりと刺す。「もちろんおごりですし」

「え、いえ、それは」

慌てて顔を上げる夏香さんに、直ちゃんはぱたぱた手を振る。「いや、そのくらいいいっすよ。高いもんじゃないし、捜査協力のお礼ってことで」

「いえ、でも」

「そのくらい世話させてくださいって」直ちゃんは身を乗り出して夏香さんの肩に手を置く。「どうせ人間、生きてるだけで誰かに迷惑かけるんすから。こうしてもの食ってるだけで動物とか植物を殺してるわけですし」

「いえ、それは」夏香さんは皿と直ちゃんを見比べる。

「誰にも迷惑かけないように生きようとしたら霞《かすみ》食うしかないっすよ？　それにあんまり迷惑、迷惑って気にしてると、だんだん他人のちょっとした迷惑も許せないようになりますよ。『私はこんなに気を遣ってるのに、なんであなたはそうしないんだ』っていうふうに。ヤバいっすよそれ」直ちゃんはモンブランタルトの六割方を一口で頰張り、リスの顔のまま喋ろうとする。「ほたわい。ん。『お互い様』の方が絶対楽っすよ。迷惑をかけてもいいかわりに、かけられても怒らない。度が過ぎたら殴る。それでいいじゃないすか」

「いや殴るのはどうかな」俺もつっこみの形でようやく参加できた。「きつい言い方をするなら、『絶対に他人に迷惑をかけたくない』という態度は、裏を返せば『他人を信頼していない』ということになると思います。『絶対に迷惑をかけたくない』というのはつまり『絶対に借りを作りたくない』ですから。……まあ、そこまで気を張らなくてよろしいかと」

そういう態度のお客さんは店にも時折来るので思い当たることが多く、つい言い方が強くなってしまった。個人的には「この人はこうなんだな」と、特に敵意を抱いてはいないつもりで、どちらかというとここから派生《はせい》した『ありがとう』と絶対に言わない人種の方が気になっている。電車で席を譲られたり、落とした財布を拾ってもらったり、果ては怪我の手当てをしてもらったりした時ですら絶対に「ありがとう」と言わず「すみません」で通す人種。「ありがとう」は自分が世話になったことを認め、世話をしてくれた相手を「上げる」言い方だが、「すみません」だと「きちんと謝っている自分」は「上がり」、相手は「謝らせている」構図になるので「下がる」。「相手を上げて自分を下げる」べき礼儀上はむしろ失礼になるのである。あれは誰の本だったか。「奢《おご》られるのを強く断るのは敵意の表現になる」とすら書いてあった。[14]自分が世話になっている、という構図を意地でも拒否する人種はよくいる。夏香さんの母親もおそらくそうだ。

だが夏香さんが動く気配はない。なるほど他人を説得するというのは難しいものだなと思う。なにしろ、ちょっとした行動を促すだけではなく、これまでずっと縛られてきた考え方そのものを動かそうというのだ。一言二言の言葉でうまくいくはずがない。

それでも、夏香さんは直ちゃんを見て、ようやくフォークを取ってモンブランタルトを食べてくれた。ブレンドのカップを取り、静かに口をつける。

「……おいしいですね。これ」

ようやく表情が緩んだことにほっとする。智と目を合わせる。今度は目配せの意味も分かる。弟もほっとしているようだ。

一応これまでの人生で学んだ真理の一つが、およそどんな時であっても、ものを食べるという行為は気分を前向きにする、ということだった。単純でつまらない真理だが、本当で有用だ。温かいものやおいしいものであれば尚更《なおさら》だったりする。

＊14　『朝のガスパール』（筒井康隆／新潮文庫）。

俺が食べる二人を見守り、直ちゃんにダージリンを出している間、智はいつの間にか消えていた。ああ、あれを出すのだなと分かり覚悟を決め、カウンターを出てテーブルに行く。

「……ええと本日は、特別にもう一品、サービスさせていただこうかと思いまして」遠慮されないように付け加える。「いらっしゃる前に準備しておきました」

「あ……ありがとうございます」

「実はお母様から、以前タイ旅行に行かれた時のことを伺っておりまして」会釈して続ける。「その時に召し上がったスイーツが、とてもお気に入りだったとのことでしたので」

智がバックヤードから出てくる。背後からすでにかすかににおいがしており、出たな怪物、と思う。トレーに載っているのは一見普通のサンデーだったが、その臭気に気付いた直ちゃんが身をのけぞらせた。「うおっ、なんか腐乱死体《アカオニ》の臭いがしませんか？」

さすがにそこまでひどい喩《たと》えは初めて聞いた。俺も遠慮なく鼻をつまんだが、持ってきた智は平気なようである。

「……ドリアンアイスクリームのサンデーです。お好きだとの話でしたので」智は余裕で微笑みつつ、グラスとスプーンを二人の前に置く。「タイ本国などでも最近は匂いの弱いモントーン種が多くなっていますが、今回はよりドリアンの風味が強いチャネー種を使用しました」

まさかこれが出てくるとは思っていなかったのだろう。夏香さんは信じられない、という顔でグラスを覗き込み、それから智を見る。においに反応する様子が全くないということは、彼女も「好きな人」なのだろう。母親は笑いながら「あれには困った」と言っていたが。

「うおおっ、何すかこれ。なまあたたかい地獄の臭いっすよ」直ちゃんが鼻をつまんでのけぞっている。「ゾンビの口臭《こうしゅう》っていうか、クトゥルフ生物*15の粘液《ねんえき》っていうか」

なまあたたかい地獄に行ったことがあるらしき直ちゃんがのけぞっているのを見て、夏香さんが慌て始めた。「あの、すみません。まさかドリアンなんて」

智がさっと手を出し、それを止めた。

＊15　ホラー作家H・P・ラヴクラフトらが創作した架空の神話体系「クトゥルフ神話」に出てくる謎の生き物たちのこと。必ずしもヌメヌメしてはおらず様々な形態が（形態描写が困難なものも）存在するが、しばしば臭い。「臭くてヌメヌメしたもの」は欧米人にとっては恐怖の対象のようだが、日本人は「醤油をかければいけるのではないか」と考えがちで、さして怖がらない。

「今日は『迷惑をかけていい日』です——というのは、いかがでしょう？」智は本人の知らぬところで女性ファンを増やす原因である、少し遠慮がちな微笑みを見せる。「周囲は気にせず、ゆっくりお召し上がりください」

俺も頷く。直ちゃんも口を押さえたまま親指を立てた。

夏香さんはしばらくの間、自分のグラスを引き寄せて手で覆ったりとおろおろしていたが、智がにこにこしているのを見て、不意に肩の力を抜いて微笑んだ。

「……ありがとう、ございます」

夏香さんはスプーンを取った。直ちゃんも鼻をつまんだままスプーンを口に持っていこうとしたが、顔をしかめてやめた。

「いただきます」夏香さんはようやく食べてくれた。「……おいしい！」

ドリアン

アオイ科ドリアン属の樹木。熟《じゅく》した果実を食用とする。この果実は強い甘味と豊富な栄養分、さらに、おそらくはその外見と高価なことなども理由で「果実の王様」と呼ばれている。日本ではあまり馴染みがないが、南アジアでは有史以前から食用にされていたとされる。

強い臭気があり、その臭気は吐物や生ゴミに喩えられる一方で、独特の甘さがあり「くせになる」という人も一定割合で存在する。臭気があまりに強烈なため、飛行機内への持ち込みが法律で禁止されている他、ホテルなどでも持ち込みを禁止しているケースがある。

人によっては病みつきになる要素があるようで、「女房を質に入れてでも食べたい」などと言われたりする。「酒と一緒に食べると体内で発酵して死ぬ」という噂があるがこれは迷信。だが極めて高カロリーであり、一度に大量に食べるのは体に悪い。

花言葉は「私を射止めて」であるが、応じられる人間は少数派であろう。また表面には無数の棘《とげ》がついており、果実の重量も２～３kgあるため、木から落ちてきたドリアンの果実に当たって死亡したケースもある。実際にはどちらかというとドリアンの方が人間を射止めている。

7

これでも数年この店をやっているので、「お客さんの流れ」のようなものはなんとなく読めるようになっている。今日は混みそうだな、とか、これ以上は来なさそうだな、といった「雰囲気」である。それに従って判断するなら今日は「この程度だろうな」だった。一時的に満席になりはしたが、そこで打ち止め。夜に団体客などのイレギュラーがなければ、一番忙しい時間帯は過ぎた。レジを締めないと正確なところは分からないがぼちぼち

の黒字だろう。ほどよい、と言ってもいい。余裕を持って仕事ができ、稼ぎもちゃんとある。

　オリーブオイルで炒《いた》める大蒜《にんにく》から香ばしい香りがたちのぼってくる。隣ではパスタが茹《ゆ》でられて鍋が湯気をあげている。子供の頃から父がこのキッチンでさせていた、いつもの香りだ。「ホーム」という気がするし、いつもの自分という気もする。もちろんしみじみ嗅いでいる暇はなく、すぐにベーコンを投入してさらに香りを出す。カットしてある三種類のキノコの出番もすぐだ。さんざん作ってきて、父の代から「変えない方がいいメニュー」になっているクリームソースパスタなので体は自動で動く。死ぬ直前まで父もそうだったのだろうし、自分が父の歳を超え、七十、八十になってもこのキッチンでこうして大蒜を炒めている、という可能性もある。俺は老人になった自分がこのキッチンに立っている様子を想像しようと試みる。休日に回る他店やテレビで紹介される老舗《しにせ》などではその歳で変わらずキッチンに立つ老店主がいたりして、そのたたずまいや何十年も使い込まれた道具類には風格と風情があるのだが、自分がそうなる想像は特に楽しいものでもなかった。「里山に感じ入るのは都会からの観光客だけ」のようなもので、当事者はそうでもない、ということなのだろうか。お玉でパスタの茹で汁を入れ、生クリームを足《た》して白くする。

　この店をどうしたいか、ということは時々考えるのだった。今のままでも経営的にはとりあえず回っている。だが一生そのままでいいのか。電子マネー決済の導入やSNSでの宣伝といったレベルのマイナーチェンジを繰り返すだけであと半世紀もやっていくのか。いけるのか。では「そのまま」でなくすとすれば、俺はどうなるのか。メディアに取り上げられるようアピールして人気店にし、人を入れて回転を速くし、いずれはプリエール二号店、三号店と拡大してゆく。そして全国誰もが、いや海外進出して世界中誰もが知っているスターバックスみたいなブランドになる。それが夢か。だがそうなれば俺は経営者だ。二、三店舗程度までなら自分が本店のキッチンに立つこともできるだろうが、そこから先は無理だ。俺の仕事は「経営者」のそれになる。既存店舗の管理と新規出店の計画。コマーシャルと業務提携交渉。料理的なものは新メニューの発案くらいになっていく。それは違うという気もする。それはどこにでもいるただの「経営者」であってプリエールでなくてもいいことになるし、うちのお客さんは父の頃からの常連さんも含め、間違いなくそういうものは望んでいない。では生涯いち料理人としてこの小さな店を守っていけばいいのか。先刻想像した老店主。あれがゴールか。悪くないとは思うが、その悪くなさの中に一部分、非常に絶望的な苦味がある。この苦味の正体は自分でもまだよく分かっていない。水道水で茶を淹れると時折、ああ水道水だと感じることがある。沸かしても相転移《そうてんい》しきらずに取り残された「水道」の味だと思っているのだが、喩えるならそれに近い苦味だ。これは何だろうと思うがパスタがもう茹であがり、ソースも同時に完成している。ここからは秒単位なのでトングを持たなければならない。だいたいいつもこのあたりで中断されるんだよな、と思いつつ皿にパスタを盛り付ける。それをトレーに取る弟。智はこうした問題をどう考えているのだろうと思ったりもするが、悩むのはそこまでだった。ドアベルが鳴り、ちょっと新鮮なお客さんが来たのだ。

店内を見回して混み方を窺っている、というよりは自分がそこにお邪魔しても迷惑ではないかを窺っている、という風情の引っ込み思案なたたずまい。この間、退院した吉崎夏香さんだった。俺は歓迎の笑顔で迎えたが、二番テーブルに料理を出していた智もぱっと表情が輝いた。カウンター席でよろしいですかと訊き、五番を示しつつ隣の四番に残った皿を片付け、布巾《ふきん》で拭く。夏香さんは慎重にバッグを置きコートを膝の上に畳み、単《ひとえ》でも着ているかのように慎重に動き、ロングスカートを整えて座る。智がコートを受け取ってコート掛けに持っていく間も恐縮はしていたが、何か決意したような顔をしており、コートを預けるのにも躊躇がなかった。たったそれだけのサービスを当然という顔で受けることがどうしてもできないお客さんも時折いる。彼女もそのカテゴリーに見えたが、あるいは今、そこから脱却しようとしているのかもしれない。智と目が合うとぱっと顔を伏せてしまうところは事件時よりかえって幼い印象になってしまったような気もするが。

なんせ事件中しか見たことがなかったので、今日はだいぶ印象が違った。お嬢様風のロングスカートにブーツに、真っ白なニットの胸元では控えめなゴールドのネックレスが光っている。普段着と言うにはだいぶしっかりしているが、それでトマトソースパスタを注文されたのでこれはチャレンジャー、と思って紙エプロンを置く。あっ、という顔で自分の胸元を見たところからすると考えていなかったらしい。料理が出て、食べつつもホールを動き回る智を目で追ったりしているので、おい頃合いを見て話しかけろ、と弟に念を送るのだが、そういうところが妙に鈍感な弟は目が合っても笑顔で会釈するだけで特別扱いをしない。振る舞いを見るにこの後予定があるわけではなくうちに来るために装ってきてくれたのだろうと思えたので、弟の首根っこを摑んでメニューですぱあん、とやりたくなる。仕方なしに俺から「もうお怪我はよろしいんですか」と声をかけると、こちらの会話に気付いた弟が、三番テーブルの食器を両手に持ったままようやくやってきた。お前も入れ、と目で命令しつつ近況を聞く。なにしろまだ公判での証言が控えているから、日常に戻ったとはとても言えないだろうが、気分的には落ち着いているようだ。それに加えて何か、憑《つ》き物が落ちたような顔をしている。とりあえずほっとした。

野田敦は逮捕された。現在は起訴前勾留中で、直ちゃん曰《いわ》く「八落ち」[*16]だそうである。自白した犯罪事実は、智が語ったそれとほぼ一致した。以前から夏香さんを探して弁天駅をうろつくことがあり、その日は六時二十五分頃、弁天駅の構内で彼女を発見。彼女がＳＮＳに書き込みをしているまさにその隙に近付き、横あいから果物ナイフで刺し、そのまま人混みに紛《まぎ》れて逃げた。少しでも現場から離れたくて連絡通路を駆け上がり、停まっていた「ゆきなみ」に乗り込んだのだという。殺意自体は否認しているが、捜査員が揺さぶると、事実上殺意を認定できるような言葉を吐いているため、殺人未遂での起訴も問題なさそうだとのことである。取調べにあたった捜査員も優秀だったのだろうが、逮捕後に夏香さんが記憶を取り戻したことも大きかったらしい。

「……どうして私が記憶をなくしていたのか、自分で分かった気がするんです」

夏香さんはフォークを置き、しかし今はちゃんと視線を上げ、傍らに立つ智とカウンター越しの俺を見た。

「……もしかしたら、私自身が思い出さないようにしていたんじゃないか、って」夏香さんは抑えた声で、しかしはっきりと言う。「あれほどの事件になったのに、入院中の私は

＊16　容疑者が完全にすべて自白する気になった状態を「完落ち」、自白はしているもののまだ隠していることがある場合は「半落ち」と言うが、「八落ち」という言い方は通常しない。

まだどこかで『騒ぎにならないように』って考えていた気がするんです。私が思い出してしまえば、それが原因でまた騒ぎが大きくなる。だから『これ以上迷惑をかけないように』何も覚えていないことにして、もしかしたらそのまま事件がうやむやになってしまうことを期待していたんじゃないか、って」

「珍しいことではありません」智が言った。「明らかな犯罪被害に遭っているのに、いざ交番や警察署で係員に囲まれると『お騒がせしてすみません』『もういいです』と言う被害者というのは、強盗や強制わいせつ事件でも一定割合でいます」

そういえば直ちゃんも以前そんな話をしていたな、と思い出す。ひどい被害に遭い、然《しか》るべきところに然るべき訴えを起こしていいはずなのに、「お騒がせする」ことを恐れて口をつぐんでしまう被害者がはなはだ多い（「から、もうイライラして指とかぼりぼり囓《かじ》りたくなるんすよね」）。日本人特有のそういう思考回路はそこここで耳にする。そして「訴えた人間」を叩く文化。被害者が事件の存在を訴えると煙たがり、被害者の一挙手一投足《いっきょしゅいっとうそく》をあげつらって批判し、お前が「問題を起こ」さなければ「平和」だったのにと圧力をかける周囲の人間たち。日本人は根本的に泣き寝入り志向の民族だと思う。自分が泣き寝入りで波風立たせず済ませようとするだけならまだしも、他人にも泣き寝入りを強要する。夏香さんはその被害者と言ってもよかった。

だが彼女は今、そこから変わり始めているようだ。

「どうせもう、大騒ぎですし」夏香さんは微笑む。「それに、言っていただいた通り、悪いのはむこう――ですよね。それなら、いいかって。刑事さんにも褒められました。『おかげで犯罪者が逃げおおせる前例が一つ減って、日本の治安《ちあん》が少しだけよくなります』って」

「ありがとうございます」今は警察を辞めている智だが、ここは警察官の顔で頭を下げている。

「そうしたら、なんだかもう、どうでもいいや、っていうか」夏香さんは背もたれに体重をあずけて顔を上げた。「ついでに家からも出ようと思って。都心の方にアパート、借りたんです。来月から」

おっと思ったら、智がこちらを見た。うんうん、と頷く。

「母は嫌そうでしたけど」夏香さんはそれでも、すっきりした、という顔で微笑む。「だって職場、遠いし。通うの面倒くさいし」

「それはよかった」俺も笑いがこみあげる。「面倒くさいし」。いい言葉だ。

後ろを風のように駆け抜けてカウンターに入った智が、モンブランタルトを持って出てきた。「あの、こちら……サービスです。転居祝いということで」

「えっ、いえ、あの、そんな」夏香さんはぱたぱたと手を振ったが、ふっと動きを止め、窺うように智と俺を見る。「……よろしいんですか？」

「もちろん」

「退院祝いでもありますし」

智と俺は同時に言った。

夏香さんは出されたモンブランタルトを見て、俺たちを交互に見て、それから言った。

「……ありがとうございます」

結局あのテラス席に座るのは春になってからだろうか、と思う。前庭の木々は常緑樹であろう数本を残して皆、葉を落としており、灰色の空と相まって寒そうだ。だが関東では一番寒い時季はこれからだったりする。来週末は雪になるかもしれないという予報もある。ガラス越しの風景を「寒そうだな」と思いながら、自分は暖かい店内でコーヒーを飲むというのは、なかなかの贅沢だ。プリエールはいつも静かで時間がゆっくり流れていて、そういう贅沢な気分にゆったりと浸らせてくれる。もっとも、家にいるようにだらけてしまうわけにはいかず、わたしはさりげなく背筋を伸ばしている。

　わたしの体の左側。カウンターの中からは、水音と、かちゃかちゃと食器の当たる音がしている。音源は一つのようだから、いるのはお兄さんの方だけだろう。この時間帯はお客さんが少ないから、綺麗な顔の弟さんはだいたいバックヤードに引っ込んでいるようだ。それがちょっと残念ではあるのだが、以前、昼時に来たらお客さんが多くて、あまりゆったりする雰囲気ではなかった。それよりはこの時間帯の方がいい。忙しい時間帯はとても、兄弟が話しかけてくれる雰囲気ではなくなる。

最近、はっきり自覚するようになった。わたしは兄弟から何か話しかけられるのを期待している。そして「今日は何か話しかけられるかな」と期待しながらドアベルを鳴らす一方で、あくまで自然に「行きつけのお店」になるのが理想だったのに、と残念に思う部分もある。

料理もお菓子もおいしいし、コーヒーの銘柄《めいがら》などの知識が増えていくのは少し楽しい。何よりゆったりくつろげる隠れ家で、駅前で買ってきた本をのんびり読んだり、来週からの仕事のちょっとした段取りなどを手帳にまとめたりしながら過ごす時間は好きだった。それだけでもよかったのだ。でも、ここの兄弟の――とりわけ「さとるさん」というらしき弟さんの方と、もっと話ができればいいのに、と思う、もう一人の自分もいた。通っていればそのうちそういうチャンスがあるのではないか。

その期待は今のところ順調のようだった。現にわたしはしばらく前から顔を覚えられて、お兄さんの方とは「寒くなりましたね」程度の言葉は交わすようになったし、弟さんの方もお会計の時に「いつもありがとうございます」と微笑んでくれるようになった。すっかり常連だ。そしてこの店には、わたしより「先」に進んでいる人たちもいるのだ。私がこの店に来るきっかけになったスーツの女性は「みのるさん」と言うらしきお兄さんの方とは親しげだったし（さとるさんの方には避けられているように見えるが、気のせいだろうか？）、最近何度か見るようになった真面目そうな女性は、服装からしてすでに明確に頑張っている。さとるさんの方がそのことに気付いているかといえば怪しいところなのだが。たしか吉崎さん、と呼ばれていた。名前も話しているのだ。いずれわたしもそうなるかもしれない。

だが、と思う。時折、この店にあまり深く踏み込んではいけないのではないか、という虫の知らせのようなものもあるのだった。なんだか知らないが、店主兄弟には時折、肩の後ろあたりにさっと陰《かげ》るような、何か秘密めいた雰囲気があるのである。それは若い兄弟二人でこの古い店をやっている、というそもそもの違和感ともつながる。堅気《かたぎ》、という言い方は少々柄《がら》が悪すぎる気がするのだが、この兄弟は何者なのだろうか。特にさとるさんの方は、何か前職があったはずなのだ。それは何だろうか。あまり普通の職業でないような気もしている。

その一方でもう一人のわたしは、それなら望むところじゃないか、と思ったりもしている。もともとわたしは、平凡で先の見えた生活が怖かったのではなかったか。この店に初めて来た時も、それが理由だったはずなのだ。それなら渡りに船というやつではないだろうか。あの店主兄弟にもし何か、非日常の秘密があるのだとしたら。

わたしは考える。神経が過敏になっているのか、視線を感じた気がして顔を上げるが、店内からも、ガラス窓の外からも、誰も見ていなかった。

あるいはその日のわたしは、何かを予感していたのかもしれない。なんということもなしにそわそわし、胸の中でぽつぽつと光る火花を消火するようにブレンドを飲み続けていたわたしがふと横に人の気配を感じて顔を上げると、ポットを持ったさとるさんがいた。

「あ」足音も気配も全くなかったので驚く。

「あ、失礼いたしました」さとるさんはわたしを驚かせたことに気付いたらしく、ちょっと頭を下げた。「あの、いつもありがとうございます。おかわりはいかがですか」

「あ」コーヒーカップを引き寄せようと手を伸ばし、お気に入りのハンカチを手に持ったままであることに気付いて慌ててバッグに入れる。考え事をしている時に弄《もてあそ》ぶ癖がついてしまった。「ありがとうございます。いただきます」

さとるさんは静かに動いてコーヒーのおかわりを足してくれたが、この日はそれだけではなかった。

「今日はお休みですか」

少し控えめな調子だった。話しかけられる、というか「店員に認知される」ことそのものを好まない客もいる。わたしがそうでない、という見立てが外れていないか、慎重になっているようだった。

「あ、はい」突然いつものやりとりの外に出たことで、わたしは軽く狼狽《ろうばい》する。教習所内を走っていればいいと思っていたらいきなり路上に出されたようだ。どうしよう、と思う。

「ここ、ゆっくりできるんで……あの、いつも長居してすみません」

「いえ、うちはそういう店なので」さとるさんは微笑み、店内を見回す。「むしろ席を埋めていただいた方がありがたい部分もありまして。……ガラガラだとかえって他の方も入りにくかったりしますので」

「あ、いえ。へへ」なぜ笑う、と自分で自分につっこむ。「じゃあ、入り浸るかも」

「それは是非。お近くにお住まいですか」

「いえ、新富士見の方なんですけど」

「あ、あちらの方ですか」

さとるさんがその言葉にかすかに反応したように見える。どうしてだろう、と思ったが、すぐに納得がいった。新富士見駅という場所は昨年、ニュースに出たのだ。殺人事件の現場として。そして当然のことながら、犯人はまだ捕まっていない。

「でも買い物とか、よくこっちに来るので」

答えながら心がざわつく。個人的なことを訊かれたということは、わたし個人に興味を持たれているということだろうか。「新富士見」と言って反応した気がするのはもしかして心配されているとかなのだろうか。別に大丈夫なのだが。でもたとえば閉店ぎりぎりまでわたしが長居していたとして、「物騒ですから送っていきましょうか」とかいう展開になったりするのだろうか。いや、まさか。

もちろん現実にはそんな急展開はせず、わたしがあれやこれや妄想をはたらかせつつ現実には短い受け答えしかしないでいるうちに会話は終わり、さとるさんはカウンターに戻ってしまう。

でもとりあえず常連とは認知された、と確信する。何か予感があった。これで平凡で絶望的な日常が終わる、という予感。

わくわくすると同時に、なぜか少し不安だった。

第3話

焙煎推理

Q4　被害者がダイイングメッセージで犯人の名前を残してくれました。□を埋めて犯人を当ててください。

R ① Y G B I P

S ② A W

J F M A M J J ③ S O N D

④ T W T F S S

M V E M J S ⑤ N P

解答　①②③④⑤

六人掛けテーブルの両隣からコ、ココ、コ、とボールペンで字を書く音が聞こえてくる。右隣の直ちゃんは時折「むー」「おおっ？」「へっへっへ」と声が漏れてくるので解けているのかいないのか分かりやすい。左隣の智は何やらさっきからすごい勢いで文字を書き続けているようだがそんなに書くことがあっただろうか。弟のことだからすでに俺よりだいぶ先の問題まで進んでいるのだろうが、これまでの問題の感じからしてもそんなにたくさん書き込まなければならないものが出るとは思えない。こうしたパズルにおいて時折必要になる樹形図でも書いているのだろうか。しかしボールペンの音はコ、ココココ、ココココ、と文字を書いているリズムではある。それならなぜずっと書き続けているのだろう。小論文でも書いているのだろうか。別に厳正なる試験ではないしいいかげん気にもなってきたので、ちらりと左を覗く。智は右上に向かって引っぱられたようないつもの特徴的な字で、英語らしき文字列を何十行とずらずら書いていた。

271P van Houten–Lemmon　272P HEAT　273P Pons–Gambart
274P Tombaugh–Tenagra　275P Hermann　276

今解いている暗号よりこっちの方が難解である。「……それ何だ？」

智はぎくりとして右手で解答用紙を隠した。「いや」

「273P……？　本のことか？」

「“Periodic Comet”。周期彗星《しゅうきすいせい》のうち、確定番号がついているものの一覧」

「それ問題に要るのか？」

「いや、全部終わったから手が空いて」

智は解答用紙を裏返す。表面の解答欄はすべて埋まっていたが、解答欄の外には *1P Halley 2P Encke*……と細かい字でびっしり書いてある。そういえば小学校の頃からテストはさっさと解いてしまって時間が余るたちだったらしく、よく家に冬の天球図《てんきゅうず》だの数百桁《けた》の円周率《えんしゅうりつ》だのがびっしり書き込まれてアート作品のようになった答案用紙を持って帰ってきていた。面白がった父が店に貼り出そうとしたら顔を真っ赤にして抵抗した。父はよくそうして智をからかっていた。

「ほんとお前、よく覚えてるな。ハレー彗星とエンケ彗星と……あと何だっけ。ヘールボップ彗星くらいしか知らないぞ。273P……ポンズ？」

「ポンス＝ガンバール彗星」弟はすらすらと言う。急に滑らかになったのは得意分野だからである。「番号付きの短周期彗星の中では二番目に周期が長くて約１８５年。発見当時は65年周期って言われてたんだけど、65年後に現れなくて『消えた彗星』と言われていたんだ。それが二〇一二年に再発見されて『忘れられていた彗星』に変わった」

「ああ。そういえばお前、望遠鏡持ち出してなんか興奮してたな」

「うん。僕も見たよ。次の接近は二二〇〇年頃。あの時に僕たちが見た彗星を次に見る人類は二十三世紀を生きることになる」智は窓の方を向く。窓を見る智と二重写しになって外の夜空が見えた。「二十三世紀の人が僕たちと同じ星を見る——って、何かすごいよね」

「なんで二人でロマンチックな話してんすか」直ちゃんの声が後ろからする。「さすが。お二人とも余裕っすね」

「いや、俺はまだぜんぜん」

ふわりとコーヒーの香りが強くなった。気がつくと、マスターが淹れてくれたコーヒーを盆に載せ、奥さんの里美《さとみ》さんが前に来ていた。ロングスカートなので脚が見えない上、すーっと平行移動しているように歩き音もなくコーヒーを配り、鳶色《とびいろ》の液面がほとんど揺れもしないので幽霊にコーヒーを出されているような錯覚《さっかく》を覚えるが、口には出せない。出されたコーヒーもちゃんと実在感があり、香りがすっと鼻孔《びこう》を撫でた。この香る苦味はグアテマラか何かだろうか。カウンターの方を見るとマスターはすでにくつろいだ様子で椅子にかけて自分もカップを持っているし、驚くべきことに息子の真広《まひろ》君も離れた席でカップを傾けている。まだ小学四年生だと聞いたが、傍らには砂糖もミルクもないからブラックで飲むつもりだろうか。

マスターはカップを傾けつつこちらを窺っているような雰囲気がある。まあ同業者である俺と弟の反応が気になるのだろう。気をもたせては悪いからとカップに口をつける。先に少し飲んだらしい里美さんは「ん?」と言って首をかしげている。失敗したのだろうかと思ったが、飲んで確かめてみることにした。

瞬間、強い違和感を覚えた。苦い。だがコーヒーの苦さではない。まったく別のものだ。最初の一口ですでに舌と喉《のど》が拒否していた。これは明らかに違う。変わった味というのではなく、そもそも口に入れるようなものではない。

カップを口元から引き剝がす。直ちゃんの短い唸り声が聞こえた。智は眉をひそめてこちらを見ている。マスターは、と思ってカウンターの方を見ようとしたが、里美さんが激しくむせてカップをソーサーにぶつけ、甲高い音が店内に響き渡る。全員、そうなのだ。

一体何が、と思う間にかすかに目眩《めまい》がする。

手にした白いコーヒーカップの中で鳶色の液体が揺れている。確信する。

このコーヒーはおかしい。

2

「……ああ。そういえば利《き》き手《て》ってほどほどに遺伝するって聞いたことあるな。どのくらいだったか忘れたけど、はっきり左利きの出現率が異なるとか」

「ほほう。科学的根拠ありっすか」

「いや、でもどれくらいの割合だったかな」

「両親ともに右利きだと左利きの出現率は一割。両親共に左利きだと四割だったと思う。……たしか、片親が左利きだと二割五分くらい」

「警部、相変わらず数字まで細かく覚えてるっすね。さすが『三知の記憶王子』」

「そんな渾名あった？」

「いま付けました。いや、惣司警部が活躍して話題になるたび『三知の○○王子』って新しくつけるの一時期、本部で流行ったんすよ。『尋問《じんもん》王子』とか『職質《しょくしつ》王子』とか」

「嫌な王子だな」

「うーん……でも王子の言う割合だと、あんま当てにならないっすね。もっとはっきり左利きの子は左利き、とか分かれてくれりゃ証拠として使えるのに」

「まあ、うちも両親とも右利きだしね。利き手って習慣の部分もあるから難しいんだよ。本当は左利きなのに小さい頃、右手に持たされてたせいで右利きになったって人も多いし」

磨いていたグラスを重ねて置く。厚めのガラス同士がぶつかりあうコチンという音が弾け、店内の暖かい空気の中に拡散して消える。

冬が深まり寒さが本格的になってくるにつれ、プリエール店内の空気は密度の高い暖かさでやわらかく膨らんでくる。もともと火を使っているところに加え、エアコンが古くて適切な手加減をしてくれないためふんがあああ、といつまでも温風を出し続け、しばしば暑くなる。地球環境も気になるし、調節には気を遣う。料理とホットドリンクから出る湯気にお客さんの体温。それらを計算に入れて適切な温かさに保たなければならず、冬場は俺も智もバイトの山崎君も、しょっちゅうエアコンをいじっている。温かいものはほっとする。コートの前をかき合わせて入ってきたお客さんがマフラーを取りコートを脱ぎ、ホットドリンクの最初の一口を飲んでほっとするように息を吐くところが目に入ると幸せになる。夏にもこの正反対の瞬間があり、これぞ喫茶店、という気がする。

それとは別に、今日のようにお客さんの少ない日のだらけた空気も、(売上という概念を頭から追い出しさえすれば)それはそれでほっとするものである。今は八割方が葉を落としているものの、前庭の木々のおかげで市街地の喧噪が遮断されているということもあり、冬のプリエールは炬燵《こたつ》の中のようだ。お客さんは奥の一人掛け席で本を読む学者風の男性と、最近よく来るようになった五十代とみられる男性、それに直ちゃんの三人だけである。

　直ちゃんはぐでっとしている。相変わらず新富士見の通り魔殺人は進展がなさそうで、全く話題にしないところを見ると捜査状況は芳《かんば》しくないようだ。大々的に報道された事件であり、遠方から来たお客さんが「近くだよ」と話題にしていたこともあるので、人々の記憶には残っている。警察としては威信がかかっているだろうが、それに関してはできることが何もないらしく、彼女は温泉に浸かったカピバラ風にだらだらしつつ、俺や智とスローテンポでどうでもいい会話をしている。

「左利きの有名人つったらあれっすよ。ニュートンとアインシュタイン。あと荒俣宏《あらまたひろし》」

「三人目もっと脈絡《みゃくらく》ある人いなかったの？　荒俣宏、何か読んでみようかな」

「いいっすよねマタンゴ先生。[*17]　みのるさん本って最近何読みました？」

「いろいろ。岡崎琢磨《おかざきたくま》とか太田忠司《おおたただし》とか、ローラ・チャイルズとか」

「もしかしてめっちゃ偏《かたよ》ってないすか。[*18]　仕事から離れましょうよ」

「……直ちゃんは」

「私は本当にいろいろっすよ。佐々木譲《ささきじょう》とか今野敏《こんのびん》とか、笹本稜平《ささもとりょうへい》とか」

「仕事から離れようよ」

「『どんな本を読んでいるか言ってみたまえ。君がどんな人間か言い当ててみせよう』って言いますけど、みのるさん、ここまで偏ってると逆に非人間的で分からなくなりますね」

「今の言葉誰が言ったの」

「あのう、推理小説がお好きで」

俺たちの言葉がちょうど途切れた瞬間に横から別の声が挿入《そうにゅう》され、俺と直ちゃんと黙って横にいた智は同時にそちらを向く。三人が同時に振り返ったのであれば当然で、声の主である五十代とみられる男性はやや慌てた様子で眼鏡を直し「あ、失礼」と恐縮してしまうが、仕事でもあり、俺は急いで雰囲気を丸める。「そんなにたくさん読むわけではないんですが、好きなことは好きです。宮部《みやべ》みゆきとか泡坂妻夫《あわさかつまお》とか」

「おっ。『乱れからくり』傑作ですよねえ」固有名詞を出したのがよかったか、男性はごごご、と椅子を滑《すべ》らせてこちらに接近してきた。「いや泡坂妻夫がお好きとなれば、これはもうぴったり。いいですね。そちらのお二方は」

「やー、私も好きっすよ。マクベインとか髙村薫《たかむらかおる》とか」

「僕もひと通り。皆川博子《みながわひろこ》とか……」

何がどうぴったりでいいのか不明ながらも二人が答えると、男性は笑顔をさらにくしゃりと縮めて拍手までした。「素晴らしい。これはもう是非お願いしなきゃいけませんね」どうも肝心の目的語を隠したまま話を進める癖があるようである。男性はどう反応すべきか迷っている俺たち三人を置いてポケットを探り、あれ、ないな、と呟きながらコート掛けに走り、コートのポケットを探ってまた「ないな」と呟き、テーブルに戻ってきて向かいの椅子に置いてあったバッグを探ってようやく何かを出してきた。別に驚くようなものではなく名刺だったが、和紙風の手触りの面白い紙にスプーンを咥《くわ》える鳩《はと》がデザインされた綺麗な名刺だった。「古書《こしょ》Cafe Riddle Bird　店長　糸川大吾《いとかわだいご》」とある。

「古書Cafe……」なんて楽しそうな響きだ、と反射的に思う。「……そちらも、カフェで」

「ちなみに私も左利きです」どうもさっきの雑談をずっと聞いていたらしい。糸川氏は右

＊17　と呼ばれているらしい。「マタンゴ」は同名の怪奇映画に出てくる気持ち悪い茸人間。

＊18　「珈琲店タレーラン」シリーズ（岡崎琢磨／宝島社）、「喫茶ユトリロ」シリーズ（太田忠司／角川春樹事務所）、「お茶と探偵」シリーズ（ローラ・チャイルズ／ランダムハウス講談社）。

手首に巻いた腕時計を見せた。「まあ、趣味がだいぶ入った店なのですが」

そういえば食事やひと休みといったふうではなく、常に料理やコーヒーをじっくり観察しつつ味わう人だった。同業者だったのだ。言われてみれば太い黒縁の変わった眼鏡に口《くち》髭《ひげ》、という、堅い勤め人とは思えない外見をしている。名刺の名前を見た智が「小惑星《しょうわくせい》……」と呟くのはとりあえず措《お》き、やや居住まいを正す感じになる。「……ご同業だったんですね。お店はどちらの方に？」

「神代《じんだい》の住宅地の外れなんですが。いや、実はまだ開店しておりませんで、マスターの卵というか、まだ生まれる前というか」同業者と扱われて慌てた様子で、糸川氏は何度も頭を下げては眼鏡を直し、を繰り返した。「まあまだまだ未熟者なわけでして。すみません。こちらには勉強のために来ていた面もありまして」

喫茶店に限らず飲食店経営者の間では、同業他店舗を客のふりをしてこっそり「偵察《ていさつ》」する行為はまあ誰でも当たり前にやっていることであり、堂々と「偵察だ」「見せろ」とは言わないまでも書店の立ち読み程度のうしろめたさでお互い様、ということになっている。糸川氏がやたらと恐縮してみせるのはそのあたりの塩梅《あんばい》がまだ染みついていないということで、それがいかにも「これから開店を考えている初心者」という雰囲気ではあった。年齢的にだいぶ上であるし俺自身も大概《たいがい》未熟者であるから偉そうにはしにくいのだが、偵察は誰でもやっていますから、と宥《なだ》める。お客さんから同業者になったことでやや気楽になった気がする。

「いろいろ勉強のためにこっそり行っているわけですが。コーヒーはこちらのプリエールさんが一番しっくりきまして。内装も好みですし。あとケーキですね。ケーキも素晴らしい」

「あ、それは恐縮です。ありがとうございます」

俺は素直に感謝を伝えたが、隣の智はこっそり書いていたポエムでも読まれたように耳を赤くして俯いている。

「それでですね。マスターの腕を当てにさせていただいて、ちょっとお願いをしてしまおうかと」

糸川氏は切れ目なく喋ったが、あ、お願いに続くのか、と、さっき褒められた喜びが三割ほど萎《しぼ》んだ。「はあ」

「私、実はまだ自分の料理に自信がなくて。開店前にマスターと弟さん……ですよね？に食べていただいて、どんなものか見ていただきたくて。コーヒーはそれほど専門的にやるつもりはないんですが、そちらも是非」

ああなるほど、と思い、すぐに承諾した。店舗が神代の方だというならうちとは地域が違うし、そもそもよほど近くの競合店にならない限り警戒はしない。何であれ、腕を見込まれて、という形なのは嬉しいことだった。智も「僕でよろしければ」と頷き、なぜか直ちゃんも「いいっすね。行きましょう」と乗り気である。彼女はただの客なのだが。

「あの、それで」智が遠慮がちに訊く。「店名がRiddle Birdとありますが……」

「はい。実はそうなんです。……実は私がコーヒー好き、妻が推理小説が好き、というやつでして。夫婦で店をやろうとしたら、我々の趣味が出すぎてしまいまして。二階は妻の趣味で古書店、一階はカフェ、ということに」糸川氏は誰に咎められたわけでもないのに頭を掻いた。「二階の本は自由に読めるようにしたいのですが、カフェのみご利用のお客様にもお待ちいただく間、ちょっとした謎解きを楽しんでいただく趣向にしようと思っておりまして。自作のパズルやクイズをメニューと一緒にお渡しして、正解された方には何かサービスをお出しできないか、とか考えておりまして。……あ、これウチでやる予定なので真似しないでくださいね」

真似も何も、そっくりの趣向をやっている店を知っている。[*19] いいのだろうかと思うが、実物を見てみないことにはコメントができない。

「で、実はその、謎解きの方も味見していただけないか、と思いましてね」その言い回しが気に入ったのか、糸川氏は勢いづいた様子でぐい、と身を乗り出してくる。「推理小説好きのマスター、いかがでしょう。私の店で謎と料理の味見をしてはいただけませんかね」

俺がさっさと承諾したのは、料理の腕や推理小説好きを見込まれたというより、「マスター」と呼ばれる面映《おもは》ゆさから逃げるためだったように思う。

3

石垣とブロック塀の狭間を急な石の階段が上ってゆく。麓《ふもと》まで行くとかなり急角度に見上げることになるが、左側八割のところに古びた金属の手すりがついていて、これを摑んで上がってくださいということなのだろう。今年七十五になる母方の祖母が見たらヒィイイここを上るのォと悲鳴をあげムンクの『叫び』のポーズをした後うずくまってみのる

＊19　謎屋珈琲店。石川県金沢市と東京都文京区に店舗がある、ミステリ趣向の喫茶店。「緋色の研究（サンドイッチ）」や「黒いトランク（ガトーショコラ）」といったメニューがある他、店内に掲載されているクイズに正解するとサービス券や「名探偵ブレンド」の注文権がもらえたりする。　https://nazoyacafe.jp/

ちゃんおんぶしてってとか言うだろうなと想像が浮かぶ。バリアフリーどこ吹く風の急階段であり、営業面を考えたらこの上に喫茶店を作るなど思いもよらないのだが、そこはプリエールとは趣向の違う店である。神代周辺は古くからの寺町《てらまち》で現在ではその昭和レトロ風を活かして観光地としてやっている地域だ。左右どちらかに必ず崖か急斜面がある坂の町だが、町の中を単線《たんせん》の可愛い私鉄がコトコトと走り、煉瓦造りの瀟洒なトンネルがあったり欄干《らんかん》に凝った彫刻のある小橋があったりするこの町の景観を考えれば、行きつくまでの多少の苦労よりも店構えの風情と店からの眺めを優先するのはまあ妥当《だとう》な判断といえる。急坂を上がっていく、狭くて曲がりくねって先が見通せない石階段、というものはやはり風情があり、それを上った先にあるカフェ、というのはプリエールと違った方向性で隠れ家風でもある。折よく空は晴れ渡っており日差しも暖かい。出迎えてくれた糸川氏によれば初夏には左右の石垣の上に紫陽花《あじさい》が咲き渡るのだという。爽やかな風など吹けば、そのままアニメの背景にできそうな風景である。こういう場所で本格コーヒーなら一杯八百五十円くらいとれるかもしれないな、などと反射的に計算する自分がどうにも生臭いが、隣で「侵入に時間がかかるのは防犯上プラスっすよ」などと言っている直ちゃんも大差ない気がする。

「むこうの道から裏手に回ればこの階段を上らなくてもいいんですが、十五分はかかってしまうので」糸川氏は口髭を撫でて照れ笑いを見せる。「店に辿り着くまでが大変なのは分かっているんですが、なんというか浪漫《ロマン》を優先させてしまいました」

あはは、と自嘲《じちょう》の笑いを見せてはいるが、俺たちに見せたくもあったのだろう。糸川氏は階段脇を指す。「本当はできてからお呼びしたかったんですが、そこに看板を立てようかと思っています。そうでないと店の存在が誰にも分からないですから」

その問題は確かにあるが、一方でこうした観光地では「喫茶店はこちらです！」「軽食！　コーヒーはこちらです！」などと派手にのぼりを立てられてしまうと興醒《きょうざ》め、という面もある。ノリの軽い温泉地ならそれでもいいが、大人の休日散歩、という風情の神代に来る観光客がそういう店を選ぶとは思えないから、それでいいのだろう。このロケーションは確かに貴重で、面白い雰囲気の店が作れそうである。

では参りましょう、と階段を上る糸川氏に続くが、智はなぜか動かなかった。

「どうした？」

「いや」コートのポケットなどを探っている。「携帯を車に忘れたみたい。直井さん、車の鍵を貸してくれる？」

「自分が取ってきますけど」

「いや、いいよ。悪いから。……後からお邪魔します」

反射的に仕事が混ざってしまった様子の直ちゃん（とはいえ車で迎えにきて、ここまで連れてきてくれたのも彼女である）を押しとどめて車のキーを受け取り、糸川氏に頭を下げると、智はさっさと駐車場に戻っていく。斜面斜面で平場が少ない場所なので駐車場も少し遠くであり、今日は仕事ではない、と気付いた様子の直ちゃんもわざわざ一緒に行ったりはしないことに決めたらしい。だが智がカーブのむこうに見えなくなると、階段を上っていた俺はつい立ち止まって振り返ってしまった。

「みのるさん、階段きついすか？」

「いや、そこまで虚弱《きよじやく》ではないけど」階段の下を振り返る。確かに見下ろすと酔いそうな急階段ではあるのだが。「ちょっと気になる。智が」

智は普段、あまり携帯電話を使わない。子供の頃から忘れ物が多いこともあり、携帯を持たずに出かけて連絡が取れなくなることもよくある。車の中に置き忘れたとはっきり覚えているなら、まあいいや、と放置しそうなものである。

立ち止まって小首をかしげ、空に視線を向けた直ちゃんも同じ事に気付いたようで、あ、そういえばそうですね、と呟いた。

「どうされました？」少し前を行っていた糸川氏に呼ばれる。

いいえ、と言ってまた階段を上る。直ちゃんの方もそれほど気にする様子はないようだ。

Cafe Riddle Birdの店内は予想通りというか、ヴィクトリア朝スタイルで統一しようとしているようだった。マホガニー材を模《も》した色のドアや窓枠、ロココ的な装飾がある座面のアンティークチェア。入ってすぐの壁際には柱時計まである。ミステリ好きがシャーロック・ホームズシリーズその他への愛からヴィクトリア朝に憧れたのか、ヴィクトリア朝への憧れがシャーロック・ホームズシリーズの入口になり結果としてミステリ好きになったのか、いずれのパターンなのかは不明だが、どちらもよくあることであり、あるいは夫婦二人の趣味が融合《ゆうごう》した結果なのかもしれない。俺もヴィクトリア朝的なものは好きで、父もそうだったため、プリエールの店内も似たような雰囲気なのである。それだけに壁際のコート掛けや猫足《ねこあし》のキャビネットなどがいちいち目をひき、直ちゃんにつつかれるまで後ろに奥さんの糸川里美さんが来ていることに気付かない有様だった。

「あ、失礼しました」キャビネットの脚をしゃがんで見ていたので慌てて立ち上がる。

「プリエール店長、惣司季です。今日はありがとうございます」

「糸川大吾の妻、里美と申します。二階の古書店は私の管轄《かんかつ》です」里美さんは笑顔で会釈する。すらりと背の高い人で、まっすぐにすとんと落ちる髪と相まって「縦線」の印象がある。背の低い大吾氏と並ぶと「たてよこ」という感じになるが、それゆえにしっくりはまる夫婦というふうに見えた。

　智を紹介しようとしたがまだ来ていない。直ちゃんを見ると、彼女は直立不動になり敬《けい》礼《れい》した。「県警総務部総務課秘書室、直井楓巡査であります。本日はお招きいただきありがとうございます」

「えっ」

「えっ」

　驚くのも当然である。夫婦は似てくるものなのか、糸川夫妻は同じ顔になって目を見開き、身をのけぞらせる。

「あの、県警……お巡りさん？」里美さんがおそるおそる、といった調子で訊く。

「総務ですが。反社会的勢力などでお困りでしたらご連絡ください」

　直ちゃんは笑顔で返す。敬礼といい、冗談なのか本気なのか分からないが、とにかく本物の警察官らしいと理解した糸川夫妻は顔を見合わせ、どうしよう、といった困惑を浮かべた。

「いや、そんなに緊張されなくてもいいかと。別に捜査とか監視で来たわけではありませんし」俺がフォローせざるを得ない。「警察官にもけっこう、ミステリ好きって多いんですよ」

あ、ああ、とまだ困惑している様子の夫・大吾氏に対し、妻の里美さんは「あ、そうなんですか」とすぐ笑顔になった。俺はそれを見て「あ、これはマニアが同好の士を見つけた時の顔だ」と直感した。その直感は正しかった。里美さんは「あそこにこういうものを置くつもりで」「メニューの軽食に悩んでいまして」と喋る大吾氏の隣でにこにこして待っていたが、大吾氏の話が途切れるや否や「二階、どうぞご覧ください」と指し示し、曲線的な装飾を施された手すりを撫でつつ俺たちを二階へ先導した。古書店の方のコレクションを見せたくてうずうずしていたのだろう。

実際、古書店の店舗部分である二階には俺も直ちゃんも音量を抑えて歓声をあげた。棚の高さはそれほどでもなく蔵書数は少なめである。だが古書店らしく昔の全集やら絶版の文庫本やらが棚にずらりと揃っており、なおかつ階段の対面には「ＥＱＭＭ」や「幻影城」、昔の「小説宝石」や「小説推理」など今では入手困難な古雑誌がずらりと並び、一角にはケースに入った「『本陣殺人事件』初版」や箱付きの『海野十三全集』全十五巻」などまである。笑顔の里美さんに「ご自由にお手にとってください」と言われれば否《いな》やはなく、直ちゃんと二人、あれやこれやの本や雑誌を棚から引き抜いて開いてはおおう、と唸り声をあげつつ見せあう、という静かで熱い時間が続く。そのため俺は気付いていなかったのだが、直ちゃんが背後の足音に振り返った。階段を上って小学生と見える男の子が来ていた。

「あ、やっぱりここだ」

声の主は大人びた声で呆《あき》れてみせる。「父さん母さん、今日は本のコレクション自慢しに呼んだんじゃないでしょ。下、来てもらわないと」

あ、おう、ああ、と夫婦が似たような声をあげ、それでも里美さんが男の子の背中に手を添える。「息子の真広です。今、四年生」

大吾氏も眼鏡を直して頭を掻く。「いや、親よりしっかりしているくらいでして。いろいろ口うるさいんですが」

「糸川真広です」真広君はきちんとお辞儀をした。「今日はありがとうございます。父も緊張していると思うんで、料理とかコーヒーの評価はお手柔らかにお願いします」

ああなるほどな、と思った。確かにしっかりしている。

4

三人横並びに座って同じ問題に取り組んでいる。テーブルの両隣からコ、ココ、コ、と聞こえてくるボールペンの音を聞きながら、高校の頃みたいだな、と少し思った。皆で集まって勉強する、という時間。二人組でないと解けない問題があるわけでもないし教えあったりするわけでもないが、とにかく一緒に勉強するのが大事なのである。友人と漫画喫茶に行ったこともあった。二人で何をするでもなく、特に会話もせず、ひたすら別々の漫画を読んでいた。俺ははたと気付いて「これ、二人で来た意味あったのかな？」と聞いたら、友人は「お前は分かっていない」と即答した。ただ漫画を読むのではなく「一緒に読んでいる」のがいいんだよ、と。その時はよく分からないけどそんなものなのか、という程度に思っていたが、今では理解できる。友人は正しかった。お互いろくに目的もないのにただ会って、並んで延々漫画を読んでいられる関係というのはとても貴重だし、そういう時間は貴い。智とは兄弟であるから当然そうだが、今はそれに加えてなぜか直ちゃんがいるのだった。午後の比較的暇な時間帯、プリエールにやってきた彼女とカウンターでダラダラ喋りつつ仕事をしているという時間も、わりとそれと近いところにあるのだ。いや、ちゃんとご注文はいただいている以上、お客様なのだが。

いつの間にか集中が切れていたことに気付き、テーブルの上のクイズに意識を戻す。別に勝負をしているわけではなく、なんとなく解いてみてどの程度の難しさだったかを大吾氏に伝えればいいだけのものなのだが、学生時代と比べて机に向かう集中力が低下しているとなれば問題だった。ぼちぼち調理師試験を受けようと思っているのだ。両隣の智と直ちゃんは順調に進んでいるようである。顔を上げると、壁際の別のテーブルでは真広君も座って同じ問題に取り組んでいる。俺たちが解き始めると同時にがばっと机に覆い被さるようにしたから、スピードで大人たちと勝負するつもりなのだろう。「大人に勝つことが楽しくて仕方がない年頃」なのかもしれない。それならなおのこと受けて立たなければならなかったが、問題は推理力というよりパズル慣れが重要な種類のもので、こういうものは小学生の方が得意だったりする。里美さんは真広君に「問題やんないの？」と訊かれたが笑顔で首を振り、テーブルに置いたスタンドに立てたタブレットで本を読んでいる。余裕の様子からして、すでに解答を知っているのかもしれない。マスターはコーヒーを淹れている。

だが、そのコーヒーを口にした瞬間、それまでの静かな時間が一変した。

がたがたと椅子の動く音。カップのぶつかる音。大音響ではないが、空気が一瞬にして慌ただしくなった。俺は口に含みかけたところであまりの違和感に飲み込めず、結局カップにもどしていたが、それは幸運だったのかもしれない。直ちゃんは飲んでしまったようで、呻《うめ》きながらむせていた。不審げな「何……？」という声は大吾氏のものだ。誰かが激しくむせている。里美さんだった。智はカップを置き、周囲を見回している。真広君が腰を浮かせ、「うえー」と舌を出して、飲んだものを吐き出そうとしている。

手元を見た。無意識のうちに叩きつけるように置いていたカップからコーヒーが跳《は》ねて、テーブルに水滴が楕円形《だえんけい》を作っている。

このコーヒーはおかしい。

背中に手が添えられる。「兄ちゃん」

智だった。「大丈夫？　どうしたの？　コーヒーに何か」

「いや、俺は」智の手を振り払い、ハンカチで口を押さえながら自分のカップを覗き込んでいる直ちゃんに声をかける。「そっちは大丈夫？」

「ほとんど飲んでません。みのるさんは」

「俺も、一口も飲んでないくらい」口に手を当てる。舌にはまだべっとりとした苦味が残っているし、唇にもこびりついている。

智が壁際のテーブルに駆け寄る。真広君は嫌そうに舌を出したままだが、元気ではあるようだ。カウンターの横で呆然《ぼうぜん》として立っている大吾氏は措き、激しくむせている里美さんに駆け寄る。傍らのカップはこぼれた様子がないのに、コーヒーは三分の二程度まで減っていた。彼女が一番飲んだようだ。こちらの問いかけは聞こえているようで、手で「大丈夫」と示してはいる。

俺は周囲を見回した。口を押さえてむせる人。それに声をかける人。そして、それぞれのいた席に一つずつ置かれたコーヒーカップ。

同じ白さで輝く六つのカップを見て確信する。何かが入っていたのだ。これに。

「……不自然な苦味っすか」

「……うん。コーヒーの苦味とは別物だった。人工的な感じ」

「あー……なんか脂感あるっていうか、安い口紅の感じっすね」

「私は分からなかったんですが……」

「渋味はなくて、純粋に苦味の。薬みたいでした」

「なんかみんな言い方がばらばらっすね」

「消しゴムっぽかった」

「消しゴム？」

さすが小学生の言うことは違う、と思ったが、真広君は大真面目で、ペンケースからピンク色の消しゴムを出す。直ちゃんは腕を組む。「舐めたことはないっすね」

全員、語彙《ごい》はばらばらだが、言っていることはほぼ同じであるようだった。強い苦味。それが舌や唇に残る。慌てて大吾氏が出してくれた水で各自うがいをしたら回復したのだが、あのべったりとした苦味は明らかにコーヒー由来のものではなかった。智は心配しているが、現在は特に体に異状は感じない。一番多く飲んだ様子の里美さんは「気持ち悪い」と言っているが、明確な吐き気ではなく気分的なもののようだ。智は病院に行くべきだと言い、俺もその点には賛成したかったが、全員体に何の症状もなく、今のところはただ「飲んだコーヒーが変な味だった」というだけなのだ。病院側も、これで来られては困るだろう。

「……おそらくすけど、病院に行ったところで、『何か変わったことがあったらまた来てください』と言われるだけでしょうね」

直ちゃんが現実的な意見を言う。「でも、不安な方はあとで行った方がいいと思うんすけど」

「あの、ちょっと待ってください」里美さんが言う。「つまり、コーヒーに何か入っていた、ってことですか？」

「たぶん、そうなんすけど」直ちゃんは傍らにあった真広君のカップの上にかがみ、危ないことに手で扇《あお》いでにおいを嗅いだ。「香りは特に変じゃないんすけどね」

皆、怖々という顔でカップを見ている。何が起こっているのか全く分からず、だから動いてはいけない気がするとでも言うかのように、糸川夫妻も真広君も動かなかった。

だが大吾氏の顔は見て分かるほどに白くなっている。それはそうだろう。淹れた本人なのだ。

俺はカウンターに入った。ミルとドリッパーを観察する。この特徴のない香りはブルーマウンテンだろうか。普通のコーヒーが出す、香ばしい空気が残っている。

「糸川さん。使った豆はこれですよね？」

カウンターに円筒型の缶がある。保存方法に問題はなさそうである。蓋を開けて嗅ぐが、確かに深煎りのブルーマウンテンだな、と思うだけで、変わった臭いはしなかった。劣化《れっか》した豆で淹れるとおかしな酸味や苦味が出ることがあるが、そういうわけでもないのだ。ポットのお湯は捨てられており、嗅いでみても異状は感じられない。ウォーターサーバーの水も特に異状のない普通の軟水のようだ。

里美さんに体調を尋ねていた直ちゃんは、俺がそうやって探っているのを目ざとく見つけてするするとカウンターに入ってきた。「どうっすか」

「器具も水も異状はないと思う。豆も」

直ちゃんは俺がしたように缶を開けて豆の香りを嗅いでいる。大吾氏が心配そうな顔でこちらを見ているが、それにどう反応すればよいか分からなかった。コーヒーそのものにもともと問題があったわけではなさそうだから、彼の不手際《ふてぎわ》ではなさそうである。

「とりあえず皆さん、カップに手を触れないでもらえますか」直ちゃんが手で皆を制した。

「今はまだ何もないようですが、今後、誰かに症状が出た場合、傷害事件になります。その場合これは証拠品になりますので」

糸川夫妻は最初、衝撃を受けたのか動かなかったが、直ちゃんが携帯を出して「事件直後の現場」の状態を撮影し始めると、大吾氏はおろおろと視線を彷徨《さまよ》わせ、眼鏡を直そうとしてかえってずらしたりと、落ち着かない様子を見せた。「あの、しかし、そんな大袈《おおげ》裟《さ》な」

「いや……すみませんが、そういう可能性もありそうです」俺は大吾氏に言った。「コーヒーの劣化などのミスでないとなると、第三者が何かを混入させたということになります し」

「そんな」

大吾氏は周囲を見回し、里美さんと目が合ったらしく気まずそうに顔を俯けた。

そう。つまりこの場に、コーヒーに異物を入れた「犯人」がいるということになるのである。誰が何のために何を入れたのか、そのあたりは何も分からないのだが、これはどうやら「事件」なのだ。

大吾氏が黙ってしまうと、なんともいたたまれない沈黙が訪れた。だがなにしろ元警察官である。智は黙らず、直ちゃんに何やら囁いて指示を出すと、カウンター横に行って大吾氏のカップを覗き込んだ。

「減っていますね。マスター。あなたも確実に飲んだようですが」智は大吾氏の目を見る。「それにしてはむせてもいないし、特に反応した様子もありませんでした。あなたのコーヒーからは変わった味はしなかったのですか？」

「いや、それは！」大吾氏は大声で否定しようとしたが、その後に続ける言葉に困ったのか、いや、それは、と繰り返した。「……確かに分かりませんでしたが。私はそんなに飲んでいませんし」

だとすると妙なことになる。彼のカップにだけ異物が入っていなかったのだろうか。だとすれば、それはなぜだろう。そもそも、異物はどうやってコーヒーに入れられたのだろうか。

カウンターの中を見回す。調理器具はひと通り揃っていたが、いかにも最近まとめて揃えました、という感じだった。道具にも特にこだわりはないようだ。使用感があるのは左利き用の鋏《はさみ》一つで、包丁は三徳、出刃、薄刃《うすば》と揃っているがどれもほぼ新品。出刃などは俺が使っているものと同じ商品だったが、シンクに出ているボウルと笊《ざる》もどこにでも売っているものだし、バットやピーラーは百円ショップで買ったようだった。変わったものはない。だがシンクの横に布巾が広げてある。

俺はそれを指さして示した。「マスター、カップはここに？」

「ああ、はい。洗って準備してあったので」

「してあった、とおっしゃいましたが」智が尋問のテンポで訊く。「洗ったのは誰ですか？」

大吾氏は妻と息子を見る。智もそちらに視線をやったが、壁際のテーブルに寄り添いあうように座った二人は顔を見合わせ、同時に首を振った。

沈黙があり、店内は静かだったが、俺の思考は風音をたてて動いていた。誰かがカップを洗ってそこに置いたはずなのだ。にもかかわらず誰も名乗り出ないということは。

俺はカウンターの中から、自分の使っていたカップを見る。こっちだ。異物はカップの方に仕込まれていた。「洗った」人間が犯人で、その時に仕込んだのだろう。だが、そうなると問題がある。なぜ大吾氏だけ無事だったのだろうか。一つだけ何も入っていないカップがあったのだろうか。カップを配ったのは里美さんだが、カップは六つとも全く同じもので、特に外見上、区別はつかない。

「ええと、こんな感じでよろしいっすか」カウンターで何やら書き物をしていた直ちゃんが、手帳の頁を切り取ったらしき紙を持って来た。「マスター。すみませんがこちらにサインをお願いできますか。下のここの欄に」

「はあ」

「なんせ急なんで手書きで申し訳ないんですが、警察の側でコーヒーカップを預からせてもらうかもしれないけどOKする、っていう意味の念書《ねんしょ》です。サインさえあれば一応、これでも法的に効力はあるので」

マスターは戸惑う様子で紙を受け取り、どうしたものか、と首をかしげる。直ちゃんは「もちろんあとでちゃんとした書式の書類はお見せするんすけど、今回はまあ、急ぎの上に、事件になるかどうかもまだ分からないので」と急かす。

マスターは助けを求めるような顔で里美さんを見たが、里美さんは拒否するつもりはないようですぐに頷き、バックヤードを指さした。「事務所に万年筆《まんねんひつ》あるから、お願い」

あ、ボールペンでいいっすよ、と言う直ちゃんに頭を下げつつ大吾氏が出ていく。この店のことは里美さんが決定権を持っているのだろうか。それに、智と直ちゃんは警察を介入させるつもりなのだろうか。確かにカップに塗られた物質の種類次第では、立派に重大事件なのだが。

だが、すでに冷めてしまっているであろうコーヒーを湛えたまま、ばらばらの向きに把手《とって》を向けて置かれているカップを見ていたら、唐突に気付いた。

方法はある。この六人の中で、一部の人間だけ異物を飲まないようにする方法が。

だが考えを進めていくにつれ、危機感が強くなってくるのを感じた。確かに、それしかないのだ。しかし、この考えによれば、犯人は……。

真っ暗な草原を駆けている。行く先に崖がある気がする。だが草原は下り坂で、スピードがついてしまった今では足が止まらない。これはやばい、と思うのに、下り坂はどんどん急になっていく。そういう感覚がある。考えが勝手に前に進んでしまう。大吾氏が異物を飲まなかったのなら。犯人がカップに近付いて「洗った」時に異物を仕込んだのだ。それができた人間は限られている。

俺はカウンターを出て、直ちゃんの肩を叩く。「ごめん。ちょっと本部に確認してほしいことがある。一緒に車に戻ってくれない？」

直ちゃんははいと頷いたが、俺の顔が切羽詰まっているのを見て取ったのだろう。智が「どうしたの？」と来たのを俺が断ると、いや、ちょっと確認することがあるんで外します、と話を合わせてくれた。

焦茶色の床板だけ見ながら部屋を出る。しっかりコートを持ってきてくれていた直ちゃんが後ろから着せてくれた。重いドアを開けて外に出る。このドアはこんなに重かっただろうか気分のせいだろうか、と一瞬思ったが、単に風が出てきていて、ドアが押されているのだった。空は明るく晴れているが、穏やかに見える雲の流れに反して地上の風は強い。

店が見えるところでは話したくなかった。裏の路地の方に行こうかとも思ったが、俺たちが上ってきた石階段の方が近かった。早足で二十段ほど下り、直ちゃんと並んで振り返る。店は見えない。

「……みのるさん」

「考えをまとめたい。みんなの前ではできない」

俺の顔がよほど深刻に見えたのか、直ちゃんは無言で頷き、コートのボタンを留めてくれようとする。頷いて自分で留めた。確かに風が冷たい。石階段からは下が見下ろせて眺めがいい反面、風を遮るものがない。

「まだ可能性で、そうと決まったわけじゃないけど」

俺が言うと直ちゃんは頷き、メモ帳とペンを出した。俺はもう一度、石階段の上を振り返る。店からここは見えないし、誰も来ていない。

「毒……というか異物は、たぶんすべてのカップに仕込まれていた。そして犯人は、自分だけはそれを飲まないつもりだった。犯人は、左利きの人間だけが異物を飲まなくていいように細工《さいく》をしたんだ」

直ちゃんは一旦頷いたが、すぐに眉をひそめた。「左利き……?」

「うん。つまり犯人は、マスターの大吾さんか……」

まさかこの文脈で、この名前を口にするとは思わなかった。「……智だ」

5

普段はよく喋るし根は明るく元気な人なのだが、落ち着きがないわけではないし、非常時にばたばたと慌てて騒ぐ人でもない。俺は直ちゃんをそう見ていた。そして、そうであるべき時と話題に関しては口が固い。

それを信頼して話した結果、彼女は確かに期待通り、落ち着いた反応を返してくれた。腕を組んで考え込む。「……確かに、左利きはその二人ですね」

「智は異物を飲んでないと思う。飲んだ時、特に反応がなかった」

「私にもそう見えましたけど」直ちゃんは俺を見上げる。「そもそも、左利きだけが異物を飲まなくていい細工、というのは？」

「そう難しいことじゃないんだ。犯人は、すべてのカップに異物を塗っていた。たぶん、無色無臭のゲル状の形で」俺は指で空中に円を描く。「ただし、カップの縁の片側だけに塗っていた。把手を十二時の位置として、左半分……六時、七時から十一時、十二時になる部分だけに」

直ちゃんも俺同様、虚空に指で円を描いている。言葉だとイメージ喚起《かんき》の難しい話なのだが、空間図形は得意らしく、「あ、なるほど。こっち側っすね」と頷いてくれた。

「つまり」直ちゃんはカップを持つジェスチャーをする。「左手でこう持つと口の方に異物が来るってことになりますね」

言葉でしか言っていないのにずいぶん理解が早いな、と思うが、さすがに優秀である。そうなのだ。犯人は、左手で把手を持った時に口の側に来るように、カップの縁に異物を塗っていた。そのカップを右手で持った場合、異物が塗られた部分は反対側になる。鼻や額《ひたい》に当たることはあっても口には入らない。

そして俺たちがどちらの手でカップを持つかも、犯人には予想ができたのだった。なぜなら、コーヒーは俺たちがパズルに取り組んでいる最中に出されたからだ。利き手ではペンを持っているから、利き手の反対でカップを持つ。俺や直ちゃん、里美さんと真広君は右利きだったから、左手でカップを持つ。対して左利きの大吾氏と智は、右手で持つ。大吾氏はパズルを解かないから両手が空いていたはずだが、思い出すに、彼はプリエールにいた時も、常に右手でカップを持っていた気がする。結果、この二人だけが異物を口に入れずにすむ。

智は左利きだった。そのためキッチンに並んで立つと動きが読めなくてぶつかることがありそれもあって、プリエールでは俺と智が同時に調理台の前に来ることはほとんどない。片方はフロアに出ているか、バックヤードの調理台を使うか、カウンターの端の方でグラスを磨いている。それこそ先日、大吾氏に話しかけられた時にも話していたことだが、うちは両親が右利きでも、智だけ左利きなのである。そして大吾氏も自分で言っていた通り左利き、ということになれば、犯人はその二人のどちらかということになる。

直ちゃんは再び腕を組んだ。「……確かに、マスターはマジで青ざめてましたし、犯人っていう感じじゃなかったっすね。自分のカップのコーヒーから変な味はしなかった、って言ってますし」

そう。大吾氏が犯人なら、コーヒーは飲むふりをして飲まず、皆と一緒に「苦かった」と騒いでいればいい。それに、コーヒーを淹れたのは彼だ。もし彼が犯人なら、こんなややこしい手を用いなくても、いくらでも他にやりようがあっただろう。配ったのは里美さんだが、その場合でも、異物を塗っていないカップを「自分の分」だとして先にさっと取ってしまえば済む。

となると、左利きの二人のうち大吾氏は省《はぶ》かれることになる。残ったのは智ただ一人だ。

「いやしかし。動機が分からないっすよ」直ちゃんは眉間に皺を寄せる。「惣司警部がうちらに毒を盛ろうと？」

「毒じゃないと思う。どんな理由があっても、智はそんなことはしないよ。ただ苦いだけの『異物』で、騒ぎを起こすだけが目的なのかも」冷たい風が吹き、俺は目を細める。

「でも智だとすると、うちの店でなく、わざわざ外でコーヒーを飲む時に事件を起こしたことも説明がつく。……うちで『食中毒』を出すわけにはいかないから」

「Riddle Birdでは出してもいいと?」

「案外、誰かからそれを頼まれたのかもしれない」

確かに、そう考えた方がしっくりくるのだった。というより、智が自発的にRiddle Birdの妨害《ぼうがい》をする理由など考えつかない。「たとえば。開店前にマスターが淹れたコーヒーで『食中毒』が出れば、開店を諦めなきゃいけなくなるかもしれない。開店されると困る……あるいは開店に反対する人がいたとしたら」

実際に、近親者が開店に反対することはよくある。たとえば夫が勝手に勤めを辞めてしまい、これまで溜めてきた私財をつぎ込んで、ろくに展望のない趣味の延長のような店の計画を立てる。それが原因で離婚、という話もよくある。親から継いだ店で家賃負担なしの経営をしている身ではやや言いにくいことだが、昨今、飲食店の経営は簡単ではない。新規開店する飲食店のうち、三年以内に七割が閉店するとも言われている。「なんとなくこうしたい」という店のイメージだけがあって、ちゃんとプランを立てないオーナーが多いせいだ。立地は適当か。地代と比較して費用対効果が釣り合っているか。ターゲットにする客層はどこで、彼らは何曜日のどの時間帯にどのくらい来そうか。客単価はどの時間帯にいくらで席数×回転率で見るとどれほどか。お客さんにアピールできるメニューはあるか。原価率は。家賃は毎月いくらで、仕入れ先と値段は安定しているか。開店時の宣伝は何を使っていくらかけるか。飲食店が生き残れるかどうかは開店までのプランニングで決まり、それには最低一年間はかかるものなのに、甘く考えてなんとなく開店してしまうところが多い。もっとも Riddle Bird の場合、二階の古書店もあって里美さんも乗り気のようだったから、彼女以外の親戚か誰かが智に依頼したのかもしれないのだが。

その可能性は否定できない、と直ちゃんも思ったのだろう。むむ、と唸ったきり黙ってしまった。「……しかし、惣司警部が犯人っていうのはさすがに、ちょっと」

直ちゃんは俺を上目遣いで見る。非難しているのではない、ということは顔を見れば分かった。

「……俺だって智が犯人だなんて思いたくない。でもその可能性がある以上、誰よりも先に真相を知って手を打つべきだと思う」

兄弟の情はないのかと問われたら、ある、と答える。相手のことを第一に考えるなら、頑なに疑わないことが「情」だとは思わない。もちろんそういう選択をする人もいるだろうし、するべき時もあるだろう。だが合理的に考えるなら、シロだった場合とクロだった場合を両方想定し、相手にとって最善の行動を模索することこそが「情」ではないだろうか。

いや、おそらくそこまで深刻な話ではない。そう念じて直ちゃんに微笑む。「そんな心配そうな顔しなくていいよ」

「えっ、あっ。うおっ」直ちゃんは自分の顔を両手でぐにぐにと揉む。「顔に出てたっすか」

「そうでもないけど、見れば分かる。いつも見てるし」

直ちゃんはなぜか顔を覆い、「うあああ」と吐息と悲鳴の中間のようなものを発しながら階段にしゃがんだ。そこまで恥ずかしがることでもないと思うのだが、耳が真っ赤だ。

直ちゃんはしばらくの間、「あああ」「ううう」と何かをこらえるように呻いていた。うずくまった彼女の髪を風が舞い上げる。直ちゃんは口にかかった髪の毛を手で払うと、こちらを見ずにすっくと立ち上がった。覗き込もうとしていた俺は頭突《ずつ》きをくらいそうになってのけぞる。

「検討しましょう。検討を」

「お、おお。うん」

感情を表に出したことが恥ずかしかったようである。彼女のそういうツボは時々よく分からない。「そういえば、さっきマスターにサインさせたのって智の指示だよね？」

「そうです。手書きでいいし書式はそれなりでいいから、カップを借りるかもしれない、っていう念書を作ってサインをもらっておいてほしい、と指示が」

落ち着いて考えてみれば少々不思議な行動だった。「それって普通、いるものなの？」

「いえ。事件になったところで任意で預かりゃいいですし、マスターが拒否するなら正式に令状取って無理矢理ぶん取るだけっすから」

もっともなことだった。つまりあれは大吾氏に何か、探りを入れたということになる。

「とすると智、犯人じゃないのかな？　いや、そういう演技ってことも考えられるか……」

「いやみのるさん。そもそもですね。惣司警部が犯人だとすると、カップに細工をしたのはいつなんすか？」直ちゃんは俺を指さす。まだ耳が赤い。「基本、カップはカウンターの中にあったわけで。惣司警部が触る隙はなかったんじゃないすか？」

「俺たちがここに来る前に、店内が無人の時間があったはずだ。その間に犯人はカップを洗い、その後で異物を塗った」

一度洗い、それが分かるように布巾をかけて別にしておく。大吾氏が使用前に念入りにカップを洗ってしまうと塗った異物がとれてしまうから、それをしないように誘導したのだろう。

「マスターはもちろん、里美さんも真広君もいつでもそれができたわけだけど」

俺は階段の下を見る。あまり手入れされていない様子の石階段はところどころ割れて雑草が顔を出しつつ下に伸び、カーブして消える。「……智にも時間はあった。ここで一度、皆と離れただろ」

俺と直ちゃんにはそういう時間はなかった。彼女が迎えにきてくれてからずっと一緒なのだ。仮にRiddle Birdの住所をあらかじめ調べ、その時間より前に侵入したとしても、そんなに早い時間から異物を塗っておいたら、大吾氏がどこかでカップを洗ってしまう危険が大きい。つまり彼女に犯行は不可能で、だからこそ相談相手に選んだという部分もあった。

一方、智には唯一そこだけ、犯行可能な時間帯があった。

「ううむ、確かに」直ちゃんは階段の上を見上げる。「この階段以外にも、坂道を上って裏から店に入るルートがあるんすよね。そっちから裏口に行けば、うちらに先回りして店に入ることもできそうです。ダッシュしなきゃなんでかなりきついっすけど」

表口から店に入るとドアベルが鳴ってしまうし、裏口から入るとしても、店内のどこに誰がいるのか分からない以上、見られずに、というのは困難だろう。だが俺たちがこの階段を上っている間に別の道から裏口に回り、先に店内に入ることさえできれば、あとはどこかに隠れて俺たちをやり過ごし、俺たちが二階にいる間にカップに細工をすることはできる。店の性質からして、大吾氏と里美さんが俺たちを二階に案内し、しばらくそこで過ごすだろうということはほぼ確実に予想ができるからだ。二階に聞こえないよう静かに細工を済ませた後で、何食わぬ顔で俺たちに合流すればいい。

「ここに来た時、智が携帯忘れた、って言って俺たちから離れただろ。あれがちょっと不自然な気がしたんだ。智は携帯あんまり好きじゃなくて、車に忘れたならそれでいいやって思うタイプだから」

「う……言われてみれば」

仕事上で思い当たることがあるのか、直ちゃんはすんなり同意した。それでもやはり納得したくないのか、腕を組んで体を揺する。「む……いや、そうなると決定なんすかね……確かに不自然でしたし……」

だが、突然唸るのをやめてぱっと身を翻し、階段の上を見た。どうもこの子は動きが獣《けもの》っぽいところがあるよな、と思いつつ彼女の視線の先を追う。話し声と足音が下りてくるのが聞こえた。この声はなぜか息子の真広君と。

「……兄さん。ここにいたの」

智だった。

6

「確認してたんだ。たとえば、カップに触る時間があったのは誰か、とか。……糸川さんたちの前じゃ無理だろ」

俺は頭上の智を見上げてそう言ってみる。弟は特にいぶかるでもなく、ああ、と頷いた。

俺と直ちゃんだけが抜け出して自分に話が通っていない、という状況に不審を抱いた様子はないようだ。「僕もちょっと、真広君に見せてもらいたいものがあって」

真広君は俺たちの姿をみとめ、ぺこりと無言で会釈した。

「見せてもらいたいもの、って何だ？」聞きたいこと、ではないらしい。

「SNSのやりとり。真広君とやりとりする時、お父さんは大抵タブレットを使ってるって聞いたから」智は階段をゆっくり下りてきた。「手がかりになる可能性はそんなに高くないけど。……ちょうどいいから、兄さんたちも一緒に確認してくれる？」

直ちゃんと顔を見合わせ、二人同時に頷く。推理する際、智が何を考えているのか分からなくなるのはいつものことである。だが今回もそうだとすると、やはり智は犯人ではないということなのだろうか。

いや、と考えを止める。それとも推理をしているふりだろうか？　普段の智から考えれば、何かそれらしいことを調べていれば俺たちには「すでに何か分かっていて、その裏付けを探しているのだろう」と映る。もし智が犯人の立場になったなら、そういう演技くらいはしてもおかしくはない。

もちろん真広君はこの状況を知らない。疑う様子もなく携帯を出して階段に座り、隣に座った智に渡す。その上の段から俺と直ちゃんが画面を覗き込む形で真広君の携帯を中心に押しくらまんじゅうになる。傍から見たらあいつら何やってんだというような状態だが、この階段はほとんど人が通らないので大丈夫だろう。

(20:11)
塾おわり
お迎えよろしく
ローソン寄りたい

大吾（20:13）

了解！　お疲れ様。

カプケ買って帰る？


発信者の名前がない発言は真広君本人のものである。普通のやりとりだな、と思う。夜八時過ぎまで塾かよと思い、そういえば小学校の頃そういう奴がいたと思い出す。智はどんどん画面をスクロールさせていく。さすがに普通のやりとりすぎて手がかりにならないのかと思ったが、全部読んでいるようではある。読むのが速いのだ。

「あー……真広君、これ見せてくれてありがとね。全部見て大丈夫なやつ？」

智があまりにも速くどこまでもスクロールさせるので心配になったが、真広君は別に、という顔で頷いた。「父とは基本、業務連絡なんで」

ドライだなと思うが、四年生にもなればそんなものかもしれない。実際、大吾氏の方はわりと何行も関係ない話を書いたりしていたが、真広君の方は最低限の「連絡」ばかりだった。塾のお迎え、親の帰宅予定、買い物のお願い。これでもかというくらい日常の会話だ。だが智は何度か、突然ぴたりとスクロールを止め、ふむ、と頷きながらいくつかの書き込みを保存している。

「……何か気になることでもあったか？」現時点ではとてもそうは見えない。捜査の演技をしているだけなら当然ではあるのだが。

「推測に合ってる。今のところ」智はスクロールさせながら答える。「たとえば公判を考えると、証拠と言えるようなものじゃないけど」

「どれがっすか？」直ちゃんも首を伸ばして画面を覗き込む。「めっちゃ日常なんすけど」

「文意は関係ないんだ。こういうところ」

智は保存した書き込みの一覧を表示させた。

大吾（12:16）

了解！　今日は好きな物であいよ。いきなりアイスもアリだ！

大吾（20:36）

俺が見てた頃はあれの主人公機まだアルファだったなあ。動画さ音を見ればどこかにあると思うよ。試作機で最新型を倒すっていうのがかっこよかったんだ。

大吾（12:22）

ごめん！　裏のコンビニって言ったけどたれ訂正！　裏のあそこはたしか〒サービス

やってないと思った。そのまま持って帰ってきちゃっていいや!

「……これが何か?」特に何の情報もない普通の書き込みだ。具体的な固有名詞があまり出てこないのが家族同士の日常のやりとりらしい。

隣の直ちゃんが言う。「誤字《ごじ》があるっすね」

確かに、そこが共通項ではあった。一つ目の「好きな物であいよ」は「好きな物でいいよ」の間違いだろう。二つ目の「動画さ音」は「動画サイト」の誤入力《ごにゅうりょく》と、それに基づく誤変換《へんかん》だ。三つ目の「たれ訂正!」も「あれ訂正!」の誤字だろう。素早くさっとやりとりをするSNSではよくあることだし、この程度いちいち訂正しないのも普通のことである。

どういうことだ、と訊こうとしたが、智は何も言わず、とん、と画面をタップして消すと、真広君に返した。「ありがとう、あとは、こっちで調べてみれば分かると思う。アドレス教えるから、今の書き込みだけ送っておいてね」

「はあ」真広君にとっても不思議なようで、彼は不安げに智を見ている。

「大丈夫。三日もすれば全部分かると思うから。もう少しだけ我慢してね」智は立ち上がった。「店に戻ろう。お父さんには悪いけど、こういうことがあったから。僕たちはこれで帰る。メール、よろしくね」

真広君は智をじっと見て頷き、先にたって階段を駆け上がっていった。智はそれを見上げ、ゆっくりとその後に続く。

「智」

声をかけずにはいられなかった。立ち上がって尻をはたく。「分かったのか？　犯人が」

智は振り返って頷く。だがなぜか、それまでとはうって変わって真剣な表情になっていた。

続けて声をかけようとしていたが、その表情に圧《お》されるように声が出なくなった。どういうことなのだろうか。俺たちが飲まされたのはたいしたものではない。一番飲んでいた里美さんだって、特に症状は出ていない。だが智の表情は明らかに「事件」に対する時のそれだった。

ゆっくりと階段を上っていく弟の背中を下から見ながら、俺はじっと思考を集中させていた。本気で推理している以上、智は犯人ではないのだろうか。いや、それも演技なのだろうか。推理に集中すると自分だけ先に進んでいってしまって周囲を置き去りにするのが弟の癖だが、本人は自覚していないものだと思っていた。それとも実は自覚があって、今はそれを意図的に演じているということなのだろうか。だが……。

智の背中が頭に浮かんだ。ゆっくりと階段を上り、視界から消えていく。そういえば、以前も……。

そこで一つ、気付いたことがあった。検証するため急いで以前の記憶を探る。今日、この階段。吉崎夏香さん殺人未遂の捜査中。いや、その前の、海辺の別荘での殺人事件の時もだ。というより、それよりもっと前に関わった事件の捜査の時も。

記憶の中の弟をできる限り正確に再現しようと集中する。……考えてみれば、ずっとだ。もしかして、ずっと前から。

後ろから冷たい風が吹きつけた。背中を押されるような恰好になり、踏んばって背筋を伸ばす。首筋から入ってくる風の残滓《ざんし》が冷たい。

「……みのるさん？」

直ちゃんが怪訝な顔でこちらを見上げていた。そういえば、上を見たまま突っ立っていたのだった。

「……ごめん。帰り、俺たちは駅まで歩いて電車で行くことにする」直ちゃんを見る。

「……弟と、話をしなきゃいけないことがありそうなんだ」

頭の中で、まさか、と何度も繰り返している。まさか、そうなのか。俺はこれまでずっと気付いていなかった。ずっとそうだったのだろうか。

「みのるさん」

さっきまでより強い声で、俺は少し驚いて直ちゃんを見た。彼女はまっすぐにこちらを見ていた。横から風が吹いて髪が口許にかかるが、手で払いもしない。

「事情は分かりませんが、言っていることは分かりました。みのるさんにお任せします」直ちゃんは臍の前で手を揃えてきちんと背筋を伸ばした。「ですが、どうか一人で抱え込まないようにしてください。私は絶対に味方になりますし、警察手帳にかけて秘密は守ります」

思いがけず、これ以上なく真剣な顔を見せられた。心配してくれているのだな、と思う。彼女の言う「警察手帳にかけて」はたぶん命がけに近い。

「ありがとう」感謝を示したかった。なんとか笑みを作ろうとする。「弟にもそう言っておくよ」

7

俺たちがすぐに帰ると聞いて糸川夫妻は別々の顔をした。大吾氏は俺たちの意図を読みかねたのかそわそわし、里美さんは迷惑をかけたことをしきりに詫びた。智は落ち着いて微笑み、大吾氏らの不手際ではないこと、自分たちは不快に思ったわけではなく、至急確認すべきことができたため一度外すに過ぎないこと、またすぐに、早ければ今日中にプリエールの方に呼ぶかもしれないことを告げた。糸川夫妻はお互い顔を見合わせて当惑していたが、真広君はどこか安心したように頷いていた。

俺は石段を下りる智を横目で窺っていた。足取りはややゆっくりだが、普段通りの表情だと思う。下りきったところで直ちゃんに言う。「じゃ、俺たちは駅まで歩くから。今日はありがとう」

「うぃっす」

いきなり俺が申し出たので智は眉根を寄せたが、直ちゃんはぴっ、と手を上げてさっさと駐車場に向かっていく。横から風が吹きつけ、舞い上がった枯葉の切れ端が顔に当たる中、智と並んで立ったまま彼女を見送り、それから、今ちょっと思い出した、というように上を振り返る。

「悪い智。店内に忘れ物だ。俺、プリエールからメニュー持ってきたんだ。マスターにアドバイスしたいことがあって。それ忘れたままだった。悪いけど回収してきてくれるか？カウンターに置いてあるから」階段の上を見る。来た時と同じく、店は曲がり角の先にあり見えない。「あと直ちゃんに確認してくることがあったのも忘れてた。ちょっと追いかけて訊いてくるわ。メニューの方、頼んだ」

智はすぐには動かなかったが、俺が小走りで直ちゃんを追いかけると溜め息をついて階段を上り始めた。

俺は道を少し下り、しばらく待ってから、足音を殺してそっと階段の方に戻った。顔を突き出して階段の上を見ると、智は石段をゆっくりと上っていた。一歩、また一歩。

……やっぱり、そうなのか。

「智」俺は下から声をかけた。「悪い。俺の勘違いだった。自分で持ってた」

智は足を止め、やはり一歩一歩、ゆっくりと下りてきた。振り回されて怒っている様子がないということは、こちらの意図に気付いているのだろうか。察しはいいのだ。

下りてきた智に手を合わせて詫び、それから並んで歩き出す。智はやはり黙っていた。

俺は前を見たまま訊いた。

「……さっき、下りる時は大丈夫だったか」

隣から気配と足音が消える。智は立ち止まっていた。三歩ほど進んで俺も立ち止まり、弟を振り返る。

「……心臓か何かか？」

智はこちらを見ている。だが、「ばれた時の顔」だというのはすぐに分かった。

子供の頃から、隠し事をするとすぐ分かる奴だった。嘘も下手だ。もっともそう思っているのはどうやら俺だけのようで、智の友人などはむしろポーカーフェイスなどと評していたから、俺だけが分かるのかもしれなかった。そういうことはあるだろう。ある人間の嘘を見抜くのが地球上でもっとも上手いのは、そいつの兄貴だ。

「最初ここに来た時、携帯を忘れたから、って言って一人になったの、あれ嘘だろ」咎める調子にならないように気をつける。「こんな急な階段、ゆっくりとじゃないと上れないんだろ？」

今さっきメニュー云々の嘘をついて確かめたことだ。智は黙ってこちらを見ている。もう、ごまかす気がないらしいということも分かった。ある時はもっと表情を変えるし、喋る。

「……いつから、いつから？」

自分が発したはずの言葉なのに、自分の方に戻ってきた。智も同時に同じことを訊いてきたのだ、と気付く。

「だいぶ前から」

またタイミングが重なった。さすがに二人とも笑う。「おい」「ごめん」「コントかよ」

「たまたまだから」

「ええと」俺から話す、の意思表示で掌を突き出す。「気付いたんだよ。そういえば最近、っていうかお前が警察辞めて戻ってきてから、お前が走っているところを一度も見てない」

　記憶を探る。仕事中も、休日、出かけた時も。もっとも喫茶店の仕事では走ったりはしないから、今まで気付かなかったのも無理はないのかもしれないが。

「これまで事件に関わらされた時もそうだった。お前の性格からすれば走ってしかるべき時でも、お前は一度も走らなかった。たとえばこの間、弁天駅のホームで隣のホームまで俺が走って時間を計った時とか」

「ごめん」

「いや、いいんだけど」

　直ちゃんはともかくとして、智がああいう風に他人を顎で使うことは通常ない。それに、さらに前の海辺の別荘での殺人事件の時もそうだった。現場に行く時、智は坂道を妙にゆっくり歩いていた。

　そして思い返してみれば、それ以前にも似たようなことはあった。以前、山の中のログハウスに行って殺人事件に巻き込まれた時などは、「上に死体がある」という手紙を受け取っていたのに、智は坂道をゆっくり上ってきた。走らないのではなく、走れなかったのだ。

「病名は？　薬は飲んでるのか？　手術とかは」

智は肩をすくめた。

「器質性《きしつせい》でない単なる不整脈《ふせいみやく》、なんだ。診断をとるといつも」自分の胸の真ん中を指す。「でも激しい運動をすると動悸がして意識が遠くなる。退職する前だけど、原因不明のままアブレーション*20も受けた。でもしばらくすると再発する。今度、三回目を受けるけど、先生からは、四回目が必要になったら別の手を考えましょう、って言われてる。薬は飲んでるけど、対症療法なんだ」

心臓病。息が詰まる感覚がある。「……動脈硬化《こうか》とか、そういう危険は」

「今のところ大丈夫。激しい運動で失神したりすると危ないけど、普通に生活してる分には問題ないって。せいぜい高齢になったら血栓《けつせん》に注意すること、くらいらしい」

ほっとする俺に対し、智は寂しげだった。「でも、警察業務は続けられなかった。走ると心臓が止まる警察官なんて、当てにならないからね。……皮肉なことに、辞めた途端に症状が少し改善した」

心臓病、とりわけ不整脈はストレスが原因の一つとされている。充分にありうることだった。警察を辞めた本当の理由はそれだったのだ。だが。

「あのな、そういうことは先に言えよ。お前が倒れたりした時、俺が病気のこと知ってると知ってないとじゃ、ヤバさが段違いなんだから」

今、一番智のそばにいるのは俺なのだ。最初に対応するのも俺になる可能性が大きい。だが、強くは言えなかった。

「……ごめん」智はやや口を尖らせて俯く。「兄ちゃん、心配性だから」

「いや、気付かなかった俺が言うのもなんなんだけどさ」

内心では、迂闊《うかつ》な自分を殴りたかった。一番そばにいた。なのに気付かなかった。これまで、ずっと。兄貴なのに。

弟のことなら自分が世界で一番分かっていると思っていた。父が死んだ今、不器用な弟の保護者のようなつもりでもいた。それがこのざまだ。捜査の場面でなくても、心臓を庇うような不自然な動きはところどころで見せていたはずなのだ。もっと智をよく観察していれば、とっくの昔におかしいと気付いていたはずだった。結局のところ、俺はただ一緒

＊20　カテーテルアブレーション。カテーテルを心臓部まで挿入し、心臓周囲の神経を一部だけ焼き切ることで、心臓に伝わる電気信号を正常化させる手術。

にいただけで、ろくに弟を見ていなかったのだ。保護者が聞いて笑わせる。

「じゃ、確認しておくから」恥ずかしさをごまかすためもあってつい早口になる。「日常生活は問題ないんだな？　普通の階段でもきついか？　熱い風呂とかは」

「大丈夫。スポーツみたいなレベルで走るとか、階段を急いで上るとかしなければ。……もちろん、リスクは少ない方がいいけど」

「分かった。帰ったら薬の種類とか用法教えてくれ」

「うん。……ごめん」

「いいって。むしろ、ほっとした」そうだ、と気付く。「……お前が犯人じゃない、ってこともはっきりしたしな」

そういう結論になるのだった。智は坂道を駆け上がるなどということはできないのだから、犯行は不可能だ。今日の状況を予想してあらかじめ周囲にバイクを隠しておく、などというのも現実味が薄いだろう。

「兄さんに疑われるとは心外だな」言葉とは裏腹に、智は笑って歩き出した。「でも、状況からそう判断したら、ちゃんと僕も疑うんだね、兄さんは。そういうの、できないと思ってた」

「自首させなきゃいけないしな」苦笑というか照れ笑いというか、そういうものを浮かべながら智について歩き出す。「一応言い訳させてくれよ。ぜんぜん確信なんかなかったし、もしあるとしたら、誰かに頼まれたんじゃないかと思ってた」

「そういうのは兄ちゃんの方がありそうだよ」

そう言われて、もっと早く気付いて然るべきこともあったな、と思う。俺がコーヒーを飲んだ直後、智は慌てて俺を「兄ちゃん」と呼んでいたのだ。

弟の癖だった。智は中学の頃、俺を「兄ちゃん」と呼ぶのが子供っぽくて恥ずかしいからと無理をして「兄さん」に変え、現在でも表向きはそれを続けている。だが焦ったりするとつい「兄ちゃん」に戻ったりする。智の中では、俺はまだ「兄ちゃん」なのだろう。

そしてこれは、智自身は絶対に気付いていない、無意識の癖だった。それが出た以上、コーヒーを飲んだ時、智は本当に焦っていたのだ。

「やっぱり疑ってたか」智は呆れ顔になる。「なんとなく、そうじゃないか、とは思ってたけど。僕、左利きだし」

「あー……いや、ごめん」

風が吹く。俺たちの横をすごい勢いでバイクが走り抜けていき、エンジン音が耳にびりびりとした感触を残す。「すまん。うん」

「犯人はカップの片側の縁にだけ異物を塗っておいた。それは間違いないんだ。右利きの人間だけにそれを飲まそうとしていた、っていうのも」智は言う。「だけど、だからって左利きが犯人で、自分は飲まないようにしながら他の人間に何かを飲ませようとした、っていうわけじゃない。たとえばこれが事件になれば、カップは確実に調べられるよね？そうしたらすぐに分かってしまう。むしろ左利きの人間に容疑が集中する」

「……それも、そうか」

甘かったな、と思う。やはり俺には、探偵役は向いていない。

風が吹いて、俺は首をすぼめる。並んで歩く弟には秘密で、こっそり考えてみた。俺はこいつに対抗意識を燃やしていたのだろうか、と。

兄弟でありながら、俺は知識も閃《ひらめ》きも論理的思考力も、智に遠く及ばない。どこかでそれを悔しいと思っていたのかもしれなかった。だから「智が犯人かもしれない」という推理に、さしたる抵抗感もなく飛びついたのかもしれなかった。俺が犯人である智を誰よりも早く暴《あば》く。そういう展開になれば、この天才的な弟と肩を並べることになるのではないか、と。

馬鹿な考えだ。智は智、俺は俺でいいはずなのだ。そんなことは十代の頃にとっくに悟《さと》っていたはずなのに、まだどこかでくすぶっていたらしい。

「……で、そういえば」素直に聞き役になることにする。「カップすら保管せずに帰ってきちゃったけど、これでいいのか？」

「うん。たいして重要じゃない」智はあっさり頷いた。「犯人ももう分かっている。直井さんに頼んで、調べてもらいたいことが出てきたんだ。そっちの方が重要」

直ちゃん、つまり警察が介入するとなると、やはりこの「事件」は悪戯ではない、ということだろうか。だが智はカップすら回収は不要だと言い、今も一人で何かを思案している。

「……僕たちも何か、証拠を取れないかな……」

「よく分からないけど、犯人に会うのか？　手伝えることがあるならやるけど」

「うん」

智はしばらく一人でぶつぶつ言っていたが、やがて、こちらを見て頷いた。

「兄さん、プリエールに呼んでいいかな？　コーヒーを飲んでもらうのがいい気がする」

対抗意識どころではなく、どういうことだよ、と即、訊き返した。智はすぐに説明してくれた。

8

まず豆を用意する。今回使うのは深いコクと苦味が特徴である「マンデリン」の最高等級「G1」。うちでは普段そこまでコーヒーだけにこだわっている暇はないので、自家焙《じかばい》煎《せん》は「ある時」「ある分」しか出さず、基本的に焙煎済みの豆を使っているのだが、今回は自分でやることにする。

コーヒー豆は焙煎、つまり焼き具合によって大きく味が変わる。コーヒーの味は八割方焙煎で決まるとまで言う人もいる。焙煎の度合いは厳密には八段階だが、基本的には浅煎り、中煎り、深煎り、と三つに分けて覚えていれば充分かもしれない。

コーヒー豆は焙煎前の「生豆《なままめ》」と呼ばれる状態ではカシューナッツ程度の色をしていてなんだか可愛いのだが、そこからまず、発酵していたり虫食いがある「欠点豆《けってんまめ》」を一粒一粒手作業で取り除く「ハンドピック」をしなくてはならない。輸入したままの生豆は結構いいかげんであり、ひどい時はプラスチック片や虫の死骸が入っていることすらあるので、そのままザーッと焙煎してしまうと痛い目にあう。

そして豆を専用の焙煎網に入れる。今回使うものは虫籠《むしかご》のような形で、コンロの上にセットし、横についているハンドルで回転させられるようになっている金属製の網籠である。じゃらりと生豆をセットし、コンロに点火して中火にする。火傷防止に軍手をし、ハンドルを回す。一定の速度で、絶え間なく、じゃらじゃらじゃらじゃらじゃらじゃらじゃらじゃらじゃらじゃらじゃらじゃら、とひたすら回す。五、六分で豆の中の水分が飛び、乾燥して薄茶色になってくる。「生」が「焙《あぶ》り」になってきたのである。均等に火が通っているか、網の目からしっかり覗く。熱中して顔を近付け過ぎると眼球が熱を浴びたり前髪が焦げたりする。

ここからがローストの本番である。さらに焼き続けると豆の茶色が濃くなり、パチパチ、と小さく、薪《たきぎ》が燃えるような音がし始める。乾燥した豆が膨張して裂ける「ハゼ」である。最初に起こるこのハゼは「一ハゼ」と呼ばれ、これが終わる前に焙煎を止めると酸味が強い「浅煎り」になる。だが今回はまだ焼く。ハンドルをひたすら回す回す回す。パチパチという音が盛り上がり、やがて数が減り、静かになる。音の通り焚《た》き火《び》同様に火の粉も飛ぶし豆のカスも周囲に溜まる。豆は焦茶色になっている。このタイミングで終えると酸味と苦味が同居する「中煎り」なのだが今回はまだ焼く。このあたりでいいかげん手が疲れてくるが、一定のペースでハンドルを回す。すると一旦静かになった豆たちがまた賑やかになってくる。だが今度はより細い「ピチ、ピチ」という音である。これがいわゆる「二ハゼ」であり、これを進めすぎると深くなりすぎるので始まってから「しばらく」で火を止める。豆は濃い焦茶色。苦味が強い「深煎り」の一歩目、「フルシティロースト」の出来上がりである。すでに周囲は香ばしさで空気が軽くなっている。

次に豆を挽く。うちでは布で濾《こ》す「ネルドリップ」なので挽き方は「中粗挽き」になる。

ざらら、とミルに豆を流し込み、ハンドルを回してごりごりりとひたすら挽く。中粗挽きの挽き加減は「ザラメ大」と喩えられることが多い。頭の中で「その謎、よく挽けました」などとどこかで聞いたような決め台詞を吐きながらの作業だが口には出さない。挽くとますます香りが強くなり、空気は温かみすら感じるようになる。香りに重さや温度があるのは不思議なことだが、主観としては毎回こう感じているのである。挽いた豆はすぐに抽出に回さない。細かくなりすぎてしまった部分や残ってしまった渋皮などを目で見て取り除く。ちょっと渋皮が多く入っただけでここまでの丁寧な工程が台無しになったりするのだ。そしてようやくドリッパーに入れる。フィルターをセットし、挽いた豆を分量を量って入れ、真ん中を棒で凹《へこ》ませる。もちろんその前にカップにお湯を注ぎ、温めておく。

ここからがいよいよコーヒーの華である。80℃のお湯をゆっくり回しながら注ぎ、豆全体が水分を含んで膨らむようにする。ここから最低二十秒蒸らす。一度焼かれた豆が再び水分を吸って膨らんでくるのが分かる。そして最後のお湯を注ぐ。注ぐ、というと「かける」動作のようだが感覚としては「置く」程度に優しく注ぐ。泡が盛り上がってくるが、この泡が減らない程度の速度を維持するのが大事だ。ネルの底から細く、宝石のように貴重で透き通った焦茶色の流れが出てくる。

ミルクとスプーンを添え、カップをソーサーに据える。一杯のコーヒーが完成する。

9

正直に言えば、ここまで気合を入れてコーヒーを出す必要はなかったのだ。普段ここまですることはあまりないし、相手は Cafe Riddle Bird のマスター……になるはずだった男、糸川大吾である。腕を振るうべき相手ではないようだということが判明しているし、二度と会うこともないだろうからだ。

だが、なぜだか自家焙煎のＧ１マンデリンを出してしまった。あるいは見せつけたかったのだろうかと思う。本気の喫茶店とはこういうものなんだぞ、と。

今日は休みなので、他にお客さんはいない。夕方のプリエールの店内は静かであり、端の窓から西日が差し込んでいる。もちろん店舗周辺には直ちゃん以下、いざという時のための捜査員が待機《たいき》しているのだが、身を隠すのが仕事の一つである捜査一課刑事が本気で隠れているのだ。俺が見回しても見つかるはずがない。

一応これでも接客業をやっている。そうした内心は一切出さず、あらかじめ説明した通りただ単に、昼の「事件」の話をしたいからコーヒーを御馳走《ごちそう》する、という態度で接する。糸川はわずかに警戒しているようでもあったが、単純にコーヒーを楽しむ気でいる割合の方が大きいようだ。

「自家焙煎マンデリンG1、フルシティローストです」カップを置き、それから今回は、希望を聞かずにミルクポットも添える。「ブラックだけでなく、ミルクと砂糖を入れてお試しいただければ」

「はい」糸川は笑顔で相好《そうごう》を崩す。「お手並み拝見、なんて」

「いえ、緊張しますがそれで結構です」こちらも笑顔を作る。「もう一つお出ししたいものの準備がありますので、一旦失礼いたします。ごゆっくりどうぞ」

心の中でも「ごゆっくりどうぞ」ともう一回繰り返し、カウンターからバックヤードに入る。バックヤードでは智と直ちゃんがこっそり待機している。二人はタブレットを見ていた。

「……どう？」

「完璧っす。自然でした」直ちゃんは親指を立てる。「さすが往年の名刑事っすね」

「変な設定足さないでもらえるかな」往年は言いすぎだ。

智がタブレットを引き寄せる。直ちゃんが「おっ、手をつけましたね」と言ったので、彼女の後ろに回って画面を覗き込む。

タブレットには、店内に設置した隠しカメラの画像が表示されている。すぐ裏にいながらフロアの様子をカメラで窺うのは不思議な気分だったが、証拠集めの意味もあるのだ。

「おっ、一口いった。味わってますね。おっ、頷いた」

直ちゃんがいちいち実況するので照れくさい。自分が淹れた渾身《こんしん》のコーヒーを飲む人がどんな反応を見せるかを、これほどまじまじと観察するのは初めてだ。

だがもちろん、目的はそれではない。直ちゃんが覗き行為をしている人間そのものの反応で言った。「おっ、砂糖いったっすよ」

画面を見る。プリエールの店内はいつも通りであり、テーブルの端、糸川の左側に砂糖壺が置いてある。

先に動いたのは智だった。「直井さん、引き続き録画と録音をお願い」

了解、と敬礼する直ちゃんを残し、智に続いてフロアに戻る。

「お待たせいたしました」

俺はテーブルの横に立ったが、智は糸川の向かいに座った。糸川は笑顔でカップを持ち上げてみせる。「いやあ、お見事です。この香り。それにミルクもうまいんですかね？ぴったりです」

コーヒーはミルクが入って狐色《きつねいろ》になっている。スプーンも使ったようだ。特にテーブルの上の何かが動かされた様子はなく、俺がセッティングした時のままである。

それを確かめた俺は智と頷きあい、先に口を開いた。

「昼間の件ですが、犯人が分かりました」

糸川がおっ、と眉を上げてカップをソーサーに置く。少々わざとらしい気もする。だとすれば、糸川自身もすでに承知していたか。

俺は言った。

「犯人は、あなたの息子さん……糸川真広君です」

糸川が眉をひそめる。「真広が？　そんな馬鹿な」

「いえ、あなたは承知していたはずです」智がたたみかけるように言った。「里美さんが自分を裏切るはずはないし、いきなり招かれた僕たちが犯人のはずはない。ならば真広君なのではないか、と」

「いや、どういうことですか」糸川は髭を撫でて眼鏡を直す。やはり少々わざとらしい。

「消去法です。まず今回の件は、左利きの人間に容疑が向くように仕組まれていました」

智は、昼に俺が直ちゃんに話したトリックを説明した。俺が推理したトリックは、智も事件発生直後、とっくに見抜いていた。

「……このトリックだけ考えると、一見、左利きの人間が自分だけ異物を飲まずに済ませるためにトリックを仕組んだ、と見えます」

だが、そこからの推理は俺とは違った。

「ですが、それは変です。鑑識に回せばすぐにトリックが判明し、むしろ左利きである自分が疑われることになる。それに、もしあなたが犯人であるならば、そんなことをしなくても、異物の入っていないカップを自分だけ取ることはできます。コーヒーを淹れたのはあなたなのですから」智は糸川のカップが置かれたソーサーに人差し指で触れた。「加えて、プリエールの常連であり、この間の話も聞いていたあなたは、僕が左利きだということを知っています。あなたと僕……左利きの二人だけが無事という結果になれば、ますますトリックに気付かれる危険は大きくなる」

確かに、俺たちは糸川に話しかけられて Riddle Bird に誘われた時、左利きの話をしていた。当然聞き耳をたてていたのだろう。

智が糸川の右手首を指さす。そういえば、糸川は食事中でも常にこの右腕に時計をしていた。

「あなたはあの時、自分が左利きであることをアピールしていた。今も右手に腕時計をしている。これは変です。『左利き』が鍵になるトリックを実行しようとしているのなら、少なくとも積極的に自分の左利きをアピールする必要はないはずです」

何かまずいことに気付かれたように手を持ち上げて腕時計を見る糸川に対し、智は視線を外さずに続けた。「となれば、犯人は右利きの人間、ということになります。つまり犯人の目的は、自分を含めた右利き全員に異物入りのコーヒーを飲ませ、その容疑が左利きの人間に向く、という状況を作ることだったわけです」

コーヒーそのものに異物を溶かしたなら飲むふりをすればいいが、縁に塗ったとなると、犯人も異物を口に入れざるを得ない。一方で異物はだいぶ苦い味があったから、飲んだ人間も一口以上は飲まない。これらのことを考え合わせると、犯人が塗ったのは、ただ変な味がするだけで、少量飲んだだけで健康を害するような毒物ではなかった、ということになる。つまり犯人は、特に俺たちに何かをするつもりはなく、単に騒ぎを起こすだけのつもりだったのだ。

「右利きの人間は現場に四人いました。兄と直井巡査。それにあなたの奥さんである糸川里美さんと、息子である糸川真広君です」

糸川はこちらを見るが、智はじっと糸川を観察したままだ。

「ですが、兄と直井巡査は常に他の人間と一緒にいた以上、カップに異物を塗る機会がありません。そもそもこのトリックは、『問題を解いている間にコーヒーが出てくる』ということを知っていなければいけませんから、我々には実行不可能です」

智の説明を聞きながら、そうなんだよな、と溜め息をつく、俺の推理はいろいろと甘かったようだ。

「そして里美さんも違います。カップを配ったのは彼女なのですから、彼女が犯人なら、こんな手の込んだ方法をわざわざ使う必要はない。狙った人間にだけ異物のついていないカップを渡せば済むことです」智は言う。「それに、微妙なタイミングではありましたが、彼女は一番先にコーヒーを飲んでいましたよね。犯人なら、皆が飲んだのを確認してから最後に飲むはずです」

それは俺も覚えている。実際に、あれで俺は一瞬、飲むのを止めようと思ったのだ。

だがそれ以前に、里美さんが犯人というのは、心理的に、絶対にありえない。自分に容疑が向かないようにカップに細工をした人間が、自分の手でカップを配るはずがないのだから。

だとすると、消去法で、犯人は真広君ということになるのだった。おそらく真広君は、大吾氏が自分と違って「カップをいつも右手で持つ」のを見てこのトリックを思いついたのだろう。里美さんに対し「問題やんないの？」と訊いていたから、彼女が問題を解こうとしないことは予定外だったのかもしれない。だが結局、里美さんはかわりにスタンドに立てたタブレットで本を読み、左手でカップを持ってくれた。

「いや、しかし」糸川はうろたえてみせる。「真広は小学生です。それが親に毒入りコーヒーを飲ませるなんて」

「毒ではありません。真広君本人に確認しています。カップに塗ったのはただ苦いだけの、口内炎の薬だそうです」智は言った。「それと、あなたは『親』ではありませんよね」

それまでそわそわと眼鏡をいじったり髭をいじったりしていた糸川は、そこで初めて動きを止めた。

「すでに調べはついています」智は射貫くように糸川を見る。「あなたは『糸川大吾』ではない」

決定的な一言が発せられ、店内の空気がぴしりと硬化する。俺は、そういえば今日は音楽を流していなかったな、ということに今更気付いた。静かだ。

「いえ、あの、何をおっしゃっているやら」

「あなたは糸川大吾ではありません」智は糸川を装っていた男に指を突きつけた。「根拠ははっきりしています。本物の糸川大吾さんは左利きですが、あなたは左利きを装っているだけで、本当は右利きだからです」

直ちゃんがすぐに確認してくれたことだった。糸川大吾は三年前に失踪《しっそう》したことがある。その時は妻の糸川里美が捜索願《そうさくねがい》を出しても見つからなかったが、その二年後に、糸川大吾はひょっこり家族の元に帰り、捜索願は取り下げられている。一見するとめでたしめでたしのようであり、当時の担当者によれば、「夫が帰ってきた」と報告して喜ぶ糸川里美と息子の真広君を見て、窓口の人間たちも随分喜んだそうなのだが。

だが警察は見落としていた。「帰ってきた糸川大吾」が、顔かたちの似た別人である可能性を。捜索願を出した張本人であり、最も糸川大吾をよく知る妻である糸川里美が夫だと認め、息子の真広君もそれに倣《なら》ったからだ。

だが、もし帰ってきた「糸川大吾」と妻の里美が共謀《きようぼう》していたら。まだ小学四年生で、父親の失踪時は一年生だった真広君は、母親が強く言えば、その男を父親だと認めるしかなかっただろう。

だが真広君は、「帰ってきた」その男が父親とは別人なのではないかと疑っていた。最初から疑っていたのかもしれなかったし、どこかでその男が実は右利きであることに気付き、不審に思ったのかもしれない。

「真広君は、あなたに容疑を向けるために今回の『事件』を起こしたんです。左利きの人間に容疑が向いたからといって、偽の糸川大吾が『自分は右利きだ』と白状するとは限りません。ですが少なくとも警察が介入してくれれば、容疑者になった糸川大吾のことを調べてくれる。もしそこまでいかなくても、『父親』の不審な点を、母親のいないところで警察に説明するチャンスはある」

起こった「事件」の内容を考えれば、警察があの程度で出てくるかどうかは怪しい。だが真広君はとにかくそう考え、計画を練り、実行したのだ。小学四年生とは思えない勇気と実行力だと思う。そして想像する。偽の父親と暮らした日々はどれだけ不安だっただろうか。それを暴こうとして失敗したらと思うと、どれだけ怖かっただろうか。彼には拍手を贈りたい。

「ちょっと待ってください」ついに男が立ち上がり、右腕の時計を見せた。「私は糸川大吾です。それにこの通り左利きだ」

「いえ、あなたは右利きです。気付いたきっかけは、Riddle Birdのキッチンでした。あのキッチンにある道具は、鋏こそ左利き用でしたが、包丁もピーラーも右利き用だった」

実はそれは俺も見ていたのだった。プリエールのキッチンには智も入るので、左利き用の道具も揃っている。だから鋏が左利き用だということはすぐに分かったのだが、ピーラーや包丁までは気付かなかった。

「一般的にはあまり知られていないことですが、大抵の料理道具は左利き用があるんです。鋏以外に、ピーラーも和包丁も」智は自分の左手をちらりと見た。「あなたは人前では左利きを装っていたが、左利きについて深く調べてはいなかった。だから鋏については気が回っても、ピーラーや包丁にまで左利き用があるということを知らなかったんでしょう。

ピーラーは百円ショップで売っている、つまり右利き用でした。包丁もそうです。家庭用の三徳包丁は両刃のため左利きでも使えますが、出刃包丁や薄刃包丁といった和包丁は通常片刃なので、左利き用でなければ非常に使いにくい。なのにカウンターにあったのはどれも右利き用でした」

右利きの俺は違和感を覚えなかったのだが、うっかりしていた。出刃包丁が「俺が使っているものと同じ」なら、それは右利き用だったわけである。プロの料理人になろうという人間が左利きの場合、左利き用のピーラーや包丁があることを知らないはずがない。左利きの人間はマイノリティであり、常に不便と我慢を強いられているため、それを解消するツールの存在にはアンテナを張っているものだ。

「その不自然さに気付いたので、僕はあなたに『念書』にサインするよう求めてみました。するとあなたは、いた部屋に何本もボールペンが転がっているのに、万年筆を取りにバックヤードへ消えた。……しかも、そうするよう言ったのは里美さんでした」

あれは俺も不自然に感じていたが、つまり智の張った罠《わな》だったのだ。偽の糸川大吾はおそらく、左手でさっとサインを偽造《ぎぞう》できるほど、左利きを装《よそお》う訓練もしていなかったのだろう。そしてバックヤードに逃げる口実を糸川里美が作ったなら、彼女も共犯だったということになる。

「怪しいと思ったので、真広君とのSNSのやりとりも見せてもらったのですが」

智はポケットから携帯を出す。手回しよく、画面にはSNSのスクリーンショットをすでに表示させていた。誤字のある部分である。「好きな物であいよ」「動画さ音」「たれ訂正!」。

「あなたの誤字の傾向は『い段』が『あ段』や『お段』になったり、『あ行』が『た行』になる、といったものでした。つまり本来より指が左下に動いてしまうために起こる誤入力です」智は右手の人差し指を右上から左下にすっと滑らせる。「これは右手で入力した時の特徴なんです。人間の手は体の内側に向かって動かしやすくなっているため、右手の場合、右上から左下に動かしやすい。つまりフリック入力では左に水平に動かす『い段』や真上に動かす『う段』がミスしやすく、また左上にある『あ行』がその下の『た行』になってしまったり、『さ行』がその下の『は行』になってしまったり、ということが起こりやすい。……スマートフォンであれば利き手で入力するとは限りませんが、タブレットであれば、利き手と反対の手で持って利き手で入力するのが通常です。それなのに左利きのはずのあなたが、右利きの人間が犯しがちな誤入力に偏っている。人がいない時は右手で入力していたのではないですか?」

「……いや、それは、たまたまで」男はまた座ったが、前髪が少し、額に張りついているのが見えた。汗をかいているのだ。「たまたまですよ。私は左利きですよ」

「では、それは？」

智が指さしたのは、テーブルの端にある砂糖壺だった。

男は智が何のことを言っているのかも分からないだけでなく、何を指さしているかも分からなかったようだ。視線をきょろきょろと彷徨わせ、ようやく砂糖壺を見る。「これですか？　これが何か」

砂糖壺は俺がセッティングした通り、毎日の開店時の状態のままになっている。スプーンもきちんと戻され、蓋も閉じられている。だからこそ怪しいのだった。

「分かりませんか？　砂糖壺のスプーンの位置です」智はスプーンに人差し指で触れ、そのまま蓋ごと、くるりと半回転させた。「左利きの人間が使ったら、こうなっているはずです。あなたは誰にも見られていないことで油断し、右手で砂糖を入れた」

喫茶店をやる上で悩ましいのが、左利きのお客様へのサービスだった。カトラリーの向きも皿を出す位置も、基本的には右利き用になっている。事前に左利きだと分かれば反対に直すが、それまでは右利き用のままで応対せざるを得ないのだ。左利きのお客様がスプーンを反対向きに直したりすると、細かく黒星がついたような気分になる。

そして右利き用になっているのは砂糖壺も同様なのだった。うちではほとんどの店と同じく、砂糖壺はテーブルの左側に置き、スプーンは時計の四時の位置、つまり右手前側に柄を出しておくようにしている。小さなスプーンで砂糖をすくってカップに入れるという動作は、利き手でする人がほとんどだからだ。だから左利きのお客様の場合、スプーンは一旦左手前、八時の位置に回してからでないとかなり使いにくい、ということになる。

だが今、男の前にある砂糖壺は、俺がセッティングした時のままだった。

智は男の目を見て、静かに尋ねた。

「……あなたは誰ですか？」

※

自分の父親がある日、別の人間になっていた。

そんな恐ろしいことが現実にあるなんて、僕だって思ってなかった。

パパとは仲が良かった。優しかったしノリがよかった。幼稚園の頃、仮面《かめん》ライダーごっこに延々付き合ってくれたし、休日はいつも車でどこかに連れていってくれた。僕は休日、パパと二人で車に乗るのが好きだった。ボールやフライングディスクといった玩具を車に積み込み、エンジンをかけたパパが「今日はどっち？」と聞いてくる。僕はその日の気分で「こっち！」と適当に指をさすと、パパは本当にそっちに行ってくれるのだ。交差点で「曲がって！」と言うと曲がってくれる。そして面白い場所が見つかるまで車でひたすら走る。思いがけずに小さな遊園地に着いたこともあったし、あまりに何も出てこないから途中からドライブになって、コンビニでおにぎりを買って食べただけで帰ってきたこともあった。パパは残念がっていたけど、僕はそれもまた楽しかった。

小学一年生のある日、そのパパが帰ってこなくなった。

一日目の夜は、仕事で遅いのだろうと思っていた。ママも今日は遅くなると言っていたから、我慢して寝た。でも翌日の朝になってもパパはいなかった。気になったまま学校に行って、帰ってきて、ママに「パパは？」と訊いた。ママも首をかしげていた。

そしてその夜も、パパは帰ってこなかった。十時までリビングで待っていたし、もう寝なさいと言われても、電気だけ消して十二時過ぎまで耳を澄ましていたのに、パパが玄関のドアを開ける音は聞こえなかった。

そしてそのまま、うちのパパはあっさりと行方不明になった。

僕もママもあちこち探したり泣いたりしたけど、結局パパはそのまま帰ってこなかった。最初の頃はママの方のおじいちゃんとおばあちゃんが来てくれたけど、二人とも遠くに住んでいるから、そのうち僕とママだけの生活になった。僕は時々パパを思い出しては泣き、ママを困らせながら二年生になり、三年生になった。

そして四年生になってすぐのある日――「パパが帰ってきた」。

学校から帰ると、ダイニングに髭を生やしたおじさんが座っていた。その向かいに座ったママが泣きながら「ほら、パパ帰ってきたよ」と言った。髭のおじさんが僕の名前を呼んだ。知らない人に見えたから、僕は最初、返事もできなかった。髭のおじさんは笑って近付いてきた。強い力で抱きしめられて、僕の体は強張《こわば》った。

……この人、だれ？

髭を生やしていたけど、それを取れば顔は確かにパパに似ていた。でも別の人だった。抱きしめられた時になぜかはっきり分かったのだ。パパの硬さじゃない。温度もにおいも違う。これはパパじゃない。別の人だ。

僕はママと二人きりになった時、急いで言った。「あの人、誰？　パパじゃないよ。知らない人だよ」

僕は最初、ママが勘違いしているのだろうと思った。ママはパパがいなくなって寂しさのあまり、ついパパに似た人をパパだと間違えて、連れ帰ってきてしまったのだ。そう思った。

だが、ママは笑った。

「何言ってるの。パパじゃない。忘れちゃった？」

　そしてリビングに戻ると、笑いながらその知らない人に言った。「この子、忘れちゃってる。パパじゃない、だって」

「そうか。ごめんな」知らない人は、僕に向かって笑いかけた。「とりあえず髭、剃《そ》ろうか。二年も会ってなかったもんなあ」

「まーちゃん、パパがいなくなった時はまだ一年生だったもんね」ママも笑った。

　僕はそれを見て、からかわれているのだと思った。別の人なのだ。ママが気付かないはずがないし、その人だって自分が僕のパパではないと知っているはずなのだ。だから、僕をびっくりさせようとわざとやっているのだと思った。僕の進級祝いとかで、変なサプライズをやっているのだと思った。

　だがその人は夜、当たり前のようにうちに泊まった。僕と一緒に風呂に入りたがり、ママと同じ部屋で寝た。

　翌朝、その人は当然のようにパパのパジャマを着て、僕におはようと言った。

　……まだ、いる。どういうことだろう。

　ママはもう、当たり前のようにその人をパパ扱いしている。僕はその時、ママは頭がおかしくなってしまったのだと思った。

……でも、それならこの人は、なんでうちにいるの？　どうして帰らないの？　この人もおかしいの？

学校から帰ると、知らないその男の靴がまだあった。ママが出てきてくれたので、僕は急いで囁いた。「ねえママ、あの人パパじゃないよ。人違いだよ」

ママは「まだそんなこと言ってるの」と笑っただけだった。

その顔を見て、僕は混乱した。ママが正気だというのが、声とか目で分かった。どういうことなのだろう。ママは正気だ。それなのに、知らない男をパパだと言っている。

ドアが開き、男が出てきた。男が僕に笑いかける。

「おかえり、まーちゃん」

僕は応えられなかった。体も強張っていたと思う。

……パパじゃない。この人は、誰。

その男はその日も、次の日も、当然のようにうちにいた。仕事を探さなきゃ、なんて言っていた。ママはすっかりその男をパパ扱いしていたけど、僕はその男に触れられるのを拒《こば》んだ。いきなり家に上がってきて、夜になっても帰らない得体の知れない男に触られたくなかった。しばらくすると、学校の友達や先生も「パパが帰ってきた」と知るようになって、みんなが僕に「よかったね」と言った。ママがみんなに言ったに違いなかった。

「そうじゃない」と言いたかったけど、僕が言っても誰も信じてくれないのは分かっていた。

それからも、パパでない男との生活が続いた。

生活する上で困ることは特になかった。しばらくして男が仕事を見つけると帰りは遅くなったし、ママはにこにこしているし、男は僕にも優しくしてくれた。でもそれは表面上のことだった。どんなに笑顔で話しかけられてもそれは「猫撫で声」というやつだったし、何かを買ってくれたり遊びに誘ってくれたりするのも、「ご機嫌取り」だということがはっきり分かった。だから僕は、男と二人きりになるのを避けた。ママがいる時はなるべくリビングに。いない時は部屋に籠もった。ママがいる時に部屋に入ると男がやってくるのだ。僕の部屋には鍵がかからなかったから、鍵を付けてくれとママに頼んだ。

誰だか分からない男は近所の人からもうちのパパとして扱われていたけど、いつまで経っても誰だか分からないままだった。特に不気味なのが男の手だった。いつも死んでるみたいに冷たいのだ。パパはこんなじゃなかった。でもそれを僕が言ったところで、信じてくれる人は誰もいなかった。僕はどうしても男をパパと呼べず、もう四年生だから、と理由をつけて「お父さん」と呼ぶことで折りあいをつけた。

何より分からないのが、ママの態度だった。小学生の僕にだって分かるのだ。ママだって、あの男がパパじゃないことぐらい分かっているはずだった。なのにママは僕がそれを言うたびに笑って聞いてくれず、そのうちに怒るようになった。いいかげんにしなさい。パパだっていなかった間は大変だったの。いつまで拗ねているの。

でもその怒り方もおかしかった。ママが本気で怒っている時とは違っていた。どうして本気で怒らないんだろう。

僕は戸惑ったまま過ごした。どういうことなのだろう。ママも何かおかしい。おかしくなってしまったのではなくて、何か隠しているようだった。

そしてある日、気付いた。あの男がうちのパパになってしまった。それなら、本物のパパはどうなったのだろう。

それから恐怖がやってきた。うちのパパはパパじゃない。なのに誰もそれを知らない。いや、ママは知っている。知っているはずなのに嘘をついている。

警察に相談しようとも思った。でも友達ですら信じてくれない僕の話を、警察が信じてくれるとは思えなかった。知らない男がパパのふりをしている。ママもそれを知っているのに、その男をパパだと言っている。そんな話を誰が信じてくれるだろうか。パパがいなくなった時は一年生だった。僕の記憶の方が怪しいと思われて当然だ。

ある日、家に僕だけになったので、僕はママのパソコンを点けてみた。そしてママが撮った写真のフォルダを開いてみた。ママの性格通りフォルダの中には雑然といろんな画像が詰め込んであるだけだったけど、画像の日付は分かったから、昔の写真を探してみた。幼稚園の頃、パパとママと三人で海に行った時の写真が出てきた。

開いてみるとパパがいた。僕の記憶にある本物のパパ。懐かしさを覚えたけど、それよりも恐怖が襲ってきた。

顔が違う。

やっぱりあれは別の人だ。

写真の中のパパは今、家にいる「パパ」とはっきり別人だった。顔が似ている、と思っていたけど、たいして似てすらいなかった。ママがわざと嘘をついているのもはっきりした。近所の人などはどうせ本物のパパの顔なんてちゃんと覚えていないだろうから、二年もいなくなっていれば分からないのだ。

そこまで考えて、僕はようやく理解した。知らない男が僕の「パパ」になりかわろうとしている。ママもそれを知っていて、手伝っている。二人で協力して、僕のパパを別の誰かにすり替えようとしているのだ。

その日から僕にとって、家は戦場になった。下手に顔を上げると飛び交う銃弾に殺されるから、常に息を潜めて隙を見せないようにしていなければならない。ずっとそういう気分だった。僕が二人の計画に気付いていることを、悟られないようにしなければならない。もし悟られたら。あの男かママのどちらかに気付かれたら、僕はどうなるのだろうか。パパは行方不明になってしまった。別人にすり替えられてしまった。僕も行方不明にされてしまうのだろうか。

二人が何をしようとしているのか、パパは何をされたのか。考えると怖かった。でも暴かなくてはならなかった。そして僕は心に決めた。二人から、「いなくなったことにされた」本物のパパを助けなければならない。

家にいるのが怖かった。「お父さん」とママの作ってくれたごはんを食べるのが怖い時もあった。毒が入っている気がした。部屋のドアは鍵を確認し、もし何かあった時に家から出られるように、小遣いの一部ずつをママの知らないところに隠して貯《た》めておいた。僕の小遣いはもともと多くはなかったから、買いたい漫画やお菓子を我慢するのは辛かった。

それでも僕は闘った。あの二人の嘘を暴いて警察に言えば、警察がきっとパパを助けてくれる。どこかにいるはずのパパを探してくれる。そう考えることにして、チャンスを待った。

※

糸川大吾を名乗っていた男は別人だと明らかにされ、県警本部は、この男及び糸川里美が本物の糸川大吾失踪に何らかの関わりをもっているとみて、任意で事情を聞いた。糸川大吾を名乗っていたのは隣県出身の猪俣武隆《いのまたたけたか》という男だと判明し、彼は愛人関係にあった糸川里美よりも積極的に調べに応じた。

無論その間、事件を告発した糸川真広は警察に保護されていたが、取調べが進むにつれ、彼にとって辛い報告をしなければならないという見方が濃厚になってきた。糸川大吾は親の遺産などからなる預貯金約六千万円を保有しており、彼が行方不明になった後、暗証番号を知っていた糸川里美がそれを複数回にわたって引き出していた。その事実が判明したことを告げると、猪俣武隆は自白《じはく》した。三年前の春、薬剤を注射して昏睡《こんすい》状態になった糸川大吾を車に乗せ、糸川里美と協力して海に落とした、と。事故死に見せかけたつもりだったが死体が揚がらず、当初は失踪宣告《せんこく》ができる七年後まで待つつもりだったが、二人ともそれまで待つことはできなかった。何より糸川大吾が死亡したとされれば、相続税で遺産はかなり目減《めべ》りしてしまう。それならば猪俣武隆が糸川大吾になりかわり預貯金を下ろした方が早いと、糸川里美から提案されたらしい。もっともこれは猪俣武隆本人が言っていることであり、犯行にどちらが主導的な役割を果たしたのかについてはさらなる捜査が必要だった。

この証言に基づき、すぐに猪俣が証言した付近の捜索がされた。現場は切り立った崖で水深《すいしん》がかなりある上、潮流が速く、証言と一致する自動車は見つかったものの、糸川大吾の遺体はどこにもなかった。ドアが開いており、潮流に乗ってどこかに流れてしまったものとみられた。

だが、県警による大規模な捜索がされ、それがニュースになったことが、最高の結果をもたらした。

本物の糸川大吾が名乗り出てきたのだった。本物の糸川大吾は海中に遺棄《いき》された際に腰を打ち、現在も歩行に若干の障害が残る状態だったが、生存しており、父方の地元である山形《やまがた》に隠れ住んでいた。車内に残っていたペットボトルに摑まって潮流に乗り、流されたところを救助されたとのことだった。彼は以前から妻の愛人の存在に半ば気付いていたが、妻に裏切られ被害に遭ったショックと怪我の治療で動くことができず、ようやく気力・体力を取り戻し始めた半年後には証拠はあらかた流され、告訴は諦めていたのだという。その際に興信所《こうしんじょ》を使って妻の現在の暮らしぶりなども調べたが、その時期にたまたま糸川真広が祖父母宅で過ごしていたことから、息子に危険はないと判断したことも手伝っていた。糸川大吾は気力を失ったまま、山形のアパートでひっそりと貧しく暮らしていたらしい。だが、ニュースを見た近所の人間が現在の状況を教えてくれ、慌てて名乗り出たのだという。

糸川里美及び猪俣武隆は殺人未遂及び詐欺容疑で起訴され、後に糸川里美は懲役十五年、猪俣武隆は七年の実刑判決が下ることになる。糸川大吾は地元に戻り、息子の真広と二人で暮らし始めている。二人の仲の良さは近所の人間もよく知るところになっているようである。

コーヒー

コーヒーノキ（アカネ科コーヒーノキ属）の種子を焙煎し、すり潰した粉末から湯または水で抽出した飲み物。発祥《はっしょう》はアラビア起源説とエチオピア起源説があるが、歴史は古く、少なくとも十世紀頃には、アラビアの寺院で薬用として飲まれていたようである。ヨーロッパへ伝わったのは十七世紀頃、しばらくの時を置いて日本にも長崎の出島《でじま》経由でオランダから伝わったとされる。日本では明治期《めいじ》に嗜好品《しこうひん》として広まったが、まだ飲み方がよく知られていなかったこともあって当時の日本人には「ハイカラぶった奴が美味《うま》くもないのに無理して飲むもの」だと思われていたようである。

だが大正期《たいしょう》になるとカフェができ始め、コーヒーは文化として普及する。1970年代のカフェブームもあって日本は喫茶店の店舗が極めて多く、またコーヒーを味わう文化も非常に成熟している。コーヒーといえばヨーロッパのイメージが強いが、たとえばイタリアではエスプレッソに砂糖を入れて、フランスでは牛乳を入れたカフェ・オレとして飲むことが多く、豆や淹れ方にこだわり、ブラックコーヒーの風味の違いを楽しむ、という形のコーヒー文化は日本以外ではそれほどメジャーなものではない。

意外なことに、一人当たりのコーヒー消費量が最も多いのはノルウェーで、日本は総消費量・一人当たり消費量いずれも世界四位程度。ヨーロッパではスイス及びドイツ、フランス、それ以外ではアメリカが多い。

朝の一杯から徹夜仕事の相棒まで様々なシチュエーションで親しまれ、カプチーノ、カフェ・モカ、ハワイアン等、様々なヴァリエーションで愛される。無限の拡張性と奥深さを併《あわ》せ持つ、素敵な飲み物である。

10

「あ……ほんとだ。ただの酸味じゃない」真広君は視線を上げてこちらを見た。「フルーティってどういうことだよ、って思ってました。でも本当にフルーツっぽい」

「そういう系統もあるんだ。コスタリカのエル・アルト中煎り」

「不思議です。オレンジっぽい」

慣れた手つきでカップを持ち香りを嗅ぐ仕草は大人っぽく、座っていると体格が分かり

にくいこともあって、時折、小学生と話している、というのを忘れてしまう。今春、五年生になるまだ十歳の子だが、コーヒー好きはただの背伸びや同級生と差をつけたい一心の恰好つけではなく本物のようだ。カフェインの摂《と》りすぎはよくないからほどほどにねとは言っているが、最近、父親にコーヒーミルとドリッパーを買ってもらったとのことで、家でも自分で淹れて飲んでいるらしい。俺もこの年頃で父親に教えられてやってみたことはあるので何をか言わんやという部分もあるのだが、自分でコーヒーを淹れて飲む小学生というのは珍しい。

智がバックヤードから出てきて真広君にやあ、と声をかけ、皿とフォークを差し出す。皿にはカットしたケーキのピースが載っている。「シャルロット・ド・フリュイを作ってみたんだ。試しにどう?」

朝からここそこバックヤードに籠もっていたと思ったら、また新しいのを試していたらしい。やれやれと思うが真広君は笑顔でフォークを取る。「ありがとうございます。いただきます」

「試作品だから、お代はいいからね」

「『おだい』?」

「料金。真広君、舌が鋭いから。感想を教えて」

勝手なことをするなと怒るつもりは特にない。むしろ普段は決して積極的に人に話しかけたりしない弟が、真広君には何やかやと話しかけ世話を焼いているのを見ると少しほっとするところがある。俺にしろ弟にしろ相手が小学生でも特に子供扱いしないし、真広君にとってもその方が居心地がいいのだろうと思う。彼の笑顔が少しでも増えれば、と願っているのは俺も同じだ。

糸川里美と猪俣武隆の公判が始まっていた。真広君はさすがに傍聴はしていないが、証人として出廷したことはあるという。父を殺そうとした母と、その愛人の裁判である。別室での証言とはいえ小学生の子供には悪夢のような状況だが、真広君は平然としていたという。突然、家に上がりこんできて我が物顔に振る舞う猪俣と、それを父だと偽り続ける母親。そんなものと半年以上も暮らし、いつか彼らを告発しなければと密かに準備を進めていた日々。あるいは本当の悪夢はそちらであり、真広君としては、母との精神的訣別はその日々の中でゆっくり済ませていたのかもしれない。もともと母より父の方が好きでもあったようで、プリエールに通ってくる彼の表情はいつも明るく、忙しかったからよく見てはいないものの、以前、父親と一緒に来た時は二人でつつきあって屈託《くったく》なく笑ってすらいたようだ。

そして彼は今やすっかりプリエールの常連になってしまった。小学生の身分でチェーン店でない行きつけの喫茶店がある、というのは驚くが、学校でも家でも習い事でもなく大人に交《ま》じることができるこういう場所は、彼の成長にとっても悪くないと思う。すでに常連の一人二人には名前を覚えられ、ちょこちょことやりとりをしている様子である。

とドアベルが奇妙な鳴り方をし、直ちゃんが入ってくる。「こんちはっす。ああ疲れた。おっ、真広君じゃないすか」

直ちゃんは同僚にでもそうするように「よっ」と手を上げる。真広君はそれに小さく会釈して応える。直ちゃんもおそらくもう気付いているだろうが、彼がうちに来るのは何割かはこれ目当てでだということが手に取るように分かる。まあ、年上のお姉さんに憧れる年頃でもある。暗いことに心を割いているよりは余程いいだろう。

「いやあ疲れた。もう今日、本部戻りたくないっす。ブレンド……いやラテとミルフィーユで」

「カフェラテ、ホットでよろしいですね。それとミルフィーユ一つ」

「いえ二つ」

「二つ?」そういう注文をする人はなかなかいない。「かしこまりました」

「疲れたんすよ今日」

その様子からして今日は「依頼」はなさそうだなと安心する。窓際のテーブルを片付けるふりをして逃げていた智も戻ってきた。真広君はカウンターにぐにゃあ、と伸びる直ちゃんに話しかけたそうにしつつちらちら見ている。

窓からは午後の日差しが柔らかく入ってきている。本日はとりあえず、穏やかなようだ。

「……では先月あたりまで、かなりお忙しかったのでは」

「そうですね。うちは基本全部三月締めなんで」

「ああ……そうなると大変ですね。遅くまで残業されたりしますか」

「ありますね。特に課長が残業大好きというか、家にいるより会社にいた方が楽しい、というタイプなんで。でも忙しい時期が終われば、わりと定時で帰れたりもするんで、それでプラスマイナスゼロかな、って」

　話しながら思う。こんな話でいいのだろうか。仕事柄、他人の仕事の話なんて聞き飽きているのではないだろうか。わたしが芸能人とかだったらまだしも、平凡なこんな話を聞かせて退屈させていないだろうか。しかも愚痴になってきてしまっている。だが悩んでも平凡な話しか出てこない。なのにさとるさんは、さも興味深げに相槌《あいづち》を打ち、わたしに気持ちよく話をさせてくれる。聞き上手、というやつだ。どちらかというと話が苦手な人に見えたので意外な部分はあったのだが、そこはさすが接客業なのだろう。ただ、わたしと話している時の雰囲気は普段とわずかに違う。きっと接客モードをオンにしているのだろうな、と思えてしまうところが少し残念なのだが。

「あの、前から気になっていたんですけど」無理矢理話題を変えることにして、カウンターの方を見る。「このお店はお兄さん……ですよね？　料理を作ってくれる人。あの人がオーナーなんですか」

「はい。もとは父の店だったのですが、兄が継ぎました」さとるさんは少し自嘲のようなものを見せて微笑む。「僕は仕事をやめて、兄に雇ってもらっているんです」

「そうなんですね。……あの、前のお仕事って」

「公務員です。平凡な」

「へえ……」意外ー！、と騒いで盛り上がる性格でないことを悔やむ。「でも、ここで働いている方がお似合いかも」

「ありがとうございます」

わあ今のは素《す》の微笑みだったのかな、と内心でざわつく。さとるさんのことが少しだけ分かった。もっと色々訊いてみたいが、それは前のめりになりすぎだろうか。どうしよう。毎週通ったり忙しくてずっと行けなくなったりと波はあったが、それでも春になり、連休の気配がしてくる頃になると、わたしはすっかり常連になっていた。そして変化は急に訪れた。

いつものようにうっすらとした期待と、あまりそういう期待はしない方が、という迷いを抱えてプリエールでブレンドを注文したわたしに、さとるさんが話しかけてきた。「いつもありがとうございます」という、みのるさんの方からも聞いた言葉の後に、思いがけず「辻村深月《つじむらみづき》がお好きですか」と続いた。わたしは自分が今さっき開いた文庫本が辻村深月の某作だということを忘れて「えっ？」と変な反応をしてしまった。

実のところ、この店で広げる本にはいつも悩んでいる。もう少し兄弟の趣味に合いそうな本の方がいいのだろうか、いやそれはあざといしそういうつもりで常連なのではないし、と迷い、結局「変に意識して選ぶのはいやらしい」「そもそも普通に好きな作家を読みたい」ということで辻村深月にしたのだが、意外なことに、さとるさんも好きで読んでいるという。それで急に話が盛り上がった。好きな作家が同じ、というのは、なんだかすごくそれらしく甘く、たぶんわたしは顔が赤くなっていたと思う。同好の士を見つけて興奮しているだけだ、と思ってもらえるといいのだが。

他のお客さんがほぼいないのがよかったのだろう。そこから始まった会話がずっと続いている。最初のそのやりとりのせいか、さとるさんの方が積極的で、わたしのことも訊かれた。どうしようきなりこんな、と頭の中でポルカが響く。新たなお客さんが来て、さとるさんが「すみません。つい話し込んでしまいました」と例の微笑みを見せて離れていった後も、わたしの頭の中はアンコールの拍手が続いていて、「いえ」としか反応しなかったことが悔やまれた。「また話したいです」ぐらい言ってもよかったかもしれなかったのに。だがさとるさんは、わたしが店を出る時、カウンターの中から微笑んで会釈してくれた。業務上の会釈より少し心のこもったそれが嬉しかった。

前庭に出るともう外は暗かった。どうせなら夕食もプリエールで頼めばよかったと思ったが、家を出る前、夜に食べようと決めて冷凍庫から牛肉を出して解凍し始めてしまっていた。まあいいか、と思う。今日はすでに「お腹いっぱい」という感覚があるし、何か、日常が終わる足音がしている。気持ちを落ち着けてそれに耳を澄ましてみたい。

そういう日だったから、わたしは浮かれすぎていたのかもしれない。

電車に乗り、乗り換えをし、すっかり夜になった新富士見駅から自分のアパートに帰り着くまでわたしは、後ろをずっとつけてきていた男の存在に気付かなかった。

わたしの部屋は三階の隅で、ここまで来る人間はまずいない。だから油断しきっていた。ドアを開ける前に左右を確かめることもしなければ、開けたらさっさと入って鍵をかけることもせず、ドアを開け放したまま、家の鍵をバッグにしまおうと悪戦苦闘していた。帰りに近所のスーパーに寄ったせいで買い物袋が邪魔をして、バッグの定位置に鍵を収めるのに苦労した。そのせいで、近付いていた足音に気付かなかったのだ。

突然すぐ後ろに人の気配がして、ぎょっとして振り返ると人の胸があった。この状況は前にもあった、と思う。顔を上げると、見覚えのある男の人の顔がだいぶ上の方にあった。

この人は、前にプリエールで見た。

一度だけだったがなぜか覚えている。会話はしていない。それがなぜここにいるのだろう。わたしの部屋の前なのに。一瞬後に恐怖感がせり上がった。つまりこの男は、わたしの部屋の前に来たのだ。

悲鳴はあげなかった。騒いだらまずいと計算したわけではない。ただ舌や喉も含めて全身が全く動かなかったのだ。だが頭は働いていた。思い出していた。わたしの家は新富士見。殺人事件のあった。そのことをプリエールで話したことがある。これはつまりそういうことではないのか。プリエールにいた時、誰かの視線を感じたことがある。もしかしたらあれも、気のせいではなく。

もう一つだけ思い出していた。前にプリエールの入口でこの男とぶつかりそうになった時のことだ。この男はわたしのすぐ後から入ってきていた。でもプリエールに来るのは初めてのようだった。あの店では、一見の客がふらりと訪れる、ということは珍しいはずなのに。あれは本当にたまたまだったのだろうか？　そもそも、店の雰囲気にそぐわない男でもある……。

男の手がすっと上がる。

「あ……」

待って、と声を出したつもりだったが、ほとんど音になっていない。ちょっと、待って。そんな。どうして。……誰か、助けて！

そういえば、プリエールでなんとなく予感していたことだった。わたしの平凡な日常は、お望み通り終わった。この日はわたしの人生で最悪の日となった。

※

茹であがって湯気を立てるパスタをひと息でぐるりと回して盛りつけ、ミートソースをどばっとかける。彩《いろど》りのパセリを中心に少々かけながらグリーンサラダ（ハーフ）にもドレッシングを回しかける。「智、二番テーブル上がり」

よしこれでまとまった注文はひとまず、と思ったが、カウンターに置いた皿を智が取りにこない。顔を上げると、弟は窓の外を見たまま突っ立っていた。

「智」おいこら何やってるパスタだぞ、と思うが大きな声は出ない。呼んでも反応しないので、自分で皿を持って二番テーブルに向かった。それを見た智がようやくこちらに気付き、寄ってきて囁く。「ごめん」

「いや、いいけど」

お客様の前で従業員を叱るのは御法度《ごはっと》である。理由ははっきりしている。「飯がまずくならぁ」というやつだからである。だがそれ以上に。

「……気になるのか？　新富士見」

智は頷く。夕方まで店にいた女性客のことである。まあ、俺も気にしていたのだが。

「気にしてもしょうがないだろ。それとも直ちゃんに行ってもらうか？」俺はドアを見る。彼女は今、店舗外に出て電話をしているはずである。

「いや」智は首を振った。「住所も分からないし。……ごめん。集中する」

そう言うと智は水のピッチャーを持って店内を見回し、一番テーブルのお客様のグラスが空になっているのを見つけてそちらに行った。

もちろん俺だって気になっている。大丈夫なのだろうかと心配している部分もある。昨年の冬の初め頃から一人でうちに来てくれるようになった常連さん。たいていはゆっくり本を読んでいて、読んでいる本から「辻村さん」と勝手に名付けて記憶しているあの人。

目立つ雰囲気ではないが悪い人にも見えなかった。新富士見なら、すでに自宅に着いている頃だろうか。何もないなら、それが一番いいと思うのだが。

もちろんいくら気にしたところで、今ここにいる俺たちにできることは何もない。智もそれを分かっているようで、それからは外を見ることなくてきぱきと働き続けた。

※

まさか、と思った通りだった。男の手にあるものを見て、わたしは絶望した。なぜわたしに。なぜわたしのところに。分かるはずがないのに。

「県警本部、捜査一課の者です」背の高い男は身分証明書をわたしに見せる。「こちらにお住まいですね？　少しお話を聞かせていただきたいのですが」

気がつくと、後ろにももう一人、やや年かさの男性が立っていた。こちらの人は雰囲気ですぐに分かった。警察官だ。本物の刑事。それが家まで来た。わたしの住所を知っていたのだろうか。いや、それなら家にいる時に訪ねてくるだろう。だとすれば。

そんな馬鹿な、と叫びたい。あの時。新富士見駅の近くで泥酔《でいすい》した女を刺し殺したあの時、確かにまわりには誰もいなかった。いつも真っ暗で、あんな時間に通る人などいない場所なのだ。だからやったのに。凶器のボールペンは全国どこでも売っているようなものだ。指紋もつけていない。確かに女が落としたハンカチはわたしが持って帰った。自分が本当に人を殺したのだという記念のために。得がたいこの時の感覚を忘れないために。だが断じてわたしの持ち物はあの現場に残していない。髪の毛一本だって落としていない。女の体にだって触っていない。何よりあの女とわたしは全く無関係だ。ただの通りすがり。名前はニュースを見て初めて知ったくらいだ。顔ですらちゃんと見ていない。被害者からわたしに辿り着ける線など一本もなかったはずなのに。

だが、わたしはすでに理解していた。警察は、何かわたしの知らない方法で、あの現場からわたしまで到達したのだ。この二人はわたしを尾行してきたのだ。おそらくは、プリエールからずっと。大きい方の人をプリエールで見たのも偶然ではなかった。わたしはすでに捜査対象者にされていたのだ。もしかして、プリエールそのものが県警に協力していたのだろうか。あのスーツの女性。わたしがあの店に入るきっかけになった、きびきびと動く女性。土曜でもスーツを着ていた、体育会系っぽいあの女性。あの人は警察官だったのではないか。そう考えるとすごくしっくりくる。

「昨年の秋、新富士見《このあたり》で深夜、泥酔していた女性が殺害される事件がありましたが、ご存じでしょうか」大柄《おおがら》な刑事はあくまで丁寧だった。「その件について少々、お話を伺いたいのですが」

体から力が抜けていく。あの店。“Priere”（「祈り」）という名の喫茶店。あそこでしたやりとりが思い出される。そういえば、思い当たることばかりだ。どこに住んでいるか訊かれた。仕事で夜、遅くなることも話した。それに以前、コーヒーのおかわりをすすめられた時にあのハンカチを見られたことがある。あの時、さとるさんは足音も気配もさせずに近付いてきた。普通、客に対してそんなことをするだろうか。あれは意図的だったのではないか。ハンカチを確認するために。……さとるさんは前職を「公務員」だと言っていた。「公務員」とは、もしかして。

膝から力が抜け、わたしは廊下に崩れ落ちる。だが座り込むことはできなかった。前後から刑事たちが動き、私を抱き留めていた。

「大丈夫ですか」大柄な刑事が言う。「少し、落ち着かれた方がいいですね。新富士見署まで来ていただきましょうか」

※

電話をしていた直ちゃんが無言で店内に戻ってきた。ドアベルはなぜか遠慮がちにしか鳴らなかった。

俺と智は同時に彼女に近付く。直ちゃんはすっとVサインを出した。「被疑者《マルヒ》確保。任意ですが落ちそうだとのことです」

Vサインを出すんだな、と思ったが、めでたいことは確かである。大丈夫なのか、と心配はしていた。「じゃあ新富士見の殺人事件は」

「おそらく解決っすね」直ちゃんは囁く。「ご協力、ありがとうございました」

協力というほどのことはしていない。それに捜査の端緒《たんちょ》を摑んだのは直ちゃんだ。

もちろん、最初に彼女からその話を聞いた時は半信半疑だった。

あれは冬の初め、昨年末だ。直ちゃんは「新富士見の容疑者に顔だちがよく似た女とすれ違った」と言ってプリエールに入ってきた。

当時、警察はすでに新富士見の殺人事件について、手がかりを摑んでいた。被害者の周囲には何一つ怪しいことはなく、物盗りの犯行ではない。現場に凶器以外の遺留品は一切なく、目撃者もない。だとすれば完全に通りすがり。流しの通り魔という、最も厄介なパターンである可能性が大きい事件だった。だが現場付近の駐車場に防犯カメラがあり、そこに女が映っていた。暗い上に距離が遠く、女の顔がはっきりと判別できるわけではなかったが、確かに映っていた。被害者の死亡推定時間帯、現場に近付いたのはその女だけだった。

このことを直ちゃんから聞いた俺は、希望と不安を同時に感じた。何の変哲《へんてつ》もない住宅地の路地ですら、どこかに監視カメラがある時代なのだ。外を歩いている以上、常にどこかから誰かに撮影されていると考えてよいほどの監視社会。

だがそれが手がかりをもたらしたのだ。画像が解析《かいせき》され、女の着ていた服と体格が判明した。着ていた服を売っていた店舗が見つかり、女の年齢とおおよその収入が判明した。そして現場の路地に全く人が通らないことを知っていたかのような行動から、女は新富士見周辺に居住していると推測された。いくつものモンタージュが作られた。

そして直ちゃんがそれを覚えていた。見当たり班でもないのに、彼女はそうした努力を常にしているのだった。それだけでなく、彼女は例の「ハンカチ」を目撃していた。

実は、被害者は全く何も盗られていないわけではなかった。聞き込みの際に被害者の所持品を説明したところ、被害者の友人から「いつも使っているハンカチがない」という証言が得られたのだ。犯人が持ち去っている可能性が大きく、これはいわゆる猟奇《りようき》殺人犯が「記念品《スーヴェニア》」を持ち帰った可能性があるとして、そのハンカチは重要視されていた。

直ちゃんは、プリエールの前でそれを出している女を見た。正確には、はっきり見ているわけではない。似た感じのハンカチ、というだけだ。だが彼女は動いた。刑事の勘のようにも見えるが、彼女は確率論だと言った。「偶然」が一つなら記憶に留めておくだけだが、二つになったら自分で動いて確かめる。三つ目が出ればそれは必然。他人を動かすこともできる、と。

防犯カメラに映った女と背格好や顔だち、年齢などが似ている女が、犯人が持っているとみられる被害者のハンカチに似た感じのものを持っていた。そしてそれを、人に見られるとさっと隠したように思える――いずれも確かな情報ではない。功《こう》を焦る平巡査の希望的観測だと言ってしまえばそれまでだ。だが、女は直ちゃんに続いて店内に入ってきた。もちろん直ちゃんはあの日、ただ単に女の背後に回り、尾行を始めるためにいったんプリエールに入っただけなのだが、幸運なことに女は彼女が入ってきたのをきっかけに、プリエールについてきた。

まだ捜査本部を動かせる段階ではなく、その日の尾行は直ちゃんが単独でやらなければならなかったため、結局、駅までしか継続できなかった。だが女は再びプリエールに来て、そして常連になりつつあった。

俺は直ちゃんに協力することにし、ドアベルの下にウサギの飾りを取り付けた。防犯カメラから推測した容疑者の推定身長と同じ高さに。そして、おそらくは何も知らずにうちを訪ねてきた女が店内に入る瞬間、その身長を確かめた。犯人のそれとほぼ一致していた。

たまたま直ちゃんが呼んでいた捜査本部の刑事が彼女のすぐ後ろから入ってきてしまい、ぶつかりそうになるというアクシデントはあったが、女は特に不審に思っている様子はなかった。

俺たちは女を観察した。顔だちは予想以上に一致している。体格も。そして智が忍び足で女に近付き、ハンカチを確認した。すると女は、智に見られたと知るや慌ててハンカチを隠した。

特に汚れているわけでもなければ、見せて恥ずかしいような柄でもない普通のハンカチを、「見られている」と気付いて慌てて隠す理由は何だろうか？　普通なのに見られてはいけないハンカチ。そして女は「新富士見の近くに住んでいる」と答えた。「仕事でかなり遅くなることもある」とも。

容疑は決定的なものになった。女の素性は全く分からないままだったが、捜査本部が動き、プリエールには常時監視がついた。年度末にはしばらく来なくなったので、逃げられたかと思ってがっかりしたこともあったのだが、女は新年度から再び来始めた。その理由も女自身から今日、智が聞いた。こちらが疑われているわけではなかった。そして今日、ついに女を自宅まで尾行することに成功した。住所が判明すると即座に市内の不動産屋に照会がなされ、その部屋の住人が判明した。田興瑞奈《たおきみずな》。二十四歳。会社員。

そして今、田興瑞奈は任意同行に応じているという。かなり動揺しており、容易に自白が得られるだろうとのことだった。

不思議なのは動機である。田興瑞奈はまったくもって普通の人間であり、猟奇殺人犯のようには見えないという。その彼女がなぜ、見知らぬ女性を殺したのか。

だが俺が小声でその疑問を口にすると、カウンターの外でそれを聞いた智が、小声で返した。

「殺せそうだったから、かもしれない」

※

思い返してみれば、別にそんなに大した理由はなかったのだ。わたしは殺した女のことなど全く知らない。彼女はただ酔っぱらい、深夜の路地にだらしなく寝ていただけだった。

通りがかった私は、最初は助けようとすらしたのだ。いくら人通りがないとはいえ、こんな時間にこんな無防備に寝転がっているなんて不用心もいいところだ。しかも若い女性なのに。だが助け起こすのは躊躇《ためら》った。泥酔している。吐かれるかもしれない。以前にも似たようなことがあったのだ。道で酔って寝ていた男性に声をかけたが、寝ぼけ半分に

「大丈夫、大丈夫」と言うだけで、起きもしなければ動きもしない。しまいには荒っぽく振り払われて尻餅をつき、手をついたところに男性が吐いたものがあった。親切で声をかけたのにひどい目に遭って以来、そこらで正体を失っている酔っぱらいには二度と手を貸さないことにしていた。

だが、そのまま去るには、あまりに女は無防備すぎた。大股開きでスーツのスカートがまくれ上がり、下着が見えている。暑いのかジャケットも脱ぎ捨てられていて、口の開いたバッグからハンカチが落ちていた。バッグの中には財布まで見える。呆れると同時になぜか腹が立った。どうして人は、酔っぱらうとここまでひどい姿を見せるようになるのだろう。

腹立ちの原因はよく分からない。だがわたしは普段、行動には相応に気をつけていた。友人と一緒でも泥酔しないようにしていたし、男性と飲んだ時、トイレに立ったあとは残った自分のグラスに注意した。睡眠薬を入れられ、正体を失ったところでホテルに連れ込まれる事件を知っていたからだ。防犯ブザーは持ち歩いているし、痴漢撃退用アプリも携帯に入れている。それが女のたしなみ、などと言うつもりはなく、おかしいのはそうまでしなければ安心して外を歩けないような社会の方なのだが、たとえそうであっても、自分の身は自分で守らなければならなかった。窮屈だと思ったこともあるが、我慢している。

なのに、この女は。これじゃ、殺されても文句は言えないじゃないか。

わたしは思った。そう。殺しても文句はないんじゃないか。

特にスプラッターに興味があるとか、連続殺人犯の伝記を読むとか、そういった属性はわたしにはない。わたしは普通の人間だ。でも普通の人間なら、誰でも一度は考えたことがあるはずだ。人を殺すって、どんな感じなんだろう——と。

自分のバッグを探ると、ボールペンが出てきた。女を見る。顎をのけぞらせて、白くて柔らかそうな喉が上を向いていた。首のところの頸《けい》動脈、あるいは喉の中心。そのあたりにこれを思いきり突き立てたらどうなるか。たぶんそれでも死ぬだろうということは、以前読んだ何かの本に載っていた気がする。突き立ててみようか。どうせ起きやしない。それに周囲には人がいない。絶対にばれない。

というより、絶対にばれないのは今しかない。

いくらなんでも、こんなに無防備な人間と、こんなに人がいない場所で、この時間帯に出くわすなどという機会はそうそうないに決まっていた。もしかしたら一生のうちで、もう二度とないかもしれない。こんなに簡単に、しかも絶対ばれずに人を殺せる。今やらなければ一生できないかもしれない。なのにこのまま何もせずに帰ることが、とても損なことのように思えた。そしてわたしはこの先、何十年も経ってもこの時のことを思い出し、あの時にやってみればよかった、と後悔するかもしれない。

やらないで後悔するより、やって後悔する方がよい。

そんな言葉をどこかで聞いた気がする。確かにそう思う。このボールペンをその喉に突き刺す。たったそれだけだ。だがどんな感触なのだろう。どういうふうに死ぬのだろう。とりたててそこに興味があったわけではないけど、知れるものなら知ってみたかった。しかもそれは、特別な体験だ。わたしのような平凡な人間には絶対に訪れないような、めったにない出来事。

このままいけば、わたしは平凡にそこそこ働き、適当な相手を見つけて結婚し、子供を産み、よくある夫や上司への不満を吐きながら平凡に年老いて、やがて、わたしのように平凡な子供を残して、死んでいくのだろう。その未来はある程度見えていた。既製品《きせいひん》の人生。大量生産の人間。この世界が回っていくためには確かに必要な、その他大勢のモブ。その一人がわたしだ。だがそうだとするなら、わたしは何のために生まれてきて、何のために生きるのだろう。いなくても全く問題ないではないか。学生の頃は、そう思ってさっさと死んでみようかと思ったこともある。

でも、もし人を殺したら。

それは、そうそうそこらに転がっていない経験だ。人を殺したことのある人間なんて、そうはいない。だから何だ、という気もするけど、少なくともわたしは大量生産の平凡なモブではなくなるだろう。今やれば、絶対にばれない。誰も見ていないし、この女とわたしの間にはいかなる接点もないのだ。警察がわたしに辿り着けるはずがない。

私はボールペンを取り、ハンカチで指紋を拭き、そのままハンカチでくるんで持った。もう少し先端を長く出した方がいいかと思って持ち直した。このボールペンはわたし以上にどこにでもある量産品だ。しかも買ってからだいぶ経っている。このまま現場に残しても、ここから何かを知ることなど絶対にできない。

とりあえず殺してみよう。わたしは思った。何か変わるかもしれない。命というものに対する新たな発見があるかもしれない。リスクはゼロなのだから、やって損はないはずだ。わたしは、そこらの人たちとは違う人間になる。そしてわたしが変われば、それをきっかけに何かが起こってくれるかもしれない。平凡なわたしの人生にも。

わたしは女の横にしゃがみ、その喉にボールペンを突き立てた。

※

「……え。じゃあその犯人、この店にも来てたんですか」

真広君が興奮気味に周囲を見回す。もちろん、ここのところ何日もニュースで顔が報道されている新富士見女性会社員殺害事件の被告人・田興瑞奈はここにはいない。公判前であり、拘置所である。だが真広君は怖がるわけではなく、むしろ残念がっているようだった。「見てみたかった」

「いや、見るもんじゃないと思うよ。それにたしか、真広君が来ている時に一緒に店にいたことはなかったと思う」

「でも、私がいた時は来ていたこともあったんですよね。テレビで顔を見ましたけど、私もなんとなく、見た覚えがある気がします」二つ隣のカウンター席に座り、吉崎夏香さんが店内を振り返る。「目をつけられていたらと思うと、ちょっと怖いですね」

「そうっすねえ」直ちゃんはしみじみ言ってカフェラテを口にする。「まあ、ここの常連になってくれるなんて、こちらとしちゃベランダで干してたシーツにタランドゥスオオツヤクワガタ[*21]が張りついてたぐらいのラッキーなんすけどね」

＊21　コンゴ原産。アフリカ最大のクワガタで体長は90ミリにもなる。なぜか全身がワックスでも塗ったかのように光っており、腹や脚までテカテカである。どうしてこうなったのだろうか。

「……何？」

「タランドゥスオオツヤクワガタっす。金属光沢のあるクワガタなんすよ」直ちゃんは携帯を操作して俺に見せてきた。「かわいいっすよ」

殺人犯をクワガタ扱いかと思うが、警察官からすればそんなものなのだろうか。「うーん……見方によっては……？」

「あ、これだと分かんないすか？　動画の方がいいすかね」

「いや別に見せてくれなくていいから」

直ちゃんはなぜか謎の情熱でクワガタ画像を皆に見せるが、虫が苦手らしき夏香さんはボクサー並みの反射速度でスウェイバックして「いえ私は」と断り、真広君は反応に困った様子で俯いてもじもじしてしまっている。

気が合うんだな、と思う。まあ直ちゃんは大抵の常連さんと仲がいいのだが、すっかり定着した夏香さんや真広君と会った時はことさらに楽しそうである。もっとも警察官と会社員と小学生であるから生活時間はバラバラで、今日のように揃うことはあまりないのだが。

殺人犯がうちの店に来ていた。思い出すとまだ気持ちがざわつく。直ちゃんはクワガタ扱いしているが、店や常連さんたちに何もなくてよかった、と思う。

とりあえず、プリエールに平和が戻ってきたと言える。ここのところ直ちゃんは事件を持ってくることもなく、単に息抜きに来ている。夏香さんは相変わらずさりげなくお洒落をして来ることが多いし、真広君は来るたびに別のコーヒーを注文し、メモを取りながら飲むという勤勉ぶりである。そのためこちらも気合が入る。夏の調理師試験を受ける準備も順調に進んでいる。

バックヤードに潜っていた智がようやく出てきた。「お待たせしました」

夏香さんがぱっと顔を輝かせ、直ちゃんが身を乗り出す。「おっ、何すかそれ」

「甘夏のサヴァランです」智は達成感がこちらまで伝わる笑顔で三人の前に皿を置いていく。こんがりブラウンのブリオッシュにクリームと果実が載り、まんべんなくかけられたシロップで光っている。「試作品なのでサービスです。これ、兄さんの分」

「俺、仕事中だぞ。……サヴァランやってたのか」ちょっとお客さんが少ないとなるとすぐバックヤードに籠もって試作品を作る。「あ、真広君はこれちょっとどうかな」

シロップはラム酒が入っている。だが真広君は「いえ」と余裕の表情でフォークを口に運び、やはり刺激が強かったのか一口目で「ん」と目を丸くした。

「あ、そうか。ごめんね」智が焦って真広君を覗き込む。「無理しないでいいからね」

食べる相手との相性より自分が作りたい菓子を好きに作っているのである。だが腕前とレパートリーはますます豊かになってきたようで、智も六月に製菓衛生師試験を受ける予定である。直ちゃんは「そんなパティシエみたいなことを……」と恨めしげに言っていたから、彼女の中ではまだ警察官なのかもしれないが。

皆が口々にサヴァランの感想を言い、智はキラキラとした笑顔で聞いている。窓の外で前庭の木々がざわめく。午後の暖かな日差しが窓際のテーブルを照らし、砂糖壺のスプーンをきらりと光らせる。今日は静かだ。お客さんは少ないが、ぽかぽかの春にはこんな日があってもいい。

ドアベルがカラン、と鳴る。俺と智は接客態勢に戻り、俺はキッチンに入り、智は俺の皿をカウンターに置いて新たなお客さんを出迎えにいく。

「いらっしゃいませ。お一人様ですか」

入ってきた女性を智が迎える。

お茶とお菓子と料理と事件が香る三角屋根の喫茶店は、本日も平常通り営業中である。

あとがき

お読みいただきましてまことにありがとうございました。喫茶プリエールシリーズ第二弾、前作から七年の時を経て刊行と相成りました。えっ前作って先月出したじゃんという話になるかもしれませんが、光文社文庫『難事件カフェ』1巻は幻冬舎文庫『パティシエの秘密推理　お召し上がりは容疑者から』の加筆修正版でして、もとの幻冬舎文庫版の方は二〇一三年に出ているのです。七年も経ったら社会が激変してとても続編どころではないのではないかという懸念があるかもしれませんが、まあ七年前と今とで生活スタイルはそう変わっていないのでなんとかなりました。変わったことといえば千葉県が独立して千葉民主共和国になったことぐらいでしょうか。独立しても日本産インフラが残っているため基本的に生活スタイルはそれまでと変わりませんし、千葉は独立前「千葉県」であった頃からネギ、ホウレンソウ、ダイコン、ニンジンなど数々の農産物で産出額全国一位の上に生乳産出額も全国五位という食べ物王国だったため飢《う》えはしないのですが、千葉国内から一歩出ると全く使えない新通貨「ぴーなっつ」は国民の間で大変評判が悪く、[*1]まあ一万ぴーなっつ札、五千ぴーなっつ札、千ぴーなっつ札いずれも透かしがチーバくんで表面は伊能忠敬《いのうただたか》[*2]という区別のつきにくさでは無理もないことなのですが、国民の大部分が日本（東京都）に出稼ぎに行っているという経済の不安定さから通貨としての信用もあまりなく、県内のオランダ家[*3]やランドローム[*4]でも「ぴーなっつ？　おいドルか円はないのか。ぴーなっつじゃ受け取れないよウチは」と言われる始末。はてはぴーなっつの代わりに本物の落花生を通貨代わりにざらざら渡す光景もあちこちで見られるようになりました。そんな経済不安に加えて千葉国内には喫茶室ルノアール[*5]がないという不便さから最近は渡し舟の船頭に賄賂《わいろ》を渡して江戸川《えどがわ》・利根川《とねがわ》を渡ったり、東京湾アクアラインを徒歩で駆け抜けたり、浦安《うらやす》経由で海を泳いでお台場《だいば》から日本に脱出する千葉人も増えています。都内にはこうした不法滞在の千葉人が数十万人おり、「どこから来たのか」と訊かれても「東京の方から」と誤魔化《ごまか》す癖《くせ》があるため要注意ですが、定《じょう》規《ぎ》を「線引《せんひ》き」と言ったり小学校の二時間目と三時間目の間にある長めの休憩時間つまり中休みを「業間《ぎょうかん》休み」[*6]と言ったりするのでわりとすぐに区別がつきます。

　もちろん、東京には不法入国千葉人以外の地方出身者も多数住んでいます。もともと東京という街自体が、全国津々浦々からの寄り合い所帯という性格が強いです。したがってたとえば大阪の人が初対面の相手にも「ようこそ大阪へ！」と親しげなのに対し、東京の人はなんとなく警戒しがちで初対面の相手を観察するような傾向があるのも、揺るぎなき「関西」という概念や文化が存在する土地と、あちこちから集まった人たちが距離を測りあいながら最大公約数を見つけてきた土地の差なのかもしれず、東京の人は冷たいとかマジメとか言われがちなのも、無意識のうちに自分も相手も傷つけないようにバリアを張り素《す》の顔を隠すせいなのかもしれません。それにしてもどうして千葉人が大阪府民だの東京都民だのを勝手に語っているのでしょうか。もちろんこれはあくまで「全体の平均値」「なんとなくの印象」であり個々人を見ると当てはまらない人も多いわけですが、不躾《ぶしつけ》なことです。

さてそこで「じゃあ千葉はどうなんだ」というと。まあ。何でしょうか。ヤンキーです。あとだいぶダラダラしています。「のんびり」と表現するよりも「ダラダラ」と表現する方がなぜか近いです。ついでに隙《すき》が多いです。人が少なくて気候がぬるいせいでしょう。千葉、特に南房総《みなみぼうそう》の海辺は東京と比べてもかなり気候が「ぬるく」、冬はたいして寒くならないし夏もそこまで暑くならないし（あくまで比較で、最近の猛暑《もうしょ》はやはり猛暑ですが）、雪が少なく昼夜の寒暖差も小さいので非常に過ごしやすく、そのため鴨川《かもがわ》などは東京に近い別荘地として人気です。一方で千葉人が他地方の、とりわけ山間部に行くと「なんで夜になったらこんな寒いの」「なんでさっきまで晴れてたのに雨が降るの」と山の気候の厳しさに右往左往するということがよくあります。東北に出かけて寒いからと海辺に出て凍るのもよくやります（房総半島周辺は黒潮が来るため、千葉人は「海風は温かいもの」だと思っています）。ただこの「ぬるさ」は地元民にとって炬燵《こたつ》のような居心地のよさでもあり、千葉人は東京に移り住む気があまりない人が多いです。理由を聞くと「東京は通えればいい」「家賃が高い」「狭い」「人が多くて疲れる」と様々に言いますが、やはり東京（都心）という土地は他道府県の出身者にとっては「いるだけで常に緊張レベルが上がっている」場所のようです。また、家賃の高さは本物です。たとえば東京都渋谷区《しぶや》の家賃相場は1Kでざっくり十万円近くになりますが、千葉市だと五万円くらいです。よく「東京に住みたいけど家賃が高くて」と言う人がいますが、それは下北沢《しもきたざわ》だの渋谷だのに住むからであって、たとえば東京都内でも二十三区から都下に出るだけで家賃相場が一万円は下がりますし、江戸川を渡って千葉県市川市《いちかわ》に出ればざっくり二万円は下がるので、そんなに都心に住む必要がなくただ単に「東京の方に住みたい」という場合は千葉県にいらしてください。魚も野菜も安いです。

なぜ地元の宣伝をしているのでしょうか。地元への感謝はもちろんありますがそれよりも本作の刊行にあたっては様々な方のお力添えをいただいており、そちらへの感謝も書き切れないほどございます。例によって光文社文庫編集部Yさん、ラフを見た瞬間思わずウオオオオオォと野太い歓声をあげてしまうほどかっこいい兄弟を描いて下さいました内田美奈子《うちだみなこ》先生、やばい感じに食欲を刺激してくるカットを描いて下さいましたイナコ先生、お菓子のパッケージのように可愛らしい装幀をして下さいましたnext door design大岡喜直《おおおかよしなお》様、そして今回も例によって致命的なミスをしていた原稿をしっかり直して下さいました校正担当者様、まことにありがとうございました。だいたい毎回「致命的なミス」をしています。お世話になっております。印刷・製本業者様、今回もよろしくお願いいたします。また今年のコロナウイルス禍《か》に際しては、外出自粛の中、家まで物を届けて下さる運送業者の皆様のご活躍が身に染みました。まことにありがとうございます。日々、荷物は増える一方かと思いますが、当方なるべく外置き・一発受け取りできるよう努めます。

さて七年ぶりのシリーズ続刊、売れるのでしょうか。光文社営業部の皆様、取次関係者様、そして全国書店の皆様、いつもありがとうございます。今回もよろしくお願いいたします。この本が売れて少しでも業界に黒字ができるよう祈るのみです。

そして読者の皆様。ここまでお付き合いいただき、まことにありがとうございました。一巻を書いた時点では「お菓子のネタがもうない」ということで続刊は諦《あきら》めていましたが、今回、第一話に出てきたのはその後に流行った新スイーツです。新たなお菓子が次々生まれているのですから、シリーズもまだ続けられるのかもしれません。どうかその時は、というよりそれより前に著者の他の本[*7]で、お会いできますことを心よりお祈りしつつ、あとがきを終わらせていただきます。

令和二年四月

似鳥鶏

Twitter : https://twitter.com/nitadorikei

Blog : http://nitadorikei.blog90.fc2.com/

＊1　千葉県のマスコットキャラクターである皮膚の赤いイヌ（だと千葉県民も思っているが、プロフィールには「不思議ないきもの」としか書かれていない）。「横を向くと完全に千葉県の形」という、企業や役所の作るマスコットキャラクターがやらかしがちな無理のあるコンセプトなのに、奇跡的にかわいい。また単に「千葉県っぽい形」というレベルではなくかなり正確に千葉県の輪郭《りんかく》になっている上、ペロンと出した舌の位置がちょうど浦安の東京ディズニーリゾートに当たり、「状況によっては引っ込める＝千葉県でなくなることもできる」というあの土地の特性をも正確に再現しているという離れ業のデザインである。生みの親は「Ｓｕｉｃａのペンギン」や「カクカクシカジカ」で有名な絵本作家・イラストレーターの坂崎《さかざき》千春《ちはる》先生であり、さすがと言うしかない。

　チーバくんのこのデザインは実用性にも富んでおり、千葉県民の間では「山武《さんむ》市のどこらへん？」「海沿い。チーバくんの延髄《えんずい》あたり」というやりとりが日常的にされており、言われた方も「ああ、あのへんかー」とすぐに理解できる。ただし千葉県民がよくネタにするポイントとして「富津岬《ふっつみさき》がない」という部分もある。富津岬は「房総半島の真ん中より南」あたりから東京湾に向かって突き出ている大きな岬なのだが、これは位置的に「チーバくんの下腹部」にあたり、正確に再現してしまうとチーバくんには「常に下腹部から九十度の角度で突き出ている謎の突起」を付けなければならなくなるのでカットされたのである。このことで周囲からは「富津の人がいじめられるのでは？」と心配する声もあがったが、一番ネタにしているのは富津の人だったりする。

皮膚が赤いのは甲子正宗《きのえねまさむね》で酔っぱらっているわけではなく「未知のものに立ち向かうときほど勇気と情熱がわき、からだが赤く輝く」からで、感情に応じて色が変わるということはカメレオンの近縁なのかもしれない。極めて脚が短いがチーバくんダンス動画 https://www.youtube.com/watch?v=TzInf6qCH7U&feature=youtu.be などを見るとかなり軽快に踊っており、運動能力は高い模様。「親子三代千葉おどり」も踊れるが、手が短いため手拍子ができない。性格はかなり食いしん坊でお茶目。ちなみにもともとは千葉国体のマスコットだったのだが、人気が出たので千葉県のマスコットということになったという。『ゲゲゲの鬼太郎』の猫娘（註：猫娘は第一シリーズにおいては一話登場のゲストキャラクターだった）や東京創元社のくらり（註：創元推理文庫のサイトなどによくいるウサギの帽子をかぶった黒ネコ。元々は東京創元社創立六十周年のキャラクターだった。デザインはイラストレーターの加藤《かとう》木麻莉《ぎまり》先生）のような経歴を持っている。

ちなみに設定上は「千葉のことが大好き」というだけで千葉出身かどうかは定かではない。やたら関西弁を強調する大阪府民が実は関東出身だったり、地元民より流暢《りゅうちょう》な山形弁を話すタレントがアメリカ人だったり、他国や他県の出身者の方が愛が強いのはよくあることである。

＊2　あまり知られていないが千葉の人物である。

＊3　千葉県内に展開する菓子店チェーン。「楽花生《らっかせい》パイ」等洋菓子から「楽花生最中」等和菓子まで手広く扱う。

＊4　千葉・茨城に展開するスーパーマーケットチェーン。「健康スーパー」を標榜《ひょうぼう》し、地場産の野菜が充実している。

＊5　東京都を中心に展開する喫茶店チェーン。地方ではあまり見ないが東京に行くと突然たくさん現れるので何事かと思う。トーストやサンドウィッチが充実している。

＊6　各地で呼び方が違う。「中休み」「業間休み」「二十分休み」以外にも「大休憩（広島・富山他）」「中間休み（京都・山形他）」「二十分放課（愛知他）」等。東京は主として「二十分休み」であるが、学校によって違うので例外が多い上、「休まない」「体育をやらされた」というケースもある。

＊7　当然、他社の本になる。よく校正で削られなかったものである。

KADOKAWA

□『きみのために青く光る』（角川文庫）
□『彼女の色に届くまで』（角川文庫）
□『目を見て話せない』

講談社

□『シャーロック・ホームズの不均衡』（講談社タイガ）
□『シャーロック・ホームズの十字架』（講談社タイガ）
□『叙述トリック短編集』

実業之日本社

□『名探偵誕生』

幻冬舎

□『育休刑事』

〈似鳥鶏・著作リスト〉

創元推理文庫

□『理由《わけ》あって冬に出る』
□『さよならの次にくる〈卒業式編〉』
□『さよならの次にくる〈新学期編〉』
□『まもなく電車が出現します』
□『いわゆる天使の文化祭』
□『昨日まで不思議の校舎』
□『家庭用事件』

文春文庫

□『午後からはワニ日和』
□『ダチョウは軽車両に該当します』
□『迷いアルパカ拾いました』
□『モモンガの件はおまかせを』
□『七丁目まで象が空色』

河出書房新社

□『戦力外捜査官　姫デカ・海月千波』（河出文庫）
□『神様の値段　戦力外捜査官』（河出文庫）
□『ゼロの日に叫ぶ　戦力外捜査官』（河出文庫）
□『世界が終わる街　戦力外捜査官』（河出文庫）
□『破壊者の翼　戦力外捜査官』
□『一〇一教室』
□『そこにいるのに』

光文社文庫

□『迫りくる自分』
□『レジまでの推理　本屋さんの名探偵』
□『100億人のヨリコさん』
□『難事件カフェ』
□『難事件カフェ2　焙煎推理』（本書）

光文社文庫

文庫書下ろし

難事件《なんじけん》カフェ 2　焙煎推理《ばいせんすいり》

著者　似《にた》鳥《どり》　鶏《けい》

2020年5月20日　初版1刷発行

発行者　鈴木広和
印刷　堀内印刷
製本　榎本製本

発行所　株式会社 光文社
〒112-8011　東京都文京区音羽1-16-6
電話 (03)5395-8149　編集部
8116　書籍販売部
8125　業務部

ISBN978-4-334-79018-9　Printed in Japan

組版　萩原印刷